Stefan Andres
Noah und seine Kinder

W0046802

Zu diesem Buch

Die 15 Noah-Legenden sind das literarische und geistige Zentrum von Stefan Andres' Hauptwerk, der Trilogie »Die Sintflut«. Er hat sie selbst zusammengestellt und 1968 erstmals als selbständige Buchausgabe veröffentlicht. Ihre sprachliche Lebendigkeit und die schier unerschöpfliche Fabulierlust ihres Erzählers gehören zu den schönsten Vermächtnissen des Dichters Andres vor allem an uns Heutige. »Die Sinnbildhaftigkeit ist, moderner Geistesverfassung entsprechend, um etliche Nuancen nüchterner, psychologischer und ironischer oder, würden wir heute sagen, entsakralisierter als in den alten Legenden... Die unsere Zeit bewegenden Kräfte und Ideen, in weltlichen und religiösen Bereichen, werden in diesen Legenden deutlicher in ihrer menschlichen Problematik.« (Die Presse, Wien)

Stefan Andres, 1906 bei Trier geboren und 1970 in Rom gestorben, gehört zu den Großen der deutschsprachigen Gegenwartsliteratur. Er hat in seinen Romanen und Erzählungen die antike Sinnhaftigkeit mit christlicher Mystik zu verbinden verstanden. Zu seinen bedeutendsten Werken zählen: »El Greco malt den Großinquisitor« (1936), »Der Mann von Asteri« (1939), »Wir sind Utopia« (1942), »Die Sintflut« (3 Bände, 1949–1959), »Der Knabe im Brunnen« (1953), »Der Mann im Fisch« (1963), »Der Taubenturm« (1966).

Stefan Andres

Noah
und seine Kinder

15 Legenden

Piper München Zürich

Von Stefan Andres liegen in der Serie Piper außerdem vor:
Wir sind Utopia (95)
Positano (315)
Der Knabe im Brunnen (459)
Die Versuchung des Synesios (1047)
Der Taubenturm (1502)
El Greco malt den Großinquisitor (1675)

Im Text unveränderte Taschenbuchausgabe
Mai 1996
© 1968 R. Piper GmbH & Co. KG, München
Umschlag: Büro Hamburg
Simone Leitenberger, Susanne Schmitt, Andrea Lühr
Umschlagabbildung: Archiv für Kunst und Geschichte, Berlin
Gesamtherstellung: Clausen & Bosse, Leck
Printed in Germany   ISBN 3-492-22278-1

Inhalt

Die erste Legende

Wie Noah hundert Jahre alt wurde und Tali zum
Weibe nahm. Wie Noahs Vater sein Steinbeil gegen
den tanzenden Kalendermann schleuderte, und wie
Noah aus der Stadt Tarunga verbannt und Bürger von
Misodach wurde.

In damaliger Zeit, als die Sonne und der Mond und die Sterne
noch nicht die Menschen berieten, welcher Tag im Jahr und
Monat es sei; als die Erde noch umhüllt war von einer Wol-
kenschicht, die überall in gleicher Höhe schwebte und sich
wie eine Kuppel über allem dehnte, des Tages rosig und gol-
den, des Nachts aber dunkel, daß die Menschen wie im Leibe
eines großen Tieres saßen; in dieser damaligen Zeit rechneten
die Menschen die Tage und Nächte, indem sie einen Mann
bestimmten, der auf dem Marktplatz saß und an seinen Fingern zeigte, den wievielten Tag man habe. Man nannte diesen
Mann den Kalendermann. Und er hielt am ersten Tag der
ersten Woche den kleinen Finger der Linken hoch, am zweiten den Ringfinger dazu, am dritten den Mittelfinger und so
fort, bis alle zehn Tage der Woche aus seinen ausgestreckten
Fingern abzulesen waren. Hatte er eine Woche abgezählt, so
kam der Stadthauptmann und malte seine erste Zehe schwarz
an, in der zweiten Woche die zweite und so fort, bis zehn
Wochen herum waren. Nach zehn Wochen aber begann ein
neues Jahr, und man legte auf dem Markt einen neuen Stein in
das Pflaster.

In der Stadt Tarunga nun geschah es, daß der Kalendermann überführt wurde, wie er sich zwei schwarze Zehen über
Nacht heimlich wieder weißwaschen wollte. Der ihn entdeckte, war der junge Noah, damals neunundneunzig Jahre
alt und mit Ungeduld sein hundertstes erwartend; denn das
war das Altersjahr, vor dem kein Mann sich verheiraten

durfte. Nun hatte aber Noahs Vater vor, dem Sohne auf zwei Wochen die Heirat zu hintertreiben: in dieser Zeit wollte er versuchen, sich noch eine dritte Nebenfrau zu erheiraten; nach der Heirat nämlich des ältesten Sohnes war das nach den Gesetzen nicht mehr erlaubt. Und so hatte also der Vater Nohu den Kalendermann bestochen und ihm bei Nacht zwei goldene Ringe gebracht, für jede abgewaschene Woche einen. Der Betrug wäre nicht herausgekommen, hätte nicht der junge Noah, als er voll Ungeduld zum Kalendermann ging, um die noch fehlende Zeit an dessen Fingern und Zehen abzulesen, diesen beim Abwaschen der Wochen ertappt und zugleich die Ringe an den Fußknöcheln entdeckt und sie sofort als die seines Vaters Nohu erkannt. Der Kalendermann schwor nun bei dem Freundlichen Herrn über den Wolken, daß er kein Dieb sei, und erzählte, wie er zu den Ringen gekommen war. Da wurde der junge Noah traurig. Der Vater hatte schon um der zweiten Nebenfrau willen die erste und deren Kinder, darunter auch ihn, in seinem Herzen vernachlässigt; nun, bei dem dritten Weibe, würde er sie ganz vergessen und auch Noah um sein Vermögen möglichst weit betrügen wollen. Wenn Nohu zu solch einem Verbrechen fähig war, den Zeitmesser nach seinen Gunsten zu ändern, wovor konnte er dann noch zurückschrecken! Es war in der Tat niemals in Tarunga und, soweit Noah wußte, auch in keiner der ferneren Städte und Dörfer geschehen, daß der Kalendermann die Menschen auch nur um einen Tag betrogen hätte; es bestand nicht einmal eine gesetzliche Strafe für ein solches Verbrechen, weil kein Mensch je darauf gekommen wäre, daß ein Kalendermann so ruchlos sein konnte, die Zeit aus Nachlässigkeit oder gar absichtlich falsch zu messen und in Verwirrung zu bringen. Dies mühselige Amt wurde ja nur frommen und unverheirateten Männern übertragen, die dafür lange von Priestern vorgebildet und geheiligt wurden, hatten sie doch nicht nur die Zeit anzuzeigen, sondern auch die Zehntagewoche und das Zehnwochenjahr feierlich mit Gesang zu verkünden und mit heiligen Tänzen zu feiern. Das Volk ehrte den Kalendermann wie einen Hauptpriester, Weisen und Heiligen, und man brachte ihm die ausgewähltesten Speisen und nannte ihn nur mit ehrfurchtsvollen Namen: ›Felsen der Zeit‹ – ›Herr und Diener aller‹ – ›Hochgelobter Wochenvater‹ – ›Freund des Freundlichen über den Wolken‹ – ›Die Nuß der Zukunft aufschlagendes heiliges Steinbeil‹.

Als Noah sich endlich gefaßt hatte, befahl er dem Kalendermann, in dieser Nacht in seiner Hütte den Stadthauptmann – und das war in diesem Jahr Noahs Vater Nohu – zu erwarten. Der werde kommen und ihm die zwei entfärbten Zehen wieder schwärzen. »Denn«, so sagte der junge Noah, »wie kannst du so ruchlos sein, Hochgelobter Wochenvater, und die Stadt Tarunga um niedrigen Gewinnstes willen derart verwirren? Alle werden nach Tarungas fehlenden zwei Wochen schauen und fragen, wo sie geblieben sind, wo wir alle während dieser Zeit waren! Und du wirst, wenn auch vielleicht erst nach deinem Tode, Schande ernten, und der Freundliche Herr über den Wolken wird dich an deinen zwei durch solchen Frevel erworbenen Goldringen, den Kopf nach unten, aufhängen lassen, droben im großen Affenbrotbaum; da wirst du hängen müssen, bis deine Untat dich verlassen hat und deine Seele leicht genug geworden ist, um auf dem Gefilde der Wolken schreiten zu können.«

Und zu seinem Vater ging er noch an diesem Abend und traf ihn, wie er auf dem bunten Pfühl der großen Katzenfelle lag und den betäubenden und üppige Träume verleihenden Rauch der Nungdongblüten durch ein Rohr einsog. Er ging auf ihn zu, berührte mit der rechten Hand seine eigene Stirn und sodann die Fußsohlen des Vaters, die dieser ihm mit einer stoßenden Bewegung hinhielt, und Noah sprach also: »Erzeuger, Ernährer, Lehrer und Wonne meines Daseins! Ich komme ungerufen, um dir zu sagen, daß du dem weitäugigen Freundlichen Herrn über den Wolken zwei Wochen, die er uns schenkte, nicht aufgeschrieben, ja von den Zehen des Felsens der Zeit ausgetilgt hast! Nimm den Saft des Korumgewächses und eine Reiherfeder und gehe noch zur Stunde hin, um die fehlenden Wochen wieder zu vermerken, oder ich, dein Sohn, Wonne deines Daseins, bin genötigt, deinen Diebstahl der ganzen Stadt bekanntzugeben!«

Und Noah verließ seinen Vater. Nohu aber erhob sich sofort, nahm den schwarzen duftenden Saft des Korumgewächses und eine Reiherfeder und ging und tat, wie der Sohn von ihm verlangt hatte. Alsdann schloß er sich, wieder zu Hause angekommen, einen Tag in seinem Gemach ein, legte zum Zeichen seiner Trauer das weiße Gewand an, befleckte es mit dem Blut eines geschlachteten Widders und sagte: »Ich hatte einen Sohn, Noah mit Namen; ich habe ihn nicht mehr, er ist mir gestorben!« Und die Verwandten sangen mit ihm die Totenklage.

Noah aber nahm am anderen Tage das Mädchen Tali, das er liebte, und ging mit ihr zum Kalendermann. Dem lag es ob, Brautpaare zu verheiraten, wenn der Bräutigam vaterlos geworden war. Es war gegen Abend, und der Marktplatz war mit Menschen gefüllt. Der Kalendermann löste die zwei Goldringe von seinen Füßen und steckte einen der Braut an und einem dem Bräutigam und, zum Himmel emporseufzend, sprach er: »Freundlicher Herr über den Wolken, dieser ist Noah, der Vaterlose; und diese ist Tali, die Schweigsame und Schöne. Noah ist ein Freund der Gerechtigkeit, und sie ist das Weib des Gerechten. Gib ihnen, der du den Tag machst mit dem Gesicht hinter den Wolken und den Regen sendest als den Saft deiner Fruchtbarkeit, gib ihnen zwei Wochen länger, du Freundlicher, auf dieser Erde zu leben, zwei Wochen länger als den übrigen Menschen.«

Da begannen die Leute gegen den Kalendermann zu murren, und sie sagten: »Warum, du Felsen der Zeit, bittest du für diese um so hohe Gunst? Noah ist von seinem Vater verstoßen, und sein Vater ist ein Gerechter, er aber ein ungeratener Sohn, wie man sieht. Oder hätte sonst der erlauchte Nohu ihn, seinen Erstgeborenen, verstoßen?«

Da schlug der Kalendermann die Hände vor das Gesicht, und er erhob sich, umschritt die beiden und trennte sie mit seinen Armen von den übrigen und begann um sie zu tanzen, auf und ab und immer um sie herum. Und er warf die Hände gegen den Himmel und schrie mit beschwörender Stimme: »Segen auf sie, Segen auf den gerechten Noah! Sohn des Freundlichen über den Wolken ist er, sein neuer Sohn, der Verstoßene! Noah wächst, der Freundliche läßt ihn um Haupteslänge über die anderen Menschen emporragen, er nimmt ihn in seine Bauchfalten. In der Nabelgrube des höchsten Herrn ruht Noah wie in einer Wiege, wie in einer aufgeschlagenen Kokosnuß, wie in einem Schiff! Hören wird er den Ratschluß des Himmlischen über den Wolken! Denn sein Herz ist härter und gerechter als das Steinbeil des Königs Semoth und weicher und sanfter als das Öl, das in Wunden träufelt! Und seine Art gefällt im Reiche über den Wolken!« Da schüttelten die Leute die Köpfe und begannen zu lachen, aber der Kalendermann reckte seine Hände gegen den Himmel – er hatte schon lange vergessen, wie viele Finger daran gestreckt und wie viele eingezogen waren – und so rief er: »Seht, ihr lacht, ich aber habe den Tag vergessen, vor Freude! Seht her, alle zehn Finger sind zum Wolkenfeld gerichtet; die Woche ist soeben voll geworden, und sie war nicht voll. Voll ist sie geworden, ich habe den Tag vergessen, es ist mein Herz voll Freude über den neuen Sohn des Freundlichen! Ruft den Stadthauptmann, daß er die neue Woche anschwärze!«

Der Stadthauptmann aber kam mit seinem Gefolge und sah und hörte, wie der Kalendermann tanzte und Segen auf Noah herabrief. Und als die Leute von Tarunga dem Stadthauptmann erzählten, daß der Fels der Zeit verrückt geworden sei und die Tage an seinen Fingern vergessen habe, da nahm Nohu sein Steinbeil vom Gürtel und schleuderte es gegen den Tanzenden, und der fiel tot zur Erde.

Noah aber wurde mit seinem Weibe aus der Stadt Tarunga verbannt.

Talis Eltern gaben den beiden Verbannten einen Ochsenwagen, legten darauf Felle, Kleider, einen Feuerbohrer, irdene Töpfe und Speisen, spannten drei Paar starke Ochsen davor, gaben ihnen auch einen Knecht und eine Magd mit, und der Vater sagte weinend zum Abschied: »Liebe Tochter, die Welt ist schlecht geworden, und unser einziger Trost ist, daß du einen edlen und guten Mann wie diesen Noah gefunden hast. Er wird für dich sorgen, wie wir es bisher taten. Schau niemals einem anderen Mann in die Augen! Noah hat mir in die Hand versprochen, sich keine Nebenfrau zu nehmen. Er hat ja gesehen, wozu das führt, und ich habe es auch deiner Mutter nicht angetan. Wenn er aber einmal bei einer Magd eine Nacht verbringt, sieh ihm das nach; die Magd wird dir einen treuen Knecht gebären. Und der Mann liebt seine Frau um so mehr, wenn er sich frei und als sein eigener Herr fühlt. Laß auch deine Mägde nicht zu sehr das Joch spüren und schlage sie nicht häufiger, als man den Ochsen an der Deichsel schlägt. Der Magd, die deinen Mann liebt, schenke ein neues Gewand und Salben, daß sie dich nicht neidisch werden sieht und sich nicht über dich erhebt. Jeden zehnten Tag gehe du mit deinem Gesinde auf einen Berg in der Nachbarschaft und opfere dem Freundlichen über den Wolken etwas Flachs oder Wolle und einige Blumen und Räucherwerk. Und am zehnmal zehnten Tag, wenn das neue Jahr beginnt, zünde das Freudenfeuer an, damit die über den Wolken auf dich achthaben, uns aber schick einen Boten, damit wir wissen, wo du wohnst, und dich besuchen und deinen Erstgeborenen bewundern kommen!« Und er nahm Tali in den Arm und küßte sie.

Und die Mutter sagte: »O du mein Augapfel, nun bin ich blind auf einem Auge«, und sie küßte die Tochter und weinte.

Tali stand da, trocknete ihre Tränen und verneigte sich noch einmal, ehe sie auf den Wagen stieg. Endlich fand sie ein

Wort: »Wonne meines Daseins, Mutter, du Quell meines Lebens, Tali läßt deine Hand nicht in der Fremde!«

Sodann verabschiedete sich Noah. Und Talis Vater zog ihn auf die Seite und sagte zu ihm: »Noah, wir verstehen uns ja! Tali ist sanft, aber übertreib's nicht mit den Mägden! Und leg deine Goldringe nicht alle in den Kasten! Häng sie Tali um, soviel sie tragen kann, sie nützen sich zwar ab, aber die Leute sehen auch, daß man etwas zuzusetzen hat, und das schafft Kredit. Fang nicht an, Nungdong zu rauchen, nimm lieber gut getrocknete Orchideenblätter, die sind unschädlich und kosten auch nichts! Halte auf einen guten Tisch, aber laß dich nicht auf die neue Mode ein, dreimal am Tag zu essen! Zweimal genügt vollständig. Und vom Palmwein genieße täglich nicht mehr, als drei mittlere Kokosnüsse fassen. Wenn du aber trotzdem einmal berauscht bist, sperr dich in den Gemächern ein und laß niemand zu dir, sonst lacht man über dich, und das untergräbt die Autorität. Und wenn man dir ein Amt anbietet in der fremden Stadt, nimm dafür keine Goldringe an, auch keine Lebensmittel; mach es ehrenhalber, damit du ein freier Bürger bleibst. Die Beamten können nie das Maul aufmachen, und ein Mann muß das manchmal, wenn er ein Mann bleiben will. Und nun fahr los und schick einen Boten!« Talis Mutter sagte: »Lieber Noah, sei gut zu ihr, sie ist ja noch ein Kind!«

Noah, der vor Rührung kaum sprechen konnte, küßte seiner Schwiegermutter der Vorschrift gemäß das Ohrläppchen und dabei flüsterte er leise: »Meine Frau werde ich wie meine tote Mutter ehren und wie mein Kind lieben!«

Dann setzte er sich neben Tali, legte seinen Arm um sie und sagte dem Knecht Nojadohu, was soviel wie ›Findling unter der Kokospalme‹ bedeutet: »Fahre zum Fluß Tara hinab, wir wollen ihn als Leitfaden nehmen!«

Am dritten Tage langten sie an besagtem Flusse an, und seinem Lauf abwärts folgend, kamen sie zunächst in das Dorf Kammu, wo bereits alles schlief.

Die Fahrt bis zum Fluß war gut verlaufen, denn bis dort führte eine schöne, aus Holzstämmen gefügte Straße, und die dicken Scheibenräder des Wagens hatten auf der Knüppelstraße einen festen, wenn auch holprigen Grund. Wo Fluß und Straße sich trafen, gab es ein paar Häuser, wo man übernachten konnte und das Schiff erwarten, das jeden zehnten Tag auf dem Tarafluß auf und ab fuhr. Das Schiff war eine Ruderbarke und verband Ur, Chamdech und Misodach, die drei großen Städte am Tara. Noah hatte von diesen Städten in der Schule gehört. Er wollte es zuerst in Misodach versuchen, denn dort, so hieß es, sei das Leben noch nicht so teuer, weil in Misodach der Fürst Semoth herrschte, und der duldete keine Industrie in den Mauern seiner Stadt. Sogar das Bezahlen mit Goldringen hatte er innerhalb der Stadtmauern verboten, und die Fischer und Gartenbauer und Handwerker von seiner Stadt tauschten sich ihre Erzeugnisse auf dem Markte öffentlich aus, was eine langweilige und umständliche Angelegenheit war; am ganzen Tara hieß es, wenn man einen Handel oder eine Beschäftigung als umständlich bezeichnen wollte: eine wahre Misodacherei.

Noah grauste es, wenn er daran dachte, mit Tali sein Leben in Ur oder Chamdech verbringen zu müssen. Fahrende Kaufleute und Reisende hatten ihm seine Schulkenntnisse über diese Städte ergänzt, und was er nun alles wußte, stieß ihn aufs entschiedenste ab.

In Ur mußten die Leute, um schlafen zu können, sich turmhohe Häuser errichten, denn in den meisten Häusern war unten ein Räderwerk eingebaut, das vom vielfältig aufgespaltenen Fluß getrieben, irgendeine lärmende Maschinerie in Bewegung setzte, Polterhämmer, die Ton, Kalk und sonstige Mineralien zerkleinerten.

Noah hätte es niemals nach Ur verlangt, sein Sinnen und Trachten war nicht auf Reichtum gerichtet, aber auch nicht auf das wilde Leben der Bauern und Jäger auf dem Lande. Als Sohn des Stadthauptmanns von Tarunga waren seine Hände

14

und sein Rücken nicht an Knechtsarbeit gewöhnt. Bisher hatte er für seine Bibliothek Tontäfelchen gesammelt, die Gesetzeseinrichtungen aus uralter Zeit studiert und die Geschichte über die Entstehung der Städte und die heilige alte Lehre über den Anfang, als der Freundliche Herr die Flüsse ergoß und die ersten Bäume pflanzte und den Menschen aus der goldenschwingigen Fledermaus erschuf, so daß er halb Tier und halb Gott war, ein Wesen, das sich an vieles von früher erinnern konnte: an seine verlorenen goldenen Tierschwingen und die hohen Gedanken des Herrn über den Wolken. Und er war viele Wochen in seiner Bibliothek alleingeblieben und hatte versucht, sich tiefer und besser des Anfangs zu erinnern. Dazwischen hatte er kleine Bäume von den Knechten pflanzen lassen und erprobt, wieviel Wasser ihre verschiedene Art verlangte, und wilde Hölzer ließ er aus dem Walde bringen und setzte ihnen Triebe von Gartenbäumen auf, und einige Male bereits war es geschehen, daß das wilde Holz eine neue andersartige Frucht getragen hatte.

Nun suchte er einen Platz, still und angenehm, wo er weiter seine Täfelchen lesen konnte; er hatte sie alle auf den Wagen gepackt. Neue wollte er sammeln und Bäume und Blumen in einem Garten irgendwo anbauen. Doch es sollte ganz anders kommen.

Die Stadt Chamdech lag als Reiseziel am nächsten, aber diese Stadt hatte vor wenigen Jahren einen Krieg verloren, war verarmt und ohne Ordnung, und ständige Aufregung erfüllte die Straßen. Der König von Chamdech war nach der verlorenen Schlacht aus Furcht vor seinen Untertanen nach Ur geflohen, wo er in hohem Ansehen seine Reichtümer inmitten seines Hofstaates verzehrte und ein Verzeichnis der Kunstwerke von Chamdech verfaßte. In der armen und herrenlosen Stadt war es so weit gekommen, daß Handwerker, Wasserträger, Hebammen, Salbenverkäufer, Priester, Gemüsehändler und die wenigen reichen Kaufleute und Grundbesitzer zusammen die Stadt regierten, und zwar in der

Weise, daß jeder dieser Stände einen Abgeordneten in das Stadthaus schickte. Dort saßen sie den ganzen Tag, manchmal auch bei Nacht, und redeten über das, was zu tun sei. Entlang des ganzen Tara lachte man über Chamdech, nannte es ›Stadt, wo jeder regiert‹, und die Chamdecher hießen hernach ›Entenschnäbler‹. In einer solchen Stadt wollte Noah nicht leben, denn, wo viel geredet wird, ist das Wort nichts wert; so sagte er zu Tali, der Schweigsamen, als sie an Chamdech vorüberfuhren.

Noah war noch nie in einer großen Stadt gewesen, und so befiel ihn immer mehr Furcht, je näher er Misodach kam, zugleich aber wuchs auch seine Neugier. Der Weg den Fluß hinab war schlecht und auch gefährlich, weil gegen Abend immer viel wilde Tiere, große Katzen und Elefanten, zur Tränke kamen. Sooft sie eine Bewegung im Grase bemerkten, setzten Noah und sein Knecht Nojadohu die Blashörner an, mit denen sie, schreckenerregende Laute hervorbringend, die Tiere scheuchten. Außerdem war Nojadohu ein trefflicher Schleuderschütze, der einen Tiger im Sprung mit großer Sicherheit traf. Sogar den frei aus den Ästen herabhängenden Kopf einer Riesenschlange verstand er mit dem Wurf des Steinbeils auf fünfzig Schritte zu zerschmettern. Tali hielt in solchen Augenblicken in der Hand die Fackel, mit der andern verbarg sie ihre Augen und fragte: »Wo ist Nojadohu?« Und wenn Noah sagte, der Knecht häute den Tiger oder die Schlange ab, erhob sie sich, löste ihr Haar und beschwor die Lebensgeister der erschlagenen Tiere, zu kommen und in dem Wald ihres Haares zu wohnen. Sie sang: »In den Lianen meines Haares wiege ich dich, Geist des Tigers, wohne in der schwarzen Wildnis meines Haares. Talis Haupt hat heimliches Dunkel, Talis Blut ist süß und fließt stark wie der Tara! Komm, du Geist des Tigers, kommt zur Tränke! Schwimme wie ein Fisch in meinem Leben! Und du kehrest wieder, kehrst im Blute meiner Kinder wieder!«

Noah kannte manche dieser alten Gesänge, aber nie hatte

er Tali so singen gehört. Erst als sie sein Weib geworden, erst auf dieser Reise hatte sie so zu singen begonnen, und er fragte sie: »Wer hat dich solches gelehrt?« »Du«, sagte sie und war verwirrt und beschämt, und Noah wunderte sich, daß die Liebe Tali die alten Gesänge gelehrt hatte.

Also zog Noah mit seinem Weibe und Gesinde in Misodach ein, stellte am Abend seinen Wagen auf den Marktplatz und schlief auf derselbigen Stelle die ganze Nacht.

Als er am andern Tage erwachte, stand ein großgewachsener Mann neben dem Wagen, sein Antlitz war streng, doch sein Auge blickte ruhig und klug. Dieser fragte: »Wie heißt du und woher kommst du?« Da sagte Noah: »Ich bin Noah, der Sohn des derzeitigen Stadthauptmanns Nohu aus der freundlichen Stadt Tarunga. Ich kam mit meinem Weibe und meinem Knecht und meiner Magd, um in Misodach zu wohnen. Denn mein Vater, die Wonne meines Daseins, hat mich verbannt. Und wer bist du, der mich das fragt?« »Ich bin der Aufpasser auf dem Markt«, sagte der andere. »Du gefällst mir«, antwortete Noah, »wenn selbst der Aufpasser in dieser Stadt so aussieht wie du, dann ist es nicht wahr, was man von dem Fürsten Semoth sagt.« »Was sagt man denn von ihm?« fragte der andere. »Nun, er zwinge die Menschen nach seinem Willen.«

Da sagte der andere: »Sei getrost, Noah, Semoth zwingt nur den Willenlosen und Ungerechten, den seinen zu tun; denn die Narren und die Bösen sollen nicht ihren Willen haben. Die Guten aber, die so sind wie du, zwingt Semoth nicht; denn der Wille des Guten, das ist sein Wille! Ich bin Semoth, und du sollst mein Marktaufpasser sein, aber deute mir zuvor diesen Traum, so du, wie ich glaube, dreiäugig bist. Ich habe in dieser Nacht geträumt, meine Worte kämen als Tauben und Sperber aus meinem Munde. Und die Sperber zerrissen die Tauben, und ich war traurig. Da sagte ich ein Wort der Klage, und siehe, eine blutbedeckte Taube kam aus meinem Mund. Im Fliegen legte sie ein Ei, das fiel, zerbrach, und Wasser floß heraus, das floß über die Erde, und selbst die Sperber ertranken darin. Was sagst du dazu, Noah?«

Noah legte seine Hand vor das Gesicht und schwieg. »Fürst Semoth, du helle Mittagsstunde«, sprach er dann, »ich danke dir für deine Gnade. Ob ich das dritte Auge habe, weiß ich noch nicht, doch soviel weiß ich: der die Träume schickt, schickt nicht zugleich die Deutung. Die Träume sollen wie Samenkörner sein und in uns wachsen. Die Wahrheit darin ist bis zum Tag des Erwachens verschlossen. Ich aber will deinen Traum in mich aufnehmen und in mir nähren bis zum Tage des Erwachens.« »Wie lange soll das dauern, Noah, deine Worte sind wie die eines tausendjährigen Mannes!« erwiderte Semoth. »Ich bin wenig über hundert Jahre alt, du helle Mittagsstunde«, sprach Noah, »aber ich weiß nicht, ob ich mit tausend Jahren diesen Traum ernten werde, doch werde ich nachts darüber nachsinnen und in all meinen Handlungen die Samenkörner, die du in mich warfest, nähren! Wenn ich die Deutung weiß, komme ich und verkünde sie dir.« Und Noah warf sich vor seinem neuen Herrn nieder, fuhr mit der Hand an die Lippen und drückte seine Hand dann auf die Fußsohle Semoths, die dieser ihm mit höflicher Gebärde hinhielt.

So war Noah Bürger von Misodach geworden und Marktaufpasser in dieser Stadt. Und er bewohnte ein Haus nahe am Marktplatz. Semoth erwies ihm Gnade, und sein Weib Tali gebar ihm einen Sohn, den er zu Ehren seines Fürsten Sem nannte.

Die zweite Legende

Wie Semoths Traum Noah davontrieb. Wie er nach Chamdech kam und Tolül, den Gott mit dem gewaltigen Bauch, kennenlernte und das Amt eines Kalendermanns zugeteilt erhielt.

Noah hielt sich tagsüber auf dem Markte von Misodach auf, und er ging zwischen den Bauern und Handwerkern umher, da sie ihre Früchte und Waren tauschten. Und wo ein Gewerbehändler die Elle zu kurz nahm, wurde er zum Marktrichter Noah gerufen, und der prüfte sie an seiner gerechten und hinlänglichen Elle, genau vom ausgestreckten Zeigefinger und Daumen her bis zum Ellbogen. Wo ein Jäger dem Gerber seine Tigerfelle gegen Leder gab, blieb Noah auf seinen Stab gestützt stehen und wartete, ob nicht das wilde Feilschen in Schläge ausarten würde. Dann sagte er nicht viel, sondern hob einfach den Stab und schlug dem Angreifer wie einem tollen Hund über den Rücken und ging ruhig weiter. Denn schon gab es anderswo eine jammernde Frau, die den Metzger beschuldigte, er habe die Steingewichte abgerieben, man sehe noch die frische Politur. Noah winkte seinem Knecht Nojadohu, und der nahm feierlich aus dem Kasten des Fürsten Gewichte und stellte sie auf die hölzerne Waage. Stimmten sie mit dem strittigen Gewicht nicht überein, befahl Noah dem Übeltäter, am Nachmittag in den Palast des Fürsten zu kommen. Das strittige Gewicht prüfte Semoth selber zum andern Male, und selber schlug er es, war es merklich falsch, auf die ausgestreckte Hand des Übeltäters, die dem Fürstengewicht auflag, und hieß ihn dann gehen, ohne ihm den Markt zu verbieten. Dieser Mann war für sein Leben lang ehrlich geworden, denn Semoth war stark und, wenn er Unrecht sah, ebenso zornig.

Noah liebte seinen Fürsten und er verstand es nicht, wie man ihn einen Tyrannen nennen konnte. Semoth kümmerte sich wie ein besorgter, aber auch strenger Vater um seine Stadt, stand früh auf und fuhr im Ochsenwagen durch die Straßen. Manchmal kam er unangemeldet in die Schule oder in die Kaserne, und er besuchte auch jede Woche das Krankenhaus der Stadt, in welchem die armen Leute umsonst von Ärzten gepflegt wurden. Das Gericht hielt Semoth am zehnten Tag in der Woche selber ab: die Diebe ließ er zu Sklaven machen, bis sie den Diebstahl abgedient hatten; die Räuber ließ er von Tigern zerreißen; Kinder, die sich gegen ihre Eltern empörten, ließ er von Elefanten zertreten, wenn nicht die Eltern um Gnade einkamen; die Verleumder sperrte er mit Schlangen und Skorpionen zusammen, bis sie auf den Leichen früherer Verleumder ebenfalls dahinfaulten; die Ehebrecherin aber mußte auf dem offenen Marktplatz die Geschichte ihrer Untreue erzählen und den Grund, warum sie ihrem Mann untreu geworden war. War die Frau schuldig, so mußte sie ins öffentliche Freudenhaus; war der Ehemann schuldig, so mußte er die Frau an den Fürsten Semoth abgeben, der sie zu seinen Mägden gesellte; war aber der Liebhaber schuldig, so mußte dieser eine Zeitlang als Knecht in das Haus der verführten Frau, und der beleidigte Ehemann konnte ihn nach Herzenslust arbeiten lassen.

Diese und andere Gesetze waren auf Semoths Befehl in steinerne Tafeln eingeritzt, zuoberst aber stand das Gesetz: Wenn Manoduhim, das heißt der Freundliche Herr über den Wolken, donnert und blitzt, hat ganz Misodach sein Gesicht in den Staub zu legen und zuzuhören. Denn Er sagt seinen Namen im Donner und schreibt ihn im Blitz und schüttet ihn im Regen auf unsere Köpfe. Sein Name ist unaussprechlich. Wer da sagt, er wisse seinen Namen, soll aus der Stadt verbannt werden.

Diesem Gesetz aber war, nachdem Noah in Misodach eingezogen war, ein anderes gefolgt: Wer eine Taube tötet, ob

Mann, Weib oder Kind, der zahlt ihr Blut mit seinem Leben, denn die Taube ist dem Freundlichen Herrn über den Wolken zu eigen.

Noah erschrak, als er von diesem Gesetz hörte. Er dachte: wenn auch Semoth der Fürst ist und Herr über Leben und Tod, um eines ihn drückenden Traumes willen darf er nicht das Leben eines Menschen für das einer Taube fordern. Wenn er schon das Leben eines Mannes oder Weibes fordert – das Kind, das vom Freundlichen Herrn über den Wolken noch nichts weiß, ist schuldlos, wenn es eine Taube tötet. Und sooft er Sem, seinen Knaben, mit Steinen werfen sah, krampfte sich ihm sein Herz zusammen. So wurde Noahs Gesicht düster, und er verbarg sich vor Semoth, seinem Fürsten.

Zugleich aber war sein ganzes Sinnen bei Tag und Nacht auf Semoths Traum gerichtet, und derweil er täglich seinen Geist nach den Traumvögeln Semoths untersuchte, ob er nicht über ihr Woher und Wohin einen Sinn fände, der des Fürsten Geist erhelle und ihm selber Ruhe gebe, wurde er täglich mehr in sich gekehrt, und seine Augen begannen über die Unordnung auf dem Markte hinwegzuschauen, als wären sie erblindet. Da sagte der treue Nojadohu zu Tali, dem Weibe Noahs:

»Herrin, dein und mein Gebieter hat sich verwandelt, er sieht nicht mehr nach dem gerechten Handel auf dem Markt. Zwischen ihm und den Menschen ist eine Wolke wie zwischen dem Freundlichen Herrn und unserer Erde!« Tali aber lächelte still: »Laß ihn, Nojadohu, der Kalendermann in unserer Heimat hat Noah einen Sohn des Freundlichen Herrn über den Wolken genannt. Sein Sinnen dringt durch die Menschen, wie das wandelnde Licht über uns durch die Wolken.«

Semoth aber, dessen Augen nichts entging, bemerkte bald die Unordnung auf dem Markt, und er ließ Noah bei Nacht in seinen Palast rufen und sagte ohne Zeugen zu ihm: »Warum achtest du nicht mehr wie früher auf den gerechten Handel und Wandel? Auf dem Markt von Misodach beginnt die

Willkür zu messen und zu wägen, und wenn ich dich gewähren ließe, versänken die Grundfesten meiner Herrschaft in diesem Schlamm der Ungerechtigkeit.« Noah sagte: »Du hast recht, o Fürst, du Klare Mittagsstunde und Langer Tag! Doch frage ich dich: kannst du zur selben Zeit nach vorn und nach rückwärts blicken, oder auch nur zur selben Zeit dein Brot kauen und es herabschlucken? Sieh, mein Fürst, du, unsere Klare Mittagsstunde, nicht einmal du vermagst das! Wie aber sollte ich, dein Knecht, o Helle Wolke, gleichzeitig nach außen und innen blicken können, wie sollte ich den Markt beaufsichtigen und zur selben Zeit über deinen Traum brüten können? Diesen deinen Befehl aber habe ich nicht vergessen, o Langer Tag.«

Da sprach Semoth, und sein Antlitz verdüsterte sich: »Ob meines Traumes willen herrscht also Willkür auf dem Markt! So nehme ich dir die Last meines Traumes ab und trage sie allein, wie es einem Fürsten geziemt!« Noah erwiderte: »O Langer Tag und Klare Mittagsstunde, du vermagst viel, und deine Macht ist groß! Aber diese Last kannst du mir nicht mehr abnehmen, es ist auch meine Last geworden. So wenig wie du Herr deines Traumes bist, kannst du willkürlich Herr seiner Deutung sein! Und so wenig Willkür auf dem Markte herrschen darf, darfst du willkürlich dich vor deinen Träumen schützen, wie du es mit dem Taubengesetz getan hast. Das Gesetz ist um aller willen da und nicht um des Fürsten willen. Und wenn dein Traum dich drückt, mußt du die Last tragen; es wird dir nicht gelingen, dich vor ihm mit willkürlichen Gesetzen zu sichern. Denn sonst könnte es sein, daß dein Traum verdürbe und nichts anderes mehr bedeutete, als daß jene die Tauben zerreißenden Sperber aus deinem Munde willkürliche Handlungen bedeuten, die deine Gerechtigkeit und Gnade zunichte machen! Semoth aber darf seine Träume nicht erniedrigen, sondern muß auf die Stunde warten, da sie reif sind und ihre Schalen zerbrechen und Gestalt annehmen. Denn, o Langer Tag, es heißt ja: ›Empfange die Träume als

Boten des Freundlichen Herrn.‹ Und wiederum heißt es: ›Die Träume sind wie Vögel, störe ihr Nest in deinem Herzen nicht.‹ Darum, o mein Fürst, sollst du warten und in Geduld aufmerken, bis die Zeichen sich mehren!«

Semoth hatte mit gesenktem Antlitz Noah zugehört. Endlich erhob er sich von seinem Pfühl, legte Noah eine goldene Kette um und sprach: »Du sprichst heute, wie deine Augen an jenem Morgen sprachen, als ich dich zu meinem Knecht erwählte.« Und Semoth enthob ihn des Marktdienstes, zog Noah an seinen Hof und machte ihn zum Oberaufseher seiner Schätze. Das Taubengesetz jedoch zog er nicht zurück. »Denn«, so sagte er vor dem versammelten Rat, »ein Fürst, der Gesetze erläßt und sie dann aufhebt, gleicht einem Menschen, der eine Straße baut und sie dann absperrt und liegen läßt, – man lacht über ihn. Wer aber über einen Fürsten mit Recht lacht, der tötet den Fürsten; wer aber zu Unrecht lacht, der soll selbst getötet werden.« Kein Mensch aber in Misodach wußte, warum Semoth das Leben der Tauben so lieb war, denn niemand außer Noah kannte seinen Traum.

Als der Kalendermann von Misodach den hundertsten Tag und das Neue Jahr, durch die Straßen gehend, mit Zimbelschlag und von tanzenden Frauen und Kindern umgeben, verkündete, und die Tauben aus den Straßen aufstoben, da kam Nojadohu zu Tali durch die Hintertür des Hauses, warf sich vor ihr nieder und bedeckte das Gesicht mit den Händen und stammelte etwas von einer getöteten Taube. Und als Tali den Spinnrocken niederlegte, sagte sie: »Sem! – Er ging mit der Schleuder hinaus! Wo ist Noah?« Und Nojadohu sagte: »Im Palast!« »Hat einer es gesehen?« fragte Tali. »Die Söhne des Fürsten«, stammelte der Knecht, »aber sie wollen schweigen, sie lieben Sem, Herrin!« »Sie lieben ihn«, flüsterte sie, »bis zum nächsten Streit! Schicke den Knaben zu mir, laufe zu Noah und spanne heimlich den Wagen an, noch in dieser Nacht müssen wir Misodach verlassen!«

Noah war hundertundsiebzig Jahre alt und Sem vierzig, als

sie Misodach verließen. Die Torwache ließ das Ochsenge-
spann, da sie den Schatzwächter des Fürsten im Fackelschein
erkannte, ehrfurchtsvoll hinaus. Der treue Nojadohu ging
mit der Fackel vor den Ochsen her, die Nacht unter der Wolkendecke war dunkel wie das Innere eines mit Teer verdichte-
ten Tonkruges, und der Knabe Sem sagte: »Ich habe sie im
Flug getroffen, Mutter! Wir haben gewettet um den Thron
Semoths, seine Söhne und ich! Und sie trafen sie nicht, ich
aber traf sie, Mutter! Also werde ich Herrscher von Misodach!« Tali schwieg und drückte den Knaben an sich. Noah
aber sagte: »Du sollst nach keinem Thron verlangen, Sem!
Der Freundliche Herr über den Wolken soll dich erfüllen!
Und du sollst ein großer Vater werden, ein Vater vieler Fürsten!«

Tali lauschte diesen Worten, als kämen sie aus der Wolkendecke herab, und sie sagte: »Noah, deine Worte kamen wie
aus der Höhe gefallen!« Und da fragte Noah: »Habe ich denn
gesprochen, Tali, mein Acker in der Nacht? Hab' ich gesprochen –? Es war mir, als wäre ich in tiefen Schlummer gefallen,
und doch war ich bei euch. Ich war wie die Nacht, und ihr
wohntet in mir. Und ich hörte Sems Stimme wie einen Quell!
Aber ich weiß nicht mehr, was der Quell sagte!«

Tali hielt den Kopf gesenkt und die Wange an Sems Wange
gelehnt. Der Wagen schütterte, und so seufzte sie: »Noah –
der Kalendermann hat es vorausgesagt: du bist ein Sohn aus
der Höhe und du wirst uns ins Licht führen!«

Als sie am Abend des zehnten Tages Rast machten und
Nojadohu die Ochsen zum Tara zur Tränke führen wollte,
kam ein Trupp Reiter auf Zebras herangesprengt und wehrte
den Ochsen den Weg zum Fluß. Und sie riefen: »Der Tara
gehört dem Gott Tolül!« Und sie fragten, wer sie seien, woher
sie kämen und wohin sie wollten.

Noah antwortete, er kenne keinen Gott Tolül; es gebe nur
einen Gott, den Freundlichen Herrn über den Wolken. Überdies sei es nicht Sitte am Tara, Reisende nach ihrem Namen

und Woher und Wohin zu fragen, er müsse denn annehmen, Räubern in die Hände gefallen zu sein.

Die Zebrareiter aber erklärten, sie seien des Gottes Tolül Flußwächter, und kein Ochse und kein Mensch dürfe aus dem Tara trinken, der nicht zuvor dem göttlichen Tolül seinen Tribut gebracht und das Lob seiner Ölmühle gesungen habe.

Und Noah erfuhr ferner, daß Tolül, der Gott von Chamdech, lange Zeit in der Gestalt eines Ölmüllers verborgen, sich den Leuten von Chamdech vor kurzem offenbart habe. Alle Männer seien seine Kriegsknechte geworden und die zögen übers Land, um Sklaven nach Chamdech zu bringen. »Ihm gehört der Tara«, so sagte feierlich der Anführer der Reiter, »die Städte an seinem Ufer und die Städte und Dörfer tiefer im Lande; und die regenspendende Wolkendecke gehört ihm und jeder Mensch, der einmal aus dem Tara getrunken hat und daraus trinken wird.«

Noah fragte, was es denn bedeute, das Lob der Ölmühle zu singen, und er vernahm, daß in Tolüls Mühle nun statt Raps und Oliven die Köpfe und Glieder seiner Widersacher gemahlen würden. Jeder aber sei sein Widersacher, der nicht das Lob der Ölmühle singe. »Und wenn ihr trinken wollt, bringt Tolül Tribut, einen Goldring für einmaliges Trinken, Frauen, Kinder, Knechte und Ochsen einbegriffen, und sprecht das Lob der Ölmühle, es lautet:

> Preis dem göttlichen Ölmüller,
> Preis seinen mahlenden Steinen.
> Hirn, Mark und Blut
> Aus den Gebeinen der Widersacher
> Sind sein Salböl!
> Preis Tolül, dem Gotte von Chamdech!«

Als Noah erwiderte, das Loblied sei sehr lang, er möchte es wohl nicht so schnell erlernen – sagte ihm der Anführer, daß

Tolül gnädig den Fremden und Neulingen in seinem Reich Zeit gebe und fürs erste mit dem Spruch: »Preis Tolül, dem göttlichen Ölmüller« zufrieden sei.

Aber Noah wollte auch nicht diesen kurzen Satz sagen, doch bot er dem Anführer statt eines zwei Goldringe an, wenn er sie dafür trinken ließe. Doch da erklärte der Anführer, er müsse ihn wegen seiner Widerspenstigkeit sofort mit den Seinen nach Chamdech vor das Angesicht Tolüls bringen.

Und man ließ weder die Gefangenen noch die Ochsen trinken, sooft die Horde der Reiter auch rastete und an den Fluß ging; und die Reise dauerte noch zwei Tage, und Menschen und Tiere waren fast verschmachtet. Darauf erblickte Noah den Tyrannen von Chamdech: Tolül, den Schrecklichen. Er saß am Kopfende eines langen Saales auf einem Thron aus lebendigen nackten Menschenleibern. Sie waren gefesselt und lagen wie Ziegelsteine kreuzweis übereinander. Zwischen den Beinen des Furchtbaren blickte ein Kopf heraus, wie überall Köpfe und Füße hervorstarrten. Dieser Thron bestand aus den zur Ölmühle bestimmten Opfern; drei Tage mußten sie so daliegen, dann wurde der Thron erneuert, und immer gab es einen großen Vorrat an solchen leise seufzenden Fleischpolstern.

Das Gesicht Tolüls war fett und bartlos, seine Augen waren klein und bald von einer stolzen Vergnügtheit, bald mit List und Angst gefüllt. Sein Gewand war ein Panzer aus der Haut des Flußpferdes, der gewaltige Bauch war mit Goldringen behangen. Auf dem Kopf trug er die Schwanzfedern des Paradiesvogels, und wenn er lachte, regten sich die Federn in giftigem Farbenspiel, und das Gold an seinem Bauch klimperte. Sein Mund war klein und vorgestülpt wie bei einem schlimmen Säugling. Er stellte an Noah viele Fragen. Als er vernommen hatte, daß er den Schatzmeister Semoths gefangen habe, rief er: »Bald werde ich auf deinem Herrn sitzen, weißt du das? Ich habe mir vorgenommen, ihn zu meinem Reittier abzurichten!«

Als Noah fragte: warum denn, in Misodach kenne man nicht einmal Tolüls Namen, rief der Tyrann: »Eben darum will ich den Semoth demütigen, weil ich seinen Namen kenne, er aber nicht den meinigen. Semoth hat Tolül beleidigt. Siehst du das ein?«

Das verneinte Noah.

Tolül bezwang nur schwer seine Wut. Aber er war sehr neugierig und wollte wissen, warum Noah Misodach verlassen habe. Noah sagte, um eines Traumes willen, den sein Fürst Semoth geträumt. Als Tolül den Traum wissen wollte, sagte Noah, es stehe ihm nicht zu, die Träume seines Herrn zu verraten.

Da ließ Tolül das Weib Noahs heranführen, betrachtete Tali wohlgefällig und sprach: »Wenn du mir den Traum deines Herrn nicht mitteilst und das Loblied nicht singst, werde ich dein Weib vor deinen Augen besitzen.«

Noah reckte sich, seufzte und rief: »Der Freundliche Herr über den Wolken wird dir Maden ins Gehirn schicken, und du wirst nackt auf dem Marktplatz tanzen, und die Kinder werden dir Vogelfedern ins Gesäß stecken, du böser Narr! Und du wirst tanzen und dich immer noch herrlich finden, denn du bist dunkler in deinem Innern als das Flußpferd, mit dessen Haut du dich panzerst!«

Ob dieser Rede ließ Tolül auf der Stelle Noah die Zähne mit einem Hornmesser herausbohren, und seit diesem Tage war Noahs Stimme lispelnd. Und wer darüber lachte, bedachte nicht, daß Noah undeutlich sprach, weil er die Wahrheit zu deutlich bekannt hatte. Tolül ließ Noah und seinen Sohn entkleiden und gebunden auf den Haufen der Leiber legen. Am andern Tage wollte er kommen und auf ihnen sitzen, und am dritten Tage sollten ihre Gebeine zerquetscht werden. Tali aber nahm er mit in sein Schlafgemach. Er fürchtete sich, sie vor Noahs Augen, wie er angedroht, zu besitzen, denn er hielt den Fremden für einen heiligen Mann. Tali aber bezauberte ihn durch ihre Lieblichkeit dermaßen, daß er, nachdem er ihr beigewohnt, sie noch in der Nacht auf die Waage stellen ließ und ihren Leib mit Goldringen aufwog. Dann trank er Palmwein und rauchte Nungdong und stellte ihr viele Fragen über Misodach und seinen Fürsten, und sie antwortete ihm freundlich. Tolül aber brüstete sich vor der schönen Tali, wie er in der Stadt, wo er regiere, über Nacht einen Aufstand gemacht und die Vornehmen der Stadt getötet, ihre Schätze an seine Anhänger verteilt und die Macht an sich gerissen habe. Er wisse, daß er immer noch heimliche Feinde in Chamdech habe, aber er lehre sie alle, das Lob seiner Ölmühle zu singen. Und er sang ihr, fast schon betrunken, sein eigenes Loblied vor. Als er geendet hatte, saß er still und böse da und fragte sie drohend, warum sie nicht sein Loblied singe. Da erhob sich Tali schweigend und begann zu tanzen. Und sie sang dazu, und die Wachen draußen an den Türen des Gemachs wurden still, und der ganze Palast lauschte, als sie sang:

»Steine, Steine in Tolüls Mühle
Mahlt, zermalmt ihr des Tolüls Feinde!
Steine, Steine am dritten Tage
Mahlt, zermalmt ihr mir meine Seele.
Steine, Steine, an welchem Tage
Mahlt, zermalmt ihr den Müller selber?«

Als Tolül dieses Lied gehört hatte, begann er zu zittern. Und er verkroch sich auf seinen Pfühlen, biß in die Katzenfelle und schrie: »Hinaus mit ihr, hinaus!«

Und die Wache kam und führte Tali hinaus. Da sie nackt war, standen die Männer wie geblendet vor ihrer Schönheit und fragten sie, was sie für sie tun könnten. Und sie bat, man solle ihr Speise und Trank geben, und sie ging damit in den Saal, wo Noah und Sem lagen. Und sie hieß die Männer aus Tolüls Leibwache die gebundenen Körper des Thrones alle nebeneinander legen. Und sie erquickte alle, wusch Noahs

Wunden, kämmte seinen Bart und blieb bei ihm schweigend sitzen bis zum Morgen. Die Männer der Wache aber starrten ihre Schönheit an, sie jedoch wußte nicht, daß sie nackt war und darum mächtig über die Männer; erst als die Sonne kam, bedeckte sie sich mit dem Mantel eines Soldaten.

Am frühen Morgen ließ Tolül Tali und Noah und Sem vor sich kommen, und er fragte Noah, ob er seinen Traum so treu bewahren wolle wie den Semoths. Noah stammelte: »Wenn du ihn mir anvertraust, werde ich dem Samenkorn deines Traumes ein treuer Boden sein und ich werde dir die Deutung sagen, wenn er aufgeht.«

Da befahl Tolül, daß man Tali und Sem hinausführte, und daß alle übrigen das Gemach verließen. Und er flüsterte Noah seinen Traum ins Ohr. Er habe, so sagte Tolül, ein großes Ei am Himmel gesehen, es sei heruntergefallen, zersprungen, und Wasser sei herausgelaufen, Wasser, Wasser, und der Tara sei über die Ufer getreten und habe alles überschwemmt.

Noah erschrak und rief: »Woher hast du diesen Traum?« Denn er glaubte, Tolül habe sich auf irgendeine Weise Semoths Traum bemächtigt. Und er überlegte, wie das möglich sei, da er ihn nicht einmal Tali erzählt hatte.

Da duckte sich Tolül und sagte: »Wahrlich, du weißt mehr als die übrigen, du bist ein heiliger Mann. Es ist nicht mein Traum, sondern der Kalendermann von Chamdech hat das diese Nacht geträumt. Er kam in der Frühe und erzählte ihn mir, und da hab' ich ihn getötet, um seinen Traum zu besitzen, denn auch ich will einen Traum haben und ein Geheimnis mit dir. Mein Kalendermann sah dich nämlich, als du mir im Saale widersprachest, und er sagte, du habest noch das dritte Auge, das so selten geworden sei, und es sei gefährlich, dich zu töten. Also ließ ich ihn töten, aber sanft, mit dem Steinbeil, und ich setze dich hiermit an seine Stelle, daß du uns die Zeit angibst und mit deinem dritten Auge über die Stadt wachst und den Traum des Kalendermannes, der nun Tolüls Traum ist, mir zur rechten Zeit deutest. Denn der Kalendermann von Chamdech hatte bisher treffliche Träume, sah er doch unter anderem voraus, daß meine Ölmühle Hirn, Mark und Knochen mahlen würde und ich Herrscher sei über den ganzen Tara gen Süden. Seine eigenen Träume aber konnte er nicht deuten, doch den von der Ölmühle deutete ich selber, wie du siehst!« Und Tolül lachte und rieb sich die Hände an seinem Bauch und spielte an den Goldringen.

Noah sprach: »Ob ich das dritte Auge habe, weiß ich selber noch nicht, doch sage ich manchmal Zukünftiges, und ich weiß hinterher nicht, daß ich gesprochen habe. Über die Stadt Chamdech will ich wachen, doch das Lob der Ölmühle kann ich nicht singen, denn sie ist mir ein Greuel, und ein Greuel ist sie auch vor den Augen des Freundlichen Herrn über den Wolken. Und das sage ich dir, Tolül: wenn du nicht abläßt von deinem Wege, wirst du selber in der Ölmühle zermalmt werden.«

Da zitterte Tolül wieder, zog sich auf seinen Pfühl in das Dunkel zurück und biß in die Felle und schrie: »Still, still! Hinaus! Geh und sei der Kalendermann, und komm mir nicht mehr vor die Augen!«

So wurde Noah Kalendermann in Chamdech, stand unter der höchsten Kokospalme der Stadt, hob die Finger an der Hand und ließ sich die Zehen mit dem Saft des Korumgewächses schwärzen. Er rief den zehnten Tag aus und den hundertsten und begrüßte das neue Jahr. Zwei Jahre und fünf Wochen nach seiner Ankunft in dieser Stadt gebar ihm Tali einen Sohn, den sie von Tolül empfangen hatte, und er nannte ihn Cham, das heißt: der Finstere oder Dunkle, wie Chamdech »Finsterstadt« bedeutet. Denn der Knabe war braun und er wuchs heran, wurde fett wie Tolül und war an einem Tage wie eine häßliche Raupe, am andern wie ein heller Schmetterling. Doch Tali und Noah liebten ihn, weil er ein Kind und am Leben war.

Die dritte Legende

Wie Noah sein Haupt gramvoll mit Asche bestreute,
ein Preislied verfassen mußte und ins laute Ur
geschickt ward. Wie der stolze Fürst Semoth ungerecht
und zu Tolüls Reittier wurde.

So war also nun Noah Kalendermann von Chamdech geworden. Sein Haus stand nahe unter der großen Kokospalme, wo er die Zeit ansagte, die elternlosen Paare traute, Kranken, ihnen zum Trost oder zur Heilung, die Hände auflegte und Geängstigten und Verwirrten Rat und Beistand zukommen ließ. Und viele tasteten sich bald nachts im dichtesten Dunkel an seine Hütte oder flüsterten ihm am hellen Tage, Krankheit vortäuschend, in das stets geneigte Ohr, was Tolüls Herrschaft an neuen Leiden und Schrecken ihnen täglich aufbürdete. Immer zahlreicher zog der Schreckliche Söhne und Männer aus den Familien, um sie als seine Kriegsknechte, die von seinen Zebrareitern angeführt wurden, gegen die kleinen umliegenden Städte und Dörfer zu schicken. Die Beute nahm er für sich und seine Getreuen. Auch mit Semoths Kriegern trafen sich Tolüls Scharen viele Male, aber immer aufs neue wurden sie geschlagen.

Noah aber erfuhr von den Gefangenen aus Misodach, daß Semoth, die Klare Mittagsstunde, verdüstert sei. Wegen des Taubengesetzes habe er viele Bürger von Misodach hinrichten lassen, sogar einen seiner Söhne, und für jede Taube, die seine Häscher tot in den Straßen fänden, müsse ein Mensch sein Leben lassen. Nun wußte aber Noah, daß Tolül durch seine Späher in Misodach heimlich Tauben töten und nachts in die Höfe und auf die Häuserdächer werfen ließ.

Noah in seinem Kummer um Semoth bestreute nachts sein Haupt mit Asche, fastete und betete zum Freundlichen Vater über den Wolken. Und da sah er in einem Traum Tolül im Palast auf seinem Thron von nackten Menschenleibern sitzen. Und er sah einen Mann auf ihn zutreten, mit blankem Steinbeil, und er schlug Tolül den Schädel ein. Und als sich dieser Mann umdrehte, sah Noah: der Mann mit dem Steinbeil – das war Tolül selber! Und Tolül lachte, putzte das Steinbeil ab, rieb sich den Bauch und setzte sich sodann selber auf den Thron.

Noah sann über diesen Traum zehn Tage lang nach. Ganz Chamdech war in dieser Zeit erfüllt von den Kriegsvorbereitungen gegen Misodach. Tolül hatte die Stadttore schließen und scharf bewachen lassen, daß keine Botschaft von den Rüstungen nach Misodach dringe.

Da nun Noah glaubte, der Freundliche Vater über den Wolken habe ihm diesen Traum geschickt, um Tolül zu drohen, ging er in der Frühe in den Palast und ließ sich vor Tolül führen. Und er teilte ihm mit, was er gesehen hatte und sprach: »Wenn du, Herr von Chamdech, nicht abläsest von diesem Streit mit Semoth, wird ein anderer Tolül kommen und dich erschlagen, denn der Tolüls gibt es viele!«

Da verzerrte sich das Gesicht des Tyrannen, und er rief: »Einer ist Tolül, der Gott von Chamdech! Und es wird ihm keiner gleich gefunden am ganzen Tara! Und nach zehn Flußpferdgeschlechtern wird kein Weib einen andern Tolül gebären. Und wenn du Narr mit dem dritten Auge noch einmal den Gott von Chamdech mit deinem Gelalle erzürnst, kommst du in die Ölmühle!«

So sprach er, doch plötzlich sprang er von seinem seufzenden Throne auf und lief im Saal umher, wo sie ganz allein waren. Und er begann laut zu lachen und zu tanzen. Darob verwunderte sich Noah über die Maßen. Tolül aber schickte ihn fort, doch befahl er ihm, jeden Tag im Palast hier zu erscheinen. Er habe sich stumm vor dem Gott von Chamdech zu verneigen und wieder zu gehen, das solle seine Strafe sein.

Und Noah tat in den nächsten Wochen, wie ihm befohlen

worden war, und jedesmal traf er Tolül bemalt und geschmückt auf dem seufzenden Thron, und um ihn die Wächter und Würdenträger, und kein Wort wurde von jemandem gesprochen. Und jeden Tag färbte bei dieser Gelegenheit Tolüls Zeitmeister, um sich den Weg zu sparen, dem Noah einen Finger und nach jeder Woche eine Zehe. An dem Tag nun, als sieben Zehen gefärbt waren, geschah es, als er sich gerade zur Verbeugung ausgestreckt hatte und sich erheben wollte, daß ein Mann mit vielen Kriegern hinter dem Thron hervor in den Saal trat und dem regungslos und stumm dasitzenden Gott von Chamdech mit einem Steinbeil den Schädel einschlug.

Noah schrie auf. Doch der Mann mit dem Steinbeil wandte sich um, und es war Tolül, er lachte: »Felsen der Zeit, lispelnder Wochenvater, rege dich nicht auf, noch lebt der Gott von Chamdech!«

Auf solche Weise hatte Tolül die ganze Stadt Chamdech und auch die Späher aus Misodach getäuscht und einen ihm ähnlichen Mann auf den Thron gesetzt, während er selber nach Misodach geeilt war und die von Semoths Ungerechtigkeit empörte Stadt mit List und Verräterei genommen hatte.

Und Tolül rief, auf den erschlagenen Mann zeigend: »Seht, er mußte sterben, weil er auf dem Thron Tolüls saß.« Und er befahl Noah, ein Lied auf den Sieg zu dichten.

Am folgenden Tage aber ließ Tolül Semoths Weib, Söhne und Töchter in die Ölmühle fahren, und Semoth stand dabei und mußte zuschauen, wie die Steine sie zermalmten. Und der Fürst von Misodach rief: »O meine Tauben, o meine Sperber!« Darauf ließ ihn Tolül auf der Stelle blenden, und durch Semoths Ohren wurde ein buntgefärbter Zügel aus Kokosfasern gezogen und auf seinen Rücken ein Zebrasattel aufgeschnallt. Tolül bestieg den Rücken des gebückt einherschreitenden Semoth, und inmitten seiner Zebrareiter machte er einen Umzug durch die Stadt, und fast jedermann in Chamdech jubelte dem Sieger laut und begeistert zu. Selbst viele von denen, die heimlich zu Noah gekommen waren, um

Klage gegen den Tyrannen zu führen, sangen nun das Lob der Ölmühle, denn der Ölmüller war siegreich.

Tolül aber forderte durch Boten das Preislied von Noah. Tali war in jener Zeit schwanger. Als Noah sie ratlos fragte, was er schreiben sollte, ohne weder den Tyrannen noch auch den Freundlichen Vater über den Wolken zu erzürnen, sagte sie: »Was fragst du mich, Noah, du Sohn des Freundlichen! Deine Worte sind den Weg des Pfeils gewohnt, dein Herz ist gefügig der Wahrheit wie der Halm dem Wind, wie die Saiten dem Finger. Singe, und dein Lied wird richtig sein. Und was auch geschieht: der Kalendermann von Tarunga war nicht vom Palmwein berauscht, als er dich einen Sohn des Freundlichen nannte.«

Da hockte sich Noah auf die Erde und schrieb. Und schickte seinen Knaben Sem mit dem Preislied in den Palast. Tolüls Schreiber las es dem siegreichen Ölmüller vor, das Lied ging so:

> Die klare Mittagsstunde wurde dunkel
> Von geträumten Tauben.
> Der lange Tag erblindete
> Von geträumten Sperbern.
> Der Fürsten Vater,
> Der Träger der Gerechtigkeit,
> Zum Esel wurde er,
> Zu Tolüls blindem Esel.
> O Taube, laß dein Ei,
> Das alle Makel abwäscht,
> Nicht früher auf die Erde fallen,
> Bis Tolül mit dem Beil Tolül erschlug.

Noah wartete, von Angst gelähmt, was der Tyrann mit ihm und den Seinen solchen Fluchgesanges wegen begänne. Doch der Knabe Sem kam froh und singend einhergesprungen.

Das verstand Noah nicht. Noch am selben Tag kamen Boten, legten viele goldene Ringe vor Noah hin und feine Gewänder, und draußen setzten sie ihn auf ein Zebra und brachten ihn zum Palast.

Da rief, kaum daß er den Eintretenden erblickte, der Tyrann von ferne schon: »Vater der Zeit, Dreiäugiger, wir haben schon die Melodie zu deinem Lied. Oder weißt du eine bessere?« Und er ließ die Sänger und Musikanten das Preislied vortragen. Und an der Stelle: ›bis Tolül mit dem Beil Tolül erschlug‹ sang der Tyrann selber mit und jauchzte.

Als Stille eingetreten war, sagte Tolül: »Kalendermann! Für jedes Wort einen Goldring, hast du gezählt? Deine Worte sind ein Segen wie Tolül ein Segen für das Land am Tara! Aus dem Munde eines Kalendermannes und eines Dreiäugigen kommt kein Wunsch, der nicht Segen bringt; und es kann kein Tolül den Tolül erschlagen, denn es gibt ja nur einen Tolül, den Gott von Chamdech und den Herrn von Misodach und allen Städten am unteren Tara.« Und seine Günstlinge riefen: »Und innerhalb von zehn Flußpferdgeschlechtern wird kein Weib einen andern Tolül gebären!«

Der Tyrann rieb sich den Bauch und lobte Noah insbesondere, daß er Semoth in seinem Preisgesang so tief gedemütigt habe. »Zum Esel ward er, Tolüls blindem Esel«, rief der Tyrann und schnalzte mit der Zunge vor Vergnügen und tanzte.

Darauf ließ er Semoth kommen und ihm das Lied vorsingen. Da richtete sich Semoth unter dem leeren Sattel aus seiner gebückten Stellung auf und rief: »Zum Esel ward er, zu Tolüls blindem Esel! O Taube, laß dein Ei bald auf die Erde fallen, meine Schmach zu tilgen!« Tolül aber hüpfte vor Vergnügen, und seine Getreuen lachten.

Nicht wenige Wochen darauf wurde Noah von Tolül nach Ur gesandt, von den Urern Tribut für das Wasser aus dem Tara zu fordern. Und Noah dankte dem Freundlichen Vater über den Wolken, solch eine wahnwitzige Gesandtschaft erhalten zu haben. Er ließ Nojadohu den Ochsenwagen bespannen und fuhr mit Tali, Sem und Cham am Tara entlang gegen Norden. Schon bald schickte er die Zebrareiter zurück. In der dritten Reisewoche gebar Tali auf dem Wagen, als die Sonne sich legte, ihren drittgeborenen Sohn. Kaum daß ihn Noah erblickte, rief er erstaunt aus: »Er hat weißes Haar, ein Greisenkind!« Doch Tali meinte, daß sei das Licht der untergehenden Sonne. Aber am anderen Morgen waren die Haare immer noch so hell wie am Abend zuvor, und die Augen leuchteten wie Saphire. Tali war von dem Aussehen des Knaben entzückt, während Noah dem Knecht Nojadohu beipflichtete, der meinte, man werde sich schon mit der Zeit an diesen Anblick gewöhnen, das Kind sei im Schoße der Mutter offenbar nicht fertig geworden, es fehle die Farbe! Was aber die Greisenhaare angehe, so könne man sie ja färben. Und Noah nannte ihn Japhet, den auf dem Wagen Geborenen, was bedeuten will: der Reisende oder der Heimatlose. Sie rasteten an der nächsten Tränke einige Tage und kamen nach genau einem Jahr und drei Wochen in Ur an.

Als sie der hohen Mauer ansichtig wurden, fiel Noah auf sein Gesicht und betete. Und er erhob sich, schloß Tali und seine drei Söhne in die Arme und sagte: »Nie wollte ich nach dem lauten Ur, nun aber schickt mich der Freundliche durch Befehl des Tyrannen selber hierher.«

Und er stellte sich dem Rat der Stadt Ur, überreichte Tolüls Tributforderung, knüpfte, derweil der Schreiber sie dem lächelnden Rate vorlas, sich, seinem Weibe Tali und Sem und Cham einen Strick um den Hals, ließ alle niederfallen und bat sodann, ihn, den Gesandten Tolüls, vor dem Schrecklichen zu erretten und ihnen das Bürgerrecht von Ur zu gewähren. Nach kurzer Überlegung traten die Männer des Rates aufs neue hervor. Und man überreichte Noah eine Tontafel, auf welcher vermerkt war, daß ihm, falls er ein Vermögen von zehn schweren Goldringen vorweisen könne, auf ein Jahr das Bürgerrecht von Ur verliehen sei. Wenn bis dahin keine Klage gegen ihn erhoben werde, könne er mit seiner Familie bleiben.

Noah wollte, wie es in Tarunga, Misodach und Chamdech die Sitte verlangte, erneut niedersinken und dem prächtigsten der Ratsherren die Fußsohle küssen, doch der lächelte und zog seinen Fuß zurück und sagte: solche Sitten finde man in Ur barbarisch und ungeziemend. Für den Bürgerbrief sei dem Rat ein schwerer Goldring zu erlegen, das sei alles. Und Noah sah, wie die Ratsherren, die rechte Hand an den Hinterkopf legend, sich leicht verneigten. Und da tat er ebenso, zahlte auf der Stelle, und noch lange Zeit später rühmten viele an Noah, wie rasch er sich in die Sitten Urs gefunden habe, und man nannte ihn Noah Lahu, den schnell Drehenden oder den schnell Spinnenden, was bedeutet: schnell denkender Noah.

Und mit fünfunddreißig schweren Goldringen kaufte er sich ein großes Haus am Rande der Stadt, nahe am Tara, und er begann mit Sem und Nojadohu Fische zu fangen und Boote zu bauen.

Die vierte Legende

*Wie Noah ein Bürger von Ur wurde und im
Verborgenen ein Hochgelobter Wochenvater blieb.
Wie Noahs Fragen über die Dächer von Ur liefen wie
ein lustiger Wind.*

Das Haus, das Noah nahe am Tara bald nach seiner Ankunft in Ur gekauft hatte, erwies sich, wiewohl es aus gebrannten Steinen errichtet und luftig und geräumig war, da die Sommerhitze kam, als unbewohnbar. Der Verkäufer hatte Noah betrogen, denn seitdem am Flußufer in der Nachbarschaft einige große Gerbereien erbaut worden waren, hatte das Haus seinen Wert verloren. Es war Winter, als Noah mit seiner Familie kam, und in dieser Zeit war der Tara reißend, Nordwinde wehten, und man hatte den fauligen Gestank nicht bemerkt. Als aber die ersten heißen Tage gekommen waren und der Wind ausblieb, begannen zuerst Tali und Sem und dann auch Noah zu ächzen und sich die Nase zuzuhalten, selbst der kleine Japhet in der Wiege weinte, nur Cham kroch wie früher am Ufer umher, wühlte im heißen Schlamm und kam, wenn man ihn zum Essen rief, gutgelaunt und mit Schmutz bedeckt nach Hause. Überdies hatte Noah mit seinem Knecht Nojadohu und Sem eine Art von Booten verfertigt, wie man sie in Misodach baute: sie waren breit und konnten nicht kippen, und die Damen von Ur, die abends gerne auf dem Tara sich erholten, zogen diese Wasserrosenboote oder Noahdonkhitu – was etwa Noahdamenretter bedeutet – allen andern vor; er hatte in einem halben Jahr mit einigen Zimmermannssklaven, die er sich für den halben Tag gekauft hatte – in der Nacht waren die Arbeitssklaven von Ur freie Leute – eine ganze Anzahl gebaut.

So ging er denn mit Sem auf die Suche nach einem neuen

Haus; das alte sollte von nun an nur noch als Magazin und Werkstätte dienen.

Doch merkte er bald, nachdem er mit verschiedenen Grundstücksmaklern verhandelt hatte, daß es für ihn passender sei, ein oder zwei Stockwerke zu mieten, als ein Haus zu kaufen. Denn die Häuser in Ur waren Türme oder, ähnlich wie der große Stufentempel inmitten der Stadt, als eine Anzahl immer kleiner werdender kubischer Stockwerke aufeinandergesetzt. Die höchsten Häuser, die man höchst übermütig Maranowatahohu, also Nadeln im Wolkenkissen der Himmlischen, nannte, reichten bis zu fünfzehn Stockwerken empor; und wenn auch an regenlosen Tagen bis zu dem heiligen Wolkenschleier, dahinter das Antlitz des Herrn des Himmels kam und ging, noch ein gewaltiger Abstand blieb, so hatte doch an Regentagen dieser Name eine Berechtigung, wiewohl Noah nie ein hohes Haus Maranowatahohu genannt hätte, weil ihm das seine Gottesfurcht verbot.

Ein solches Haus zu kaufen hätte für ihn bedeutet, es wieder an andere zu vermieten, die oberen Stockwerke als Wohnräume, die unteren als Läden und die unter der Erde als Lagerräume oder Fabriken oder Wassermühlen; der Tara nämlich verzweigte sich in vielen Kanälen durch die Stadt und trieb unter den Häusern Polterhämmer, Göpelwerke und Mühlen und beseitigte in zugemauerten Kanälen überdies den Unrat der Stadt. Diese unterirdische Arbeit des Tara kam Noah täglich aufs neue unfaßbar vor, schon in seiner Jugend hatte man ihm davon erzählt wie von einem Weltwunder. Auch hatte er gehört, daß man in Ur ›die Nacht vertreiben könne‹, – und nun hatte er selber die nur den Bürgern von Ur gestatteten und einzig vom Magistrat zu erwerbenden Lampen, die keiner bei hohen Strafen nach auswärts geben durfte, sich gekauft – freilich für eine Menge Geld! Das war ein großer Topf, und jede Woche kam der Lichtmann vom Magistrat und füllte ihn mit einem bröseligen Stoff, dem sogenannten Lichtstein, dessen Geruch Tali niesen ließ. Und darauf schüttete man Wasser. Und oben war da ein Stein-röhrchen, und hielt man eine Flamme daran, kam eine andere pfeifend aus dem Topf gesprungen und stand grell und bläu-lich da und brannte, solange man wollte, ein wahres Wunder!

Aber wie sehr er auch Ur als die Stadt der Städte betrachten lernte, wohl fühlte sich Noah nie in ihren Mauern. Diese unaufhörliche Arbeit drunten und die unaufhörlichen Feste auf den Dächern droben, dieser Übermut bei den üppigen Reichen, diese Raffgier der Kleinbürger und diese dumpfe Er-gebenheit der Arbeitssklaven, deren Köpfe zur Hälfte gescho-ren waren – die der Leibsklaven aber waren ganz gescho-ren –, dieses Feilschen und Hasten in den breiten Gassen und vor allem diese Gottlosigkeit um den goldstrotzenden Stufen-tempel herum, – das alles machte, daß er beschloß, still wie ein Fremdling hier zu leben, sein Brot zu verdienen, Tontäfel-chen für seine Bibliothek zu kaufen und abzuwarten, was der Freundliche Herr über den Wolken mit ihm vorhabe. Und auch deshalb, weil er sich als Sohn des Freundlichen fühlte, wollte er kein Hausvermieter sein. So mietete er sich den höchsten Würfel auf einem elfstöckigen Haus und für die Diener den Würfel darunter, und kaum hatte er das getan, erhielt er sofort den Besuch von einigen angesehenen Bür-gern, während er früher in seinem Haus am Tara stets allein geblieben war. Später gestand ihm der Mühlenbesitzer Ramandop, ein dicker Mann mit dem gutmütigen Gesicht eines Säuglings: »Fürwahr, Noah, wir glaubten allen Ernstes, du wärest ein armer Flüchtling, – und nun sehen wir, du bist vermögend, vielleicht sogar wohlvermögend, wenn du für deine Diener eigens einen Stock mietest.«

Noah saß mit Ramandop häufig auf dem Dachgarten, schaute über die Stadt und füllte seinem Gast die Nungdong-pfeife und hörte ihm zu. Er mußte die Urer kennenlernen und so stellte er manchmal Fragen, und die brachten Ramandop gelegentlich derart zum Lachen, daß man auf dem Nachbar-dach aufmerksam wurde und herüberrief, was los sei. Und

Ramandop gab, was ihm so spaßhaft vorkam, mit rufender Stimme weiter, und da mußte man dort ebenso lachen. So konnte es geschehen, daß eine Frage von Noah über die Dächer von Ur lief wie ein lustiger Wind und überall das Zwerchfell in Bewegung brachte.

Das Wort vermögend – rakka – bedeutete am Tara allgemein nur: imstande sein oder: sein Leben bestreiten aus eigenen Mitteln, ohne Sklavenarbeit verrichten zu müssen – in Ur aber bedeutete Rakkahuk einen Menschen, der auf Grund seines Reichtums gleichzeitig als fein, vornehm, gebildet, kurz als gesellschaftsfähig galt, eben als imstande zu allem.

Und so fragte denn Noah ahnungslos: »Sind eigentlich die Rakkahuks im allgemeinen gebildet?« Das mußte in Ramandops Ohren, der doch selber ein Vermögender war und sich – bei Ur! – für durchaus gebildet hielt, sehr komisch klingen. Und er rief es über die Dächer. Oder Noah fragte: »Warum habt ihr keinen Kalendermann?« In Ur pflegte man bereits seit vielen Jahren die Zeit nicht nur nach Tagen und Nächten, sondern sogar nach Stunden zu messen; Noah hatte die großen hölzernen Räder selber gesehen. Von einem mit stets gleich viel Wasser gefüllten hölzernen Kanal fiel das Wasser auf die Schaufeln des Rades und drehte sie. Davon wurde ein Pfahl, einer der zehn Stundenpfähle, langsam in die Höhe gehoben; wenn der zweite sich hob, senkte sich langsam der erste. Und so konnte man an der Nummer des erhobenen Pfahles ablesen, welches die Stunde war und an seiner Höhe sogar, ob die Stunde halb oder erst zu einem Viertel vorüber war. Und ebenso, nur noch kunstvoller, wurden die Tage gemessen: Große Kugeln fielen herab, für jeden Tag eine, der Monat aber wurde vom Vorsteher des Uhrwerkes mit einem Kerb im Jahrespfahl vermerkt. In den übrigen Städten am Tara nannte man Ur ›die Stadt, wo man selbst die Stunden zählt!‹

Auch Noah kam diese Genauigkeit übertrieben vor, überdies rief statt eines Menschen der herabfallende Balken die

Stunde pochend aus, sogar bei Nacht, ohne Gesang und ohne Segenswunsch, und den Monat vermerkte man mit einem Kerb, wie der Krämer einen Sack Mehl auf dem Brett.

Diese Frage nach dem Kalendermann machte Noah bald in der ganzen Stadt bekannt, man zeigte auf ihn und rief ihm das Wort Kalendermann nach, und die wenigsten wußten, daß er in Chamdech wirklich Kalendermann gewesen war. Noah lächelte darüber und nahm das als einen Hinweis des Freundlichen über den Wolken, seinem ehemaligen Beruf im Herzen treu zu bleiben und die heiligen Titel, die er einst getragen: ›Felsen der Zeit‹, ›Freund des Freundlichen über den Wolken‹, ›die Nuß der Zeit aufschlagendes heiliges Steinbeil‹: er erwog sie alle, und keinen wollte er ablegen, sondern allen gerecht werden.

So blieb er, wenn auch im verborgenen, ein Hochgelobter Wochenvater, und es war hernach nicht nur seine Einfalt und sein lispelndes Sprechen, sondern auch die Würdigkeit in seinem Wesen und Gehaben, weshalb er bald in Ur eine ebenso bespöttelte wie volkstümliche Erscheinung wurde. Doch da er zu den Rakkahuks gehörte, zu denen, die droben wohnten, wie die einfachen Leute sagten, genoß er alle Vorrechte der Vermögenden, und sogar der Exkönig von Chamdech, der in Ur als Privatmann von hohem Ansehen wohnte, lud ihn ein, sobald er hörte, daß Noah Tontäfelchen sammelte. Ihiwuhu, was Sieger im Felde bedeutet oder guter Schnitter, hatte eine Rückkehr nach Chamdech, wenn man seinen Worten Glauben schenken sollte, ganz aus seinen Gedanken verbannt. Doch verschiedene Bekannte machten Noah darauf aufmerksam, daß der Name des göttlichen Ölmüllers und der seiner Zebrareiter in Ihiwuhus Hause nicht genannt werden durften; sogar Ölmühle oder Zebra sei zu vermeiden und mit Olivenquetsche und gestreiftes Tragtier zu ersetzen, woran sich Noah auch gewissenhaft hielt.

Ihiwuhu war sehr leutselig, er begrüßte Noah mit wiederholtem Händeklatschen, legte sogar nach der Begrüßungsart der Urer die Hand ans Hinterhaupt und verbeugte sich, und zwar sehr tief, als hätte man ihm nie die Fußsohle geküßt. Und er stopfte, wie es der gute Ton verlangte, sofort mit eigenen Händen Noah einige Pfeifen mit Nungdong, ließ ihm Palmwein kredenzen, Wurzel- und Blütenschnäpse, fragte ihn nach seiner Frau und den Kindern, ihrem Namen und Alter und sogar, ob Japhet schon Zähne habe. Ihiwuhu hatte von Japhet, dem Greisenkind, mancherlei erfahren und drückte den Wunsch aus, sich einmal die Saphiraugen des Kleinen und die weißen Haare persönlich anzusehen, worauf Noah ihn denn einlud nach dem in Misodach und Chamdech einem Fürsten geziemenden Zeremoniell: »Wenn dir, du Helle Mittagsstunde, meine Hundehütte genügt…« Auf Ihiwuhu schienen solche Redewendungen noch sehr viel Eindruck zu machen, wiewohl er Noah gegenüber im Gespräch einige Male betonte, um wieviel wohler er sich als Privatmann denn als König fühle. Er zeigte darauf Noah seine Kunstsammlung: Lackfarben bemalte Krüge aus dem Lande Poot, auf denen dicke Frauen mit bunten Vögeln spielten; Regengötterchen aus Elfenbein mit gespreizten Beinen, in deren offene Köpfe man Wasser hineingießen konnte, daß es unten an der richtigen Stelle heraussprizte, – zur Erhöhung der Fruchtbarkeit bei Mensch und Tier und Pflanze, wie Ihiwuhu erklärte – ein kindischer Glaube, über den Noah nur den Kopf schütteln konnte. Ihiwuhu bemerkte das und sagte, natürlich glaube auch er nicht an solche Mätzchen, obgleich er in seiner Bibliothek ziemlich ernste Autoren vorzeigen könnte, die von der Wirksamkeit der Regengötterchen einiges hielten. Es müßten hier wohl, legte Ihiwuhu dar, uralte Menschheitserfahrungen vorliegen, sonst hätte ein solcher Glaube sich nicht so zäh erhalten können. Noah warf geradezu mit Abscheu ein, daß weder in seiner Heimatstadt Tarunga noch in Misodach ernste Menschen sich je mit Regengötterchen abgegeben hätten, weder zum Regenmachen noch zum Beschützen der Ernte oder für sonst irgend etwas;

das seien immer nur Ammen und Geschäftemacher, die an solchem Aberglauben hingen. Und diese ernsten Autoren stammten gewiß nicht aus Städten des südlichen Tara, wo die reine Lehre herrsche.

Darauf schüttelte Ihiwuhu den Kopf und seufzte: »Die reine Lehre, du bist ein großes Kind, Noah, das sagen alle Urer! Was ist denn die reine Lehre?« Worauf Noah sagte: »Die Überlieferung.« »Und wie heißt die bei euch in Tarunga?« fragt Ihiwuhu mit herablassendem Lächeln. »So heißt die Überlieferung gemäß den Vätern, die einzig wahre: daß der Freundliche über den Wolken« – Noah blickte zur Höhe und verbeugte sich dann – »immer da war und immer da sein wird. Daß er ist: sehr alt und sehr jung, sehr lang und sehr kurz, sehr dick und sehr dünn, sehr hell und sehr dunkel, sehr angenehm und sehr schrecklich, – und nicht ist nach unserem Maße gemacht, und daß, wer ihn macht nach seinem Maße, ein Tor ist, und daß man zerstören muß das so nach dem Menschen gemachte Bild. Und die Überlieferung ist: daß der Freundliche nie allein war, sondern ist in Gesellschaft mit allem, und daß die Erde fast so alt ist als der Freundliche und er soviel jünger ist als die Erde, daß er auch nicht die Erde ist und die Erde nicht der Freundliche; sondern daß sie einander bestimmt sind zum Spiel und zum Spiegel! Und die Überlieferung ist: daß der erste Mensch vom Freundlichen gemacht wurde als goldene Fledermaus. Sie mußte essen vom Fleisch aller Tiere und aller Pflanzen, bis sie ganz Mensch war, das dauerte lange! Und er war schön und hieß Aa, vom Freundlichen selber so benannt nach dem Ruf der großen Freude, womit er dem Freundlichen dankte, als er von allem gegessen hatte und nun alles verstand. Und die Überlieferung heißt: daß Aa den Staub aller Tiere in sich vertragen konnte, nur nicht den der Schlange, den entließ er. Sein Weib Ee nahm die Schlange in sich auf, daß sie nicht verlorengehe. Sein Sohn Awa entließ den Affen, den er nicht ertragen konnte, und das Weib nahm den Affen auf, daß er nicht verlorengehe. Ein jeder der Nachkommen Aa's, jeder gibt ein Tier von sich, das er nicht ertragen kann, und darum soll er ein Weib haben, das Tier aufzunehmen, daß es nicht verlorengehe.

Und die Überlieferung ist diese: Aa war im glücklichen Garten und er lebte mit Ee wie mit einer Schwester. Er war vom Glück glänzend und dumm geworden wie Gold, Ee aber war schläfrig vom Glück. Der Freundliche wollte nun sein Werk am Menschen vollenden, er sollte sich bewegen. Und er öffnete Aa's Kopf und ließ es hineinregnen. Da spürte Aa die Schlange und entließ sie. Und von Stund an begann er sich zu bewegen über die Erde!«

Hier fiel Ihiwuhu ein, hob eins der Regengötterchen und rief: »Mir dämmern ganz plötzlich einander sehr ähnliche Ufer der Gedanken auf, lieber Noah! Ich möchte mich mit der Überlieferung von Tarunga doch eingehend beschäftigen. Es scheint mir, als ob diese Regengötterchen mit den geöffneten Köpfchen in dunkler Anlehnung an diesen euren Aa gebildet sind.«

Da merkte Noah, daß es Ihiwuhu nicht um den Freundlichen über den Wolken, sondern um seine Wissenschaft zu tun war, und er schwieg. Überdies erhob der Exkönig gegen die Überlieferung Einwürfe, die Noah ausgemacht töricht, ja ungläubig klangen. So führte er die Entstehungsgeschichte von Ur als Einwand gegen die Überlieferung an, wie Noah sie dargestellt hatte. Ur beanspruchte nämlich für sich die Ehre, vom ersten Menschen gegründet zu sein. Er habe ausgesehen wie ein Frosch, dieser Mann Uu, und sei aus dem Schlamm des Tara entstanden. Sodann habe er sich ein Haus gebaut und das Haus habe er geschwängert wie ein Weib, und es habe Kinder geboren, die ersten Urer.

Darauf schüttelte nun Noah seinerseits den Kopf und sagte: »Diese Urer! Ich will nichts gegen meine Gastgeber sagen, aber das ist doch ein Märchen! Ein Frosch ist kein Mensch, und ein Mensch ist kein Frosch. Und wie kann er aus dem Schlamm entstehen ohne Hilfe des Freundlichen? Und ein Haus schwängern, das ist nicht nur häßlich, sondern auch unsinnig. Man braucht mit keinem Wort weiter darauf einzugehen.«

Ihiwuhu bemerkte: nun, das mit dem Absondern der Tiere sei auch reichlich unverständlich. »Was mich angeht«, er hob die Schultern, »ich halte es doch für ziemlich schwer, zu haltbaren Vorstellungen über die Frühzeit zu kommen. Und was über den Wolken ist, das überirdische Reich, scheint mir noch schwerer festzustellen zu sein. Man müßte einen Turm bauen, sehr hoch und breit, habe ich mir manchmal gedacht, der mit seiner Spitze über die Wolkendecke ragte. Die überraschenden Ausblicke und Einblicke wären der Arbeit und des Kapitalaufwandes wert. Aber hier in Ur herrscht nur ein geringes religiöses Interesse, und ich allein hätte nie die Mittel zu einem solchen Gebäude. Außerdem sagten mir alle Architekten, die ich befragte, einstimmig, daß man einen solchen Turm nur auf einem hohen Berg jenseits des Tara aufrichten könne, und daß die Arbeit ein ganzes Menschenleben lang daure. Wer aber möchte dort solch ein Gebäude aufrichten?«

Nach diesem Gespräch fuhr er fort, Noah seine Kunstschätze zu zeigen, goldne Schilde, Frauenschmuck, Knochenfibeln in Gestalt von Schlangen und Vögeln, unter anderm auch Steinbeile und Feuerbohrer, wie sie längst aus der Mode gekommen waren. Noah war erstaunt und wollte wissen, aus welchem Grund die Helle Mittagsstunde solche alten und wertlosen Dinge aufhebe. Aber Ihiwuhu erklärte, hier in Ur sei das große Mode, allerlei Sachen zu sammeln, die zu nichts mehr taugten, um zu sehen, wie man sich früher beholfen habe. Das fand Noah sehr klug; weniger, so sagte er, um stolz zu sein auf das Heutige, als um zu sehen, daß die Vorfahren auch nicht dumm waren und sich auf ihre Weise zurechtfanden. Was übrigens den Turm angehe, den hohen Turm, um über die Wolkendecke zu schauen, – es gebe ihn. Und als Ihiwuhu überrascht ihn anblickte, legte er seine Rechte langsam auf sein Herz und sagte: »Hier hat jeder Mensch den Turm, den er besteigen kann! Von hier aus sieht er den Freundlichen, wenn er ihn sehen will. Hier treffen sich Himmel und Erde zu hochzeitlicher Begegnung. Hier träufelt noch heute der Freundliche seine Träume in den Menschen, o Helle Mittagsstunde, du bedarfst keines andern Turmes! Alles ist in dir, Aa hat von allem gegessen, und der Freundliche hat dich nicht allein gelassen. Er ist dein Gast, sooft du ihn bittest!«

Aber Ihiwuhu kraulte sich unter dem Gewand die Haare auf der Brust und sagte: »Nicht übel, auch ein Mensch ohne Zähne kann schön sprechen. – Aber jetzt die Tänzerinnen!« Und er zeigte Noah nicht mehr die Bibliothek, sondern gleich seine schönsten Tanzmädchen und bat ihn, er solle sich eine aussuchen, für eine Woche oder zwei wolle er eine der Hübschen ihm leihen: alle – und er wies stolz mit dem ausgestreckten Arm auf die Tänzerinnen – alle hätten die Tänzerinnenhochschule für Singen, Tanzen und Lieben besucht, und alle seien bei den Prüfungen prämiiert worden.

Noah war sehr verlegen. Er dachte an Tali, was sie sagen würde, wenn er mit solch einer leichtgeschürzten Person ankäme. Doch konnte er diese gastfreundliche Leihgabe des Exkönigs nur schwer ausschlagen. So dankte er denn, sich dreimal verneigend, legte aber dann doch Ihiwuhu dar, daß er in Tali ein sehr liebes Weib gefunden und außerdem drei rüstige Mägde habe.

Diese Antwort war der Grund, warum man Noah bald einen vom Weibe Regierten nannte, denn Ihiwuhu erzählte jedermann: der Reeder Noah – man sollte es nicht für möglich halten – habe Angst gehabt, seiner Frau mit einer Tänzerin nach Hause zu kommen. Das vermehrte die Zahl der Besucher in der Zweimalzehnundfünfstraße – Urs Straßen waren numeriert –, weil jeder Urer, sobald er davon hörte, sich Tali einmal ansehen wollte. Aber die Weise, wie sie hereintrat, jeden Gast freundlich zu begrüßen, ihn nach seiner Gattin und den Kindern zu fragen, und dann wieder, nachdem sie sich vor Noah und dem Besucher verneigt hatte, rückwärts gehend, wie es die Sitte – und nicht nur in Ur – wollte, den Dachgarten verließ, das machte auf alle den besten Eindruck, wie sie sagten. Doch fanden sie, des Reeders Weib, man vermied es, den Namen einer verheirateten Frau auszusprechen, sei zu leicht, und das war in den Augen der Urer, die den Wert einer verheirateten Frau zum großen Teil nach dem Gewicht bemaßen, ein Schönheitsfehler. Seltsam war dabei, so fand Noah, daß die Tänzerinnen hingegen leicht sein mußten; und Tali, fett und leicht zugleich, also genau dem urischen Schönheitsideal der Tänzerinnen entsprechend, war ein wenig gekränkt, als sie über die Mägde vernahm, was ihr nach Meinung der Urer abgehe, doch hoffte sie im stillen, durch neue Geburten an Fülle und Gewicht zuzunehmen, und sie bat Noah, wie so oft schon, um eine Tochter. Aber Töchter gebaren die Mägde.

Zizi, was Heimchen heißt, aber auch einsame Musikantin, gebar, kaum daß sie im neuen Hause in der Zweimalzehnundfünfstraße einzogen, ein Mädchen, das Sem so häßlich wie eine Spinne fand, ohne zu ahnen, wie schön es einmal sein werde; Noah nannte es Eewo, Neue Urmutter, was übrigens kein seltener Name war, da man gern in einem kleinen Mädchen die Lebenswiege künftiger Geschlechter erblickte.

Sem, damals schon ein Jüngling und imstande, fast allein ein Boot zu bauen, und stets mit guten Zensuren aus der Schule heimkehrend, saß, wenn er zu Hause war, zur Verwunderung aller gern im Frauengemach, und zwar, um das in einem Bastgeflecht baumelnde kleine Eewochen zu wiegen. Tali ärgerte das, denn er hatte sich um den kleinen Japhet nie gekümmert; im Gegenteil, wenn der schrie, hatte auch er geschrien: »Dieser Saphiräugige hat keine Würde, und er ist ein Säufer!« In diesem Punkt mußten alle im Hause Sem recht geben: Japhet trank die Mutter leer, beide Brüste, und dann noch die rüstige Magd Ola, was Brotkneterin bedeutet, die um diese Zeit, da Japhet zweijährig war, ihr Kind verloren hatte, einen starken Knaben, dessen Dasein Tali bedrückte, bis der Tod ihr zu Hilfe kam. Tali hielt lange den toten Knaben im Arm und sang, seine Seele bittend, in ihrem Blut eine Zeit zu wohnen, solange es ihm gefalle; das versöhnte Ola mit Tali. Im Hause Noahs war mehr Friede als Zank, sogar im Frauengemach.

Die dritte Magd stammte aus Ur, sie war die Tochter eines Bademeisters, und Noah hatte sie kurz nach seiner Ankunft um einen kleinen Gold- und drei Kupferringe gekauft. Sie hatte ihn, wie es ihre Aufgabe war, in einem der öffentlichen Bäder bedient, und zwar mit so flinken, geradezu lustigen Händen, daß er Fragen an sie stellte, weil er meinte, ihre Zunge müßte den Händen entsprechen. Bei seiner Aufforderung zu sprechen, war sie zuerst verlegen, bald aber sprudelte sie nur so alles hervor, was er wissen wollte. Sie hatte eine besondere Gabe, jeden Klatsch aufzufangen und weiterzugeben, und Noah dachte, daß er eines solchen Ohres, weniger allerdings einer solchen Zunge bedürfte, wiewohl ihre Stimme angenehm war. Sie sprach außerdem, wie der Bademeister betonte, ein gutes Hochurisch, wofür er allerdings drei Kupferringe über den durchschnittlichen Preis einer ausgebildeten Ganzmagd verlangte. Und Noah zahlte, denn ihm dünkte es wichtig, bald mit seiner Familie ein gutes Hochurisch zu sprechen.

Die Unterschiede zwischen den Sprachen in den verschiedenen Städten waren nicht allzu groß, aber das Urische hatte häufig eine andere Betonung, und oft bedeuteten Wörter, die ungefähr dasselbe wie in Tarunga oder Chamdech zu bedeuten schienen, etwas ganz anderes. Und da die Urer, wiewohl sie für Noahs Ohr eine unangenehm glucksende, singende und auch unklare Aussprache hatten, sich auf ihr Hochurisch eine Menge zugute taten, war es nötig, sehr nötig, jemanden um sich zu haben, der Tag für Tag auf einen einredete. Dazu kam, daß er um seiner fehlenden Zähne wegen sich um doppelte Deutlichkeit bemühen mußte. Und da half Hihiwanga, so hatte Noah sie umgenannt, einerseits, weil sie einen ziemlich unanständigen oder doch zweideutigen Namen hatte, und dann auch, weil er mit diesem Namen ihre Stellung in der Familie festlegen wollte, denn Hihiwanga hieß Siegerin mit der Zunge oder einfach auch Sprachlehrerin. Und über dem Erlernen des Hochurischen gewann Noah das Zünglein Hihiwanga täglich lieber. Als Hihiwanga seit zwanzig Wochen guter Hoffnung war, bat sie Noah eines Tages, sie in den Tempel zu führen, wo sie zum Schoße der Erde um gute Geburt beten und ein Opfer darbringen wollte. Noah erklärte seiner Magd, daß er gerne mit ihr gehen werde, um diesen Tempel und noch andere zu sehen, aber es tue ihm leid, daß sie Opfer und Gebete verschwende vor Bildern, die Menschen erfunden und gemacht hätten. Er selber werde für sie zum Freundlichen über den Wolken beten um gute Geburt, Wolle und Spezereien verbrennen, und wenn es soweit sei, ein Böcklein schlachten! Und sie würde mit dem Freundlichen in Gesellschaft sein und mit ihm essen.

Dann aber bestellte er zwei Sänften, eine für sich und eine für Hihiwanga, und Tali atmete auf, als er dem Diener die Zahl zwei sagte. Aber ihr Sorgen war ganz umsonst, denn wenn auch Noah manchmal das Lager mit den Mägden teilte und sie fruchtbar machte, die Sänfte teilte er nur mit Tali: sie war und blieb die Herrin und Dienerin seines Herzens.

Die fünfte Legende

Wie Noah in Ur ein angesehener Mann wurde.
Der Besuch der Tempel. Wie Noah
Ach klarmachte, auf welche Weise Ur gegen seine
Feinde zu schützen sei. Der Vorzüglich
Wohlvermögende.

Die Tempel von Ur waren fast immer leer. An einigen großen Festtagen, also am Tag der Gründung Urs, am Jahresbeginn und am Tag des Geschäftsglücks, zog der Magistrat vom Regierungspalast, dem Zehnhäupterhaus, wie er hieß, durch die erste Straße, die wenigstens vierzig Schritt breit war, gerade und gepflastert, bis zum großen Stufentempel, wie er meist genannt wurde, wiewohl er eigentlich Narukkatempel hieß, also Tempel der Urbefruchtung, ein Name, unter dem sich jedoch die ungebildeten Urer nichts vorstellen konnten.

Dem zehnköpfigen Magistrat, der mit seinen Frauen in den Sänften saß, folgten die Familien der Rakkahuks, genau nach dem Grade ihres Vermögens näher oder weiter vom Magistrat entfernt. Und die Prozession bewegte sich inmitten der aufgeputzten Sklaven und der zuschauenden Menge langsam bis zu den Stufen des Tempels der Urbefruchtung. Da die Rakkahuks, zumal der Magistrat, sonst immer droben auf ihren Dächern lebten und in Clubs, war es für die kleinen Leute und die Halb- und Ganzsklaven sehr schwer, einmal eine Beschwerde oder eine Bitte gleich an den richtigen Mann zu bringen, und auch bei solch einem öffentlichen Umzug war es nicht leicht. Denn abgesehen davon, daß man die Bittschriften sich für teueres Geld vorher von den Schreibern mußte verfassen lassen, entstand bei der Prozession jedesmal ein großes Gedränge, und das Täfelchen konnte einem aus der Hand gestoßen und zertreten werden. Das beste war, noch einmal zu bezahlen und sich an die Pulukus zu wenden, große und starke Männer, die von nichts anderem lebten, als ein paarmal im Jahr diese tönernen Bittschriften in irgendeine Sänfte hineinzuschaffen. Und da sie nur eine auf einmal abgeben durften, mußten sie innerhalb einer Stunde oft zehnmal immer aufs neue in den Strudel stoßen. Wenn sie dabei zu heftig wurden, riskierten sie jedesmal als das geringste, von den Leibhütern der Magistratsbeamten einen Stockschlag auf den Kopf zu bekommen, und so bedeutete denn in Ur das von dem Berufsnamen dieser Männer abgeleitete Tätigkeitswort puluki: sich für andere gegen Entgelt vergeblich plagen, ein von den niederen Ständen häufig gebrauchtes Wort. Aber auch wenn ein Rakkahuk etwa einen Magistratsbeamten um etwas bat, sagte er scherzend hinterdrein: »Ich möchte freilich nicht, daß du dich pulukst!«

Diese Prozession konnte nicht feierlich geraten, aber man hatte in Ur auch keinen Sinn für Feierlichkeit. Sobald der Magistrat endlich an den haushohen Stufen angekommen war, stieg man auf den Zickzackwegen in einer Eile, wie sie die Bäuche der Ratsherren eben zuließen, zu dem Tempel hinauf, der in dieser Stunde für das Volk abgesperrt war. Jedes Mitglied des Magistrats durfte der Reihe nach alle zehn Ämter, aber jedes nur ein Jahr lang, bekleiden, und so wurde jeder Ratsherr auch einmal der Opferpriester. Und da die noch von früher Zeit herstammenden Zeremonien sehr schwierig und die liturgischen Texte noch in Althochurisch abgefaßt waren, der betreffende Ratsherr aber weder Zeit noch Lust hatte, sich wegen der vier, fünf Male Opferdienst im Jahr mit dem Einstudieren der Zeremonien zu befassen, gab es jedesmal die komischsten Zwischenfälle; komisch deshalb, weil jeder der anwesenden Ratsherren und Rakkahuks das Zeremoniell wenigstens zum Teil kannte und vielleicht nicht gerade diesen Fehler gemacht hätte, den er an einem Neuling im Amt nun belächeln konnte. Der Opferpriester hatte das kleine Häuschen, das Urhäuschen von Ur, das der erste Mensch befruchtet hatte, in einem froschhaften Hüpfen zu umzirken. Er stellte selber den Froschmenschen dar und trug auch zu diesem Zweck ein froschgrünes, enganliegendes und gepunktetes Kleid. Dies Hüpfen schon war nicht leicht, zumal, wenn der zelebrierende Ratsherr dick und schwerfällig war.

Als Noah dem Vorgang zum ersten Male beiwohnte, mußte er den Kopf schütteln, doch sein Nachbar, der Mühlenbesitzer Ramandop, Noahs Kritik voll Verständnis anhörend, sagte leise, das wüßten natürlich die Urer genau so gut, aber was könne man gegen die Tradition machen! Jeder verwünsche diesen ebenso lächerlichen wie schweißtreibenden Froschtanz, den zu erlernen einfach hoffnungslos sei. Er habe das, Ur sei Dank, hinter sich! Seine Frau habe ihn hinterher drei Jahre lang noch ausgelacht.

Noah sah sodann, wie der Zelebrant, nachdem er den Tanz beendet hatte, sich eine goldene Schüssel reichen ließ, darin Lehm war. Er nahm mit einem Finger, offenbar bemüht, sich nicht zu beschmutzen, ein Krümchen Lehm und berührte das kleine Lehmhaus damit. Ramandop erklärte: das bedeute die Erbauung des Hauses durch den Froschmenschen, und Noah fand, das sei doch sehr vereinfacht. »Um Urs willen!«, seufzte Ramandop, »wenn er das nach der Vorschrift machte, dauerte die Sache bis Mitternacht. Wir hatten mal einen Ratsherrn, er hieß Nokodaka, übrigens ein Büchersammler von Ruf, er ist schon lange tot –«, aber Noah hörte ihm nicht zu. Er sah, wie einige versteckt lachten und der Zelebrant mit jemand flüsterte, der ihn zu belehren schien. Darauf legte sich der Opferpriester auf den Bauch und kroch singend in die Hütte hinein. Die Tür war ziemlich schmal gebildet, und als er im Innern verschwunden war und Noah mit seinem zahnlosen Lispeln fragte, was er da tue, war plötzlich Schweigen eingetreten, und alle konnten Noahs Worte vernehmen. Diese Frage galt allgemein als seine bisher komischste, und jeder schüttete sich nach der Feierlichkeit aus vor Lachen. Ramandop aber sagte leise: »Das bedeutet die Zeugung Urs!« Und Noah seufzte.

Im übrigen war der Tempel, der über der Lehmhütte seine Decke spannte, von einer Pracht, wie sie Noah noch nirgends gesehen hatte. Er war häufig allein oder mit Tali oder Sem oder Hihiwanga hergekommen, um sich die bunte Holzdecke anzusehen. Da lagen lange Bäume schön behauen von Wand zu Wand, und der graue Stein war überall glattgerieben und spiegelte wie Wasser. Andre Steine waren dazwischengefügt und sahen, wenn man weit genug davon ab stand, wie Bilder aus: Abbildungen von Elefanten, Tigern, Schlangen. Es gab auch Menschen mit Froschköpfen, Fische, die Menschengesichter hatten, und was für verrückte, aber hübsche Dinge sonst noch, wie Noah voll Geringschätzung für den Aberglauben sagte, aber zugleich voll Lob für die Kunst an den Wänden des Tempels.

Auch die anderen Tempel besuchte Noah im Laufe der Zeit alle. Sie waren eigentlich nur für die kleinen Händler, die Arbeiter und Sklaven auf Staatskosten errichtet, aber ausgenommen den Tempel des Geschäftsglückes standen sie meist leer. In diesem Tempel, der ebenfalls eine prächtige Holzdecke hatte, stand ein goldener Elefant, aus seinem Rüssel ließ er unaufhörlich Wasser rinnen über die vielen breiten Stufen hinab, wo es langsam verdunstete. Dies Wasser galt als günstig und fördernd für jede Geschäftsunternehmung, und jedermann, der ein Geschäft abschloß, bestellte seinen Partner in diesen Tempel: zum Goldenen Elefanten! sagte man einfach. Und sie standen mit bloßen Füßen in dem glückbringenden Naß, und nicht nur kleine Händler, sondern auch Rakkahuks; denn wenn man im übrigen aufgeklärt war, – bei Geschäftsunternehmungen hielt jeder vorsichtig am Hergebrachten fest mit der Begründung, es könne zum mindesten nicht schaden.

Als Noah einst wegen einer größeren Bestellung von Noahdamenrettern zum Goldenen Elefanten ging und dort auf den Auftraggeber wartete, hörte er, wie ein junger, kräftiger Mann – er mochte nur wenig über hundert Jahre alt sein – in

der höflichen Art der Leute vom südlichen Tara einen Kleinbürger anredete, der sich gerade mit dem glückbringenden
Wasser die Hände wusch und sich dann Lippen und Stirn
benetzte. Der junge Mann, nur mit einem Schurz von Ziegen-
fellen und einer Mütze bekleidet, sagte also: »Stolz deines
Geschlechtes, laß dein geschwollenes Stierauge einen Atemzug auf mir, dem Fremden, ruhen!« Und als der Kleinbürger,
sehr geschmeichelt, das tat, fuhr der junge Mann fort: in der
Stadt Ur – die Himmlischen möchten immerdar Licht und
Regen über sie ausgießen – wohne ein Mann namens Noah,
zu dem sei er gesandt.

Da trat Noah herbei, und als der junge Mann die Sprache
von Tarunga hörte, fiel er sofort in die Pfütze nieder, küßte
Noahs Fuß und gab sich als den Sohn von Talis Vetter zu
erkennen, und Noah war so beglückt, daß er, seines Geschäf-
tes vergessend, mit ihm sofort nach Hause ging.

Tali war vor Freude zuerst ganz benommen und sie konnte
kaum eine Frage stellen.

Die letzte Nachricht von ihren Eltern in Tarunga hatte sie
damals in Misodach erhalten, und das war ein Glückwunsch
auf die Nachricht von der Geburt Sems. Nach Chamdech
aber wagte niemand einen Boten zu schicken, und erst nachdem Noah sich in Ur niedergelassen, hatte er seinen Schwie-
gereltern durch einen reisenden Kaufmann einen Tonbrief
zukommen lassen; seither waren aber mehr als zehnmal zehn
Wochen vergangen, wie man in Ur, wo man gern lange Zahlen in den Mund nahm, für zehn Jahre sagte.

Die Nachrichten aus Tarunga waren schlecht. Noahs Vater, Nohu, war mit seiner ganzen Familie aus Tarunga verbannt worden. Er hatte die Verlängerung seiner Amtszeit als
Stadthauptmann durch Bestechung einiger Alter aus dem
Wahlkollegium erreichen wollen, und als die Sache heraus-
kam, war man streng gegen ihn vorgegangen. Allerdings
nicht streng genug, vermerkte Noah bitter, als er das Folgende hörte. Nohu hatte sich, nachdem er die ihm auferlegte

Geldstrafe entrichtet, zunächst grollend von der Öffentlichkeit zurückgezogen, im stillen aber Ränke gegen den neuen Stadthauptmann und das Ratskollegium geschmiedet. Als man schließlich vernahm, daß er mit Tolül in Verbindung getreten sei, um durch ihn gewaltsam zum ewigen Stadthauptmann von Tarunga eingesetzt zu werden, da hatte der Rat ihn verbannt – »nur verbannt«, wiederholte Noah streng, »und dabei hätte die Wonne meines Antlitzes wirklich das Steinbeil verdient!« Und er verhüllte sein Gesicht mit dem Mantel und saß lange stumm da.

Als der junge Verwandte nach einer Pause zu erzählen fortfahren wollte – Noahs Schmerz achtend, hatten sie lange geschwiegen –, kam Ramandop und kurze Zeit nach ihm der Ratsherr Ach, eben derselbe, der bei Noah die Damenretter in Auftrag geben wollte. Ach bekleidete dieses Jahr das Amt des obersten Feldherrn, und er war bereits im dreihundertfünfundzwanzigsten Jahr. Er hatte nie im Felde gestanden, einfach weil man nirgendwo als in Ur leben konnte, so sagte er. Ach hatte trotz seiner Jahre sich sein sportliches Äußeres bewahrt. Er ritt jeden Morgen noch einige Stunden, und sein Zebrastall war der beste in Ur. Sein Bärtchen war nach der neuesten Mode nur eine Handspanne lang und mit Goldtinktur gefärbt, und natürlich trug er die Goldhaarperücke, doch standen die vergoldeten Wollfäden daran kurz und in die Höhe gesträubt, eine Modeschöpfung Achs, die sich allgemein bei den jungen Leuten durchsetzte, so daß sogar Sem mit der Bitte kam, eine Achperücke tragen zu dürfen. Noah hatte nur streng den Kopf geschüttelt und auf sein eigenes, freiwachsendes Haar an Kopf und Bart gezeigt und Sem gefragt, ob er vornehmer sein wolle als sein Vater. Noah, der zwar Wohlgerüche liebte und eifrig benutzte, haßte diese Achereien, wie er verächtlich sagte. Achs Erscheinen in seinem Hause, wiewohl es eine Ehre bedeutete, war ihm unangenehm, denn er hielt sich und seine Familie vom Umgang mit den Froschkindern fern, damit nicht auch sie zu quaken begännen.

Nach den ziemlich ausgedehnten Begrüßungszeremonien, die der Besuch eines der zehn Stadtoberhäupter vorschrieb, bat Ach auf seine stets betont demokratische Weise, doch bitte von ihm keine Notiz zu nehmen, sondern den jungen Fremden in seiner Erzählung fortfahren zu lassen. Das tat der nun auch, aber Ach verstand nicht alles. Als er von Noah, der übersetzte, vernahm, daß die Stadt Tarunga sich vor Tolül fürchte und eigens diesen jungen Mann nach Ur gesandt habe, um durch Noahs Fürsprache beim Rat zu erwirken, daß Ur Hilfstruppen nach Tarunga schicke, da sagte Ach: »Vorzüglich, daß mich Noah beim Goldenen Elefanten in der Glückspfütze stehen ließ, und vorzüglich, daß ich herkam. Daß Tolül Tarunga mit Krieg zu überziehen gedenkt, ist nicht vorzüglich; daß aber Tarungas Rat nach Ur schickte, ist dagegen wieder vorzüglich! Ich werde darum meinen Kollegen das gelegentlich vortragen, und es ist nicht ausgeschlossen, daß wir, vermögender Noah, den jungen Verwandten mit der Gesandtschaft betrauen. Er wird einen Brief nach Tarunga tragen, und darauf steht dann geschrieben, daß keiner Tarunga ohne den Willen Urs antasten darf. Und Tarunga wird eine Gesandtschaft mit Gold nach Ur schicken, die Zahl der Goldringe werde ich mit meinen Kollegen besprechen. Und ich werde im Rat vorschlagen, daß man dir, vermögender Noah, wenn das Bündnis zustandekommt, den Titel ›Wohlvermögender‹ oder gar ›Höchstvermögender‹ verleiht.«

Noah legte nun dar, so wie die Dinge lägen, sei höchste Eile erforderlich. Tolül habe schon eine ganze Anzahl von Städten überfallen, springe schnell und unerwartet wie der Tiger zu, und das Hin- und Herschicken von Gesandten dauere doch zumindest zweimal zehn Wochen, und Tarungas Lage sei damit noch immer nicht geändert.

Ach befremdete diese Rede und er bemerkte nur, Ur könne doch nicht einfach Truppen in die Welt schicken, und Ramandop stimmte ihm bei. Zuerst müßte alles vertraglich festgelegt und vor allem die Anzahl und die Güte der Goldringe die Tarunga als Preis seiner Rettung sende, geprüft sein. Und dann kam Ach auf das Wasserrosenboot zu sprechen, bestellte drei, die ganz anders aussehen müßten als die bisherigen, worüber man noch sprechen werde, und ging mit Ramandop davon.

Und nun erst erfuhr Noah von seinem jungen Verwandten, daß in der letzten Zeit eine große Anzahl angeblicher Flüchtlinge aus Chamdech nach Tarunga gekommen sei, und allmählich habe sich die Meinung in Tarunga festgesetzt, daß diese den Tyrannen Tolül Tag und Nacht lästernden Leute nichts anderes als Zebrareiter des göttlichen Ölmüllers seien. Nur die wenigsten hätten Frauen bei sich, Kinder seien fast überhaupt keine bei ihnen, die habe angeblich Tolül alle in seiner Ölmühle zerquetscht. »Nuki«, sagte Noah ernst, so hieß nämlich der junge Verwandte, »Nuki, mir scheint, Tarunga ist verloren! Reite heim, ich schenke dir das beste Zebra, das ich finde. Sorge für das Leben von Talis Eltern! Bring alle im stillen aus der Stadt und kommt nach Ur!«

Nuki reiste am andern Tag ab, der Winter begann gerade, und die frische Luft war schnellem Reiten günstig. Noah aber besuchte die erlauchten zehn Köpfe von Ur, wie man die Ratsherren nannte, der Reihe nach, besuchte also den Allessehenden Lichtvater, dem die Ausgabe und Kontrolle der Lampen und die Stadtpolizei unterstand; besuchte den Lächelnden Gastwirt Urs, der die Gesandten empfing und die auswärtigen Geschäfte erledigte; besuchte den Uralten Froschfreund, wie der oberste Priester offiziell hieß, und vor allem besuchte er den Hüter von Urs Seele, also den Schatzkanzler, der zugleich Finanzminister und wegen seiner Steuerobliegenheiten wohl der einflußreichste Mann von Ur war, und besuchte die Unerschütterliche Säule, den obersten Richter nämlich, der ebenfalls viel vermochte; besuchte aber auch den Erleuchteten Kopföffner, wie der Vorsteher von Urs Schulen hieß, und sogar den Vorsteher der Hospitäler und Kloaken, den Segensspender, besuchte er, nur weil er eine

Stimme im Rat hatte. Der höchste Beamte aber, wenn er auch nur ein primus inter pares war, hieß Heiliger Wächter, und ihm unterstand die Kontrolle des Magistrats und der Stadtbeamten, der Stadtuhr und des Kalenders. Dieser Heilige Wächter war nur für seinesgleichen zu sprechen, das hatte der Brauch so entwickelt, und Noah versuchte gar nicht einmal, zu ihm zu gelangen. Auch beim Gedächtnis der Stadt, dem Beamten, der die Geburtsregister führte und die Chronik schrieb, wurde er nicht vorgelassen. Bei diesen Gängen hatte ihm Ach, der Starke Arm Urs, wie sein Titel lautete, zuvorkommend Empfehlungsschreiben mitgegeben, doch sagte ihm Ach jedesmal ruhig: »Vorzüglich, daß du deiner Heimatstadt gedenkst; aber es wird nichts nützen, wenn nicht zuerst der Vertrag abgeschlossen wird.« Und es nutzte wirklich nichts. Doch als es dann eintrat, was Noah jedem der Stadthäupter weit und breit auseinandergesetzt hatte: daß Tolül einfach in das Gebiet von Tarunga einfiel, die Frauen und Kinder abschlachtete und die Männer verstümmelte und zu Sklaven machte, war man in Ur doch überrascht. Einige Rakkahuks machten den Ratsherren Vorwürfe und rühmten Noahs Weisheit, und man sagte, daß es hier nicht um Tarunga gegangen sei, sondern um Ur! Diesem Machtzuwachs Tolüls könne man nicht einfach stillschweigend zusehen. Wenn man schon nicht Tarunga aus Freundschaft habe helfen wollen, so hätte man doch Ur in Tarunga verteidigen müssen. Und diese Wendung: Ur in Tarunga verteidigen, so komisch sie zuerst klang, lief bald über die Dächer und mit ihr zugleich der Name Noahs, denn er war es, der dies Wort geprägt und auf seine lispelnde und würdige Weise stets wiederholt hatte. Und Noahs Name wurde mit dem Tolüls in Ur sehr bekannt, und den einen liebte und den andern haßte man.

Noah aber baute Boote und weinte mit Tali um ihre Eltern. Denn bald nach den ersten Nachrichten, von Flüchtlingen aus Tarunga nach Ur gebracht, kam auch Nuki mit der Botschaft, daß Talis ganze Familie nicht mehr am Leben sei. Talis

Vater, der in jener Unglückszeit, aber zu spät, zum Stadthauptmann gewählt worden war, hatte sich und seine Familie nicht der Macht der Zebrareiter überlassen. Als vielmehr die Knechte noch an den Toren des Gehöftes kämpften, hatte er die Seinen alle um sich versammelt und sie der Reihe nach mit dem Steinbeil erschlagen. Und dann war er selber, wie die Knechte berichteten, den Feinden entgegengetreten und er hatte gekämpft, bis er unter einem Haufen von Feinden erstickt war.

Nuki zeigte stolz mehrere Verwundungen: er hatte in der Stadt gekämpft, bis er die Nachricht vom Tode seiner Verwandten erhielt. Und er war dem Tode nur entgangen, weil er die seltene Kunst verstand, daherfliegende Steinbeile am Griff zu schnappen und gleich zurückzuschleudern, weswegen er, wie er nicht ohne Prahlerei erzählte, stets die Hände voller Steinbeile hatte und seinen Rückzug mit Leichen pflasterte. Bei der Zimmermannsarbeit an den Booten führte er aber das Steinbeil weniger geschickt, und auch aufs Brennen, Glätten und Teeren verstand er sich schlecht, so daß ihn Noah durch seine Beziehung zu Ach, dem Starken Arm von Ur, bei den Söldnern unterbrachte. Wiewohl Noah damit gerechnet hatte, daß Ach den starken und klugen jungen Krieger etwa im Rang eines Rakka-du einstellen würde, war er sehr überrascht, als Nuki bei der nächsten Gelegenheit sich ihm mit Goldplättchen und Litzen und Federn geschmückt als Rakkawaudu, als ein Vermögender Größerer, vorstellte, und noch mehr überrascht war Noah, als Ach darauf, ohne zu erröten, sagte: er hoffe nun, eines der Wasserrosenboote nicht in Rechnung gestellt zu erhalten. Und so mußte Noah für seinen Verwandten Nuki, der ihm häufig in die kleine Werft zuschauen kam, im Schweiße seines Angesichts arbeiten, und Nuki bemerkte noch hierzu, in seiner bunten Uniform dastehend, daß es sich für den Oheim eines Rakka-waudus nicht zieme, Sklavenarbeit zu verrichten, er habe doch genügend bezahlte und für ihn tätige Hände. Aber da wurde Noah, der sanfte, nun doch zornig. Nuki verstand sein Gelispel kaum, nur soviel, daß er sich wegscheren solle. Sklavenarbeit sei Sklavenarbeit, und wenn er denen nicht auf die Finger sehe und mitarbeite, dann könne er seine Werft zumachen und mit dem Ruf der Noahdamenretter wärs zu Ende.

Aber Noah merkte bald, daß auf Nuki diese und ähnliche Ermahnungen keinerlei Eindruck machten. Tali verteidigte im stillen vor Noah den schmucken jungen Verwandten, und sie wies darauf hin, daß er doch zur vollen Zufriedenheit der Vorgesetzten seinen Dienst verrichte. Ja, Dienst – und das war Wasser auf Noahs Mühle. Bis in den Tag hinein schlafen, dann Toilette machen und schnell in den Club zum Mittagessen; ein Pflichtbesuch bei den diensttuenden Offizieren und wieder aufs Zebra und nach Ur hinein: zu den Tänzerinnen, in die Bäder, in die Spielhäuser – und alles bis tief in die Nacht und dann kübelweise Palmwein gesoffen und schließlich ins Bett. Ob das denn Dienst zu nennen sei! Ein junger Offizier habe so viele Kenntnisse nötig – nur zum Beispiel: Erdkunde, – Nuki indes wisse nicht einmal, wo Poot liege! Die Namen von Urs Garnisonen könne er zwar auswendig, aber er verbinde damit keine militärischen Vorstellungen. Reiten und Raufen – darin sei er zwar gut, erstklassig sogar, doch dahinter folge nur noch: Saufen, Huren und Spielen. Als er ihm neulich von Befestigungskunst geredet habe, sei Nuki mit der Entschuldigung gekommen, ein Kavallerist brauche davon nichts zu wissen. Und damit sei wieder einmal die alte Soldatenweisheit bestätigt, daß der Kavallerist wirklich nur mit dem Hintern zu arbeiten verstehe. Und meist schloß Noah voller Ernst mit einem Blick auf die allgemeine militärische Lage Urs und sagte: »Und Nuki ist dabei sogar einer der besseren Offiziere. Was soll bloß aus Ur werden! Die nennen ihre Häuser Nadeln in den Kissen der Himmlischen. Sie sollen sich nur so weiter in stolzer Höhe wiegen, und ich sehe Tolüls Zebrareiter durch Urs Tore fluten wie die Flöhe in unparfümierte Bettfelle!«

Vor allem gefiel es Noah gar nicht, daß Urs Truppen zum größten Teil aus Söldnern bestanden. Er machte sogar dem ehemaligen Feldherrn Ach, der zur Zeit Allessehender Lichtvater war, einmal den Vorschlag des Zehnmannsystems, wonach jeder zehnte Soldat ein Urer sein müßte. Und Ach erwiderte: »Vorzüglicher Einfall, Wohlvermögender Noah« – er hatte inzwischen Noah diese Titelerhöhung besorgt, wofür er ein weiteres Wasserrosenboot nicht in Rechnung gestellt haben wollte –, »wirklich ein ganz vorzüglicher Einfall! Ich werde ihn gelegentlich in Vorschlag bringen!« Aber nichts geschah, – und es hätte sich auch kein Urer gefunden, der zwischen die Söldner als gewöhnlicher Soldat gegangen wäre. Verachtung und Furcht vor dieser wilden und launischen Kriegerhorde hatte seit vielen Jahren zu dem neuen Heeresreglement geführt, wonach bei Nacht kein Söldner die Stadt betreten durfte. Die Kasernen waren auf Flößen schwimmende Häuser. Sie lagen draußen in einer Bucht des Tara am Ufer vertäut. Eine bürgerliche Schutztruppe, die auch als Nachtwächter und Feuerwehr diente, stand mit blankgezogenen Steinbeilen bei den Waffenhäusern und den Schiffstauen, um diese sofort zu kappen, falls die Söldner auf den Einfall kommen sollten, die schwimmende Kaserne zu verlassen. Einmal hatte ein bürgerlicher Angsthase, als die Söldner betrunken waren und lärmend das Flußhaus verlassen wollten, offenbar um noch Wein in der Stadt zu holen, die Taue gekappt, und eine der schwimmenden Kasernen war in der Strömung dahingetrieben, bis die heulenden und johlenden Soldaten nach und nach alle ins Wasser sprangen und ans Land geschwommen kamen. Die Floßkaserne aber war unweit von Noahs Werft an das Ufer getrieben worden, und er hatte sie mit seinen Knechten festgemacht.

Wie dieser Vorfall klar bewies, war die Schutzmaßnahme Urs gegen die eigenen Soldaten nicht ganz zweckdienlich, wie Noah voll Vorsicht dem Ach klarmachte, der nun das Amt eines Erleuchteten Kopföffners bekleidete. Und Noah schlug ihm vor, die Soldaten während der Nacht zur Hälfte in einer Kaserne innerhalb der Stadtmauern unterzubringen, während die andre Hälfte in einer Kaserne außerhalb der Stadtmauern übernachten solle. Jede Nacht sollten die beiden Gruppen ihre Schlafstellen wechseln, so hätte man die eine Hälfte als Pfand der andern. »Vorzüglich, Wohlvermögender Noah, wirklich, – ich werde nicht versäumen, diesen vorzüglichen Vorschlag zur Sprache zu bringen!« Er vergaß es allerdings, und Noah wurde wieder vorstellig bei den zehn Häuptern, aber diesmal war man aufmerksamer, und man begann wirklich den Bau von einigen großen Kasernen innerhalb und außerhalb der Stadt. Die großen Schiffshäuser sollten öffentlich als Brennholz versteigert werden. Da kam Nuki eines Tages und sagte Noah, er könne ihm zu einem guten Gelegenheitskauf verhelfen. Der Sohn des Hüters von Urs Seele sei sein Regimentskamerad. Und der Hüter von Urs Seele suche jemand, der die alten Kasernen auf dem Fluß unter der Hand kaufe. Der Preis sei natürlich nicht die Hälfte von dem, der bei einer öffentlichen Versteigerung herauskomme. Einen Augenblick schloß Noah die Augen: damals, als das Floßhaus in seiner Nachbarschaft strandete, hatte er gesehen, daß es aus bestem Holz gebaut war, und im stillen überlegte er nun, wieviel Noahdamenretter er aus einer dieser riesigen Kasernen zimmern könnte; das würde sehr wahrscheinlich das größte Geschäft seines Lebens bedeuten. Doch dann erschrak er auch schon und verhüllte sein Gesicht mit dem Mantel. Und nach einer Weile schrie er: »O du böser Nuki, willst du mein Herz versuchen! Noah ist der Sohn des Freundlichen über den Wolken. Sage dem Hüter von Urs Seele, daß die Kasernen, wie es das Gesetz will, als Gut der Stadt öffentlich versteigert werden, oder ich will die Sache beim Goldenen Elefanten ganz Ur erzählen.«

Da mußte der Hüter von Urs Seele nachgeben, und Noah ersteigerte zu hohem Preis drei der Kasernen. Und er hatte gutes Holz auf Jahre, einen noch besseren Namen in der

Stadt, aber auch einen Feind. Denn Gowimak, der derzeitige Hüter von Urs Seele, glaubte, Noah habe sein heimliches Angebot öffentlich herumerzählt, während es Nuki gewesen war, der nun mit der Tugend seines Oheims, des Sohnes des Freundlichen über den Wolken, in der Stadt herumprahlte. Wegen dieser Geschichte wurde Noah nicht in den Rat der Stadt aufgenommen, als die zehn Jahre der Beamten vorbei waren. Die Höchstvermögenden wollten, wie Noah sagte, keinen, der mit einfältigen Würfeln spielte, und ihm war es recht so. Er hatte schon eine ganze Kaserne in Noahdamenretter umgewandelt, und Nuki war bereits ein Vermögender Großer geworden, als Noah wieder, wie vor vielen Jahren manchmal, Gesichte hatte und Träume und vor allem jenen Traum, der ihm sagte, was mit den übrigen zwei Bootshäusern zu geschehen habe. Damals war Sem bereits mannbar und wartete auf die kleine Eewo, die er liebte, daß er sie heiraten könne; Cham arbeitete in der Werft, und Japhet war ein ungebärdiger, aber sehr hübscher Schuljunge geworden. Die Töchter der Mägde halfen schon ein wenig im Hause, und Tali, wiewohl nicht mehr fruchtbar geworden, hatte an Gewicht und Würde zugenommen.

Und in Noahs Haus herrschte, vom Zank der Kleinen abgesehen, fast immerdar Frieden. Die Mägde dienten Tali, und sie diente Noah, er aber diente dem Freundlichen über den Wolken.

Die sechste Legende

*Wie Noah mit dem Bau der Arche begann, wie ihn
wieder die Gabe der Träume überkam. Wie Noah
Tiere zähmte und den Bewohnern von Ur die Sintflut
ankündigte.*

Noah war hundertundfünfzig Jahre alt, und die Leute von Ur
nannten ihn Noah-Manhohu, das ist: beliebt bei den Himmlischen. Wiewohl als ein Fremdling nach Ur gekommen, gehörte er seit Jahren zu den Rakkahuks, und da er ein Jahr,
trotz der Machenschaften seines Feindes Gowimak, als
Magistratsherr das Amt eines Erleuchteten Kopföffners bekleidet hatte, führte er seither den Titel eines Höchsterleuchte-
ten. Und obzwar er lispelte, lächelte man in der guten Gesellschaft nicht mehr über ihn. Er hatte auch nur wenig Neider,
denn Noah lebte mit den Seinen sehr zurückgezogen, einge-
denk dessen, daß sie keine Froschkinder seien, sondern dem
Freundlichen über den Wolken gehörten. Aus seiner Werft
fuhren jedes Jahr einige Wasserrosenboote, die, im Volks-
mund Noahdamenretter genannt, immer mehr die unsicheren
Kähne und Nachen verdrängten. Und obgleich er nicht auf
Wucher lieh, was er als Fremder hätte leichten Sinns tun können; und obgleich er keinerlei sonstige dunklen Geschäfte
machte und nicht einmal, wie es die Reichen alle taten, Zins-
häuser errichtete, sondern mit seinen Söhnen und Knechten
unermüdlich dem Bootsbau oblag, war es doch geschehen,
daß sich sein Ansehen und sein Reichtum von Jahr zu Jahr
gemehrt hatten. Talis Vermögen überdies, drei Kisten mit
schweren und guten Goldringen, lag unberührt da – und gerade dieses ihr Erbe sollte Noah in seinen großen und heiligen
Plänen der nächsten Jahre beistehen. Daß freilich ein Rakkahuk, ein Höchsterleuchteter, ein Erleuchteter Altkopföffner

sogar, in der Werft noch eigenhändig das Steinbeil schwang, Bäume ausbrannte und Planken mit Steinen und Sand abrieb und das Teeren zumindest überwachte, das galt bei den Bürgern von Ur im stillen als ein Zeichen, daß Noah, obzwar ein weiser und auch höchst zuverlässiger Mann, doch in irgendeiner Hinsicht geistig gestört sei. Auch sein eifriges Büchersammeln fand man übertrieben und sogar unangenehm, war doch, seit er in Ur weilte, der Preis für alte Tontäfelchen, zumal gottesgelehrten und landwirtschaftlichen Inhalts, um das Dreifache gestiegen. Die einfachen Leute jedoch verehrten den arbeitsamen, mäßigen und stillen Noah so sehr, daß sie sich, wenn sie ihn im »Goldenen Elefanten« auf einen Geschäftsfreund warten sahen, vor ihm verbeugten. Viele holten sich bei ihm Rat, denn er war zugänglich und fragte nicht nach Stand und Herkommen. Die Rakkahuks hielten diese Leutseligkeit Noahs zuerst für Schlauheit, indem sie dachten, er wolle wieder in den Magistrat, um sich diesmal durch alle zehn Ämter schieben zu lassen. Doch Noah erklärte jedermann, daß er dazu keine Zeit mehr habe.

Das nun verhielt sich wirklich so. Denn die Gabe der Träume, die ihn, seit er in Ur weilte, verlassen hatte, war wieder über ihn gekommen. Begonnen hatte es damit, als er in einer schwimmenden Kaserne gegen Abend saß und über den Tara hinaus blickte. Drei dieser Schiffskasernen hatte er in öffentlicher Versteigerung erworben und nicht, wie sein Verwandter Nuki ihm zugemutet, heimlich von Gowimak, dem Hüter von Urs Seele, für wenig Geld betrügerisch erschlichen. Das Holz eines dieser drei großen schwimmenden Häuser hatte er bereits zu den beliebten Rundbooten verarbeitet – und nun saß er da in einem der Schiffshäuser und überlegte, ob es nicht besser sei, statt der Wasserrosenboote im Auftrag der Stadt Ur ein Kriegsschiff gegen Tolül zu bauen und nicht nur um des Gewinstes willen. Denn er dachte Tag und Nacht daran, wie man den Unhold und seinen Anhang vernichten könnte. An diesem Abend jedoch empfand er bei solchen

Gedanken eine große Unlust. Das Schiff stank immer noch nach den Soldaten, und Noah kam sich mit einemmal sehr einsam vor. Er sah sich in dem öden Holzhaus um, als wüßte er nicht, wie er hierhergekommen war. Und er dachte an Tarunga, die schöne Stadt, und an seinen Vater, der dort nun als Ewiger Stadthauptmann im Dienste Tolüls herrschte, ein schlimmer Tyrann.

»O wann werde ich wiederkehren«, seufzte er und begann leise zu weinen. Aber es war eigentlich nicht so sehr Tarunga, wo er sich hinsehnte; doch wußte er auch nicht, wohin denn sonst. Da erinnerte er sich nach so langer Zeit, was ihm der Kalendermann von Tarunga gesagt hatte: daß er ein Sohn des Freundlichen sei und zwei Wochen länger leben sollte als die übrigen Menschen.

Wie seltsam hörte sich das an, dachte er nun: als die übrigen Menschen... Da es ja immer Menschen geben wird, müßte ich älter werden als sie alle, – und er schüttelte den Kopf. Der Kalendermann war damals wohl nicht bei Sinnen, dachte er weiter; und daß ich ein Sohn des Freundlichen sein soll, das ist auch übertrieben. Denn ich bin sein Knecht und wenn ich sterbe, werde ich über der großen Wolkendecke sein und ihn sehen und alles andere, so wie es ist. Ich werde verwandelt wie dieses Schiff, werde verwandelt wie ein Samenkorn, werde verwandelt wie ein Ei, meine Seele wird wie ein Schmetterling aus der Puppe kommen. Und wieder kamen ihm die Tränen, er flüsterte den Namen Tarunga wie die Worte eines Liedes: »Tarunga, Tarunga – über den Wolken! Stadt aus Licht, heller als Ur! Tarunga, wo mein Vater herrscht, der Freundliche, wer kennt seinen Namen! Die Vögel bringen ihn singend herab, die Fische schreiben ihn in die Flut, die Wasser rauschen ihn, und der Honig vertraut ihn meiner Zunge süß und stumm. Tarunga, Tarunga – droben im Licht!«

Von den Flöhen geplagt und aus seinem singenden Beten geweckt – das Holz wimmelte von Ungeziefer – wollte er sich bereits erheben und fortgehen, da schwang sich durch die Luke in der Wand eine Taube wie ein weißer Blitz herein und gleich darauf ein dunkler Schatten, ebenfalls ein Vogel, ein Sperber, das konnte er noch sehen. Dann aber schaute er nach der Taube, die sich zu ihm unter seinen Mantel geflüchtet hatte. Er scheuchte den Sperber und griff zart nach der Taube. Sie war am Rücken verletzt, entdeckte er, doch nicht schwer; zutraulich ließ sie seine Hände gewähren.

»O du weißer Bote«, flüsterte Noah, vor Freude erschrokken, und, sich an die Wand lehnend, des Ungeziefers nicht mehr achtend, mußte er plötzlich an Semoth und dessen Traum und Taubengesetz denken. Dem Fürsten hatten die Tauben Unglück gebracht, denn Semoth war furchtsam geworden und hatte das Leben der Tauben um seiner eigenen Sicherheit willen geschützt. So will ich, dachte Noah, aus Semoths Ungerechtigkeit lernen und das Leben dieser Taube schützen um ihretwillen. »Tauben und Sperber kamen aus Semoths Mund, die friedlichen und die kämpferischen Worte, das ist die Deutung«, sagte Noah leise. »Und die Sperber zerrissen die Tauben; armer Semoth, um dessentwillen wurdest du Tolüls Lasttier! Und nun kam das Wort wie eine blutbedeckte Taube aus deinem Munde! Hier ist sie, Semoths Taube. Und im Fliegen ließ sie ein Ei fallen, es zerbrach, und Wasser floß daraus; und das floß über die Erde, und selbst die Sperber ertranken darin!«

Noah hatte das halb wie im Traum zu der Taube gewandt gesprochen. Durch all die Jahre hatte er diesen Traum Semoths im Herzen treu bewahrt und auf die Deutung gewartet. Und als sie nicht kam, glaubte er nicht mehr daran, daß er das dritte Auge besitze. Nun aber, die blutbefleckte Taube auf seinen Knien, spürte er auf dem Zenit seines Hauptes, unter dem Wirbel der Haare etwas wie eine Öffnung – und es war doch keine da. Aber es ging da eine Kraft hin und wieder wie ein mildes Licht, und er sah, was hinter ihm war. Nicht die Wand des Schiffshauses, nicht die teerverklebten Fugen, nicht die kriechenden Raupen, und es war auch nicht hinter ihm, auch nicht vor ihm, doch war es ganz nahe! Dies Auge hörte die Dinge oder war wie ein sehendes Ohr; sein Herz verwirrte sich, und er streichelte in großer Beklemmung das kleine weiße Tier auf seinen Knien; die Taube aber gurrte. »O du mein Herz«, flüsterte er über das fremde Leben in seiner Hand, als wäre es sein eigenes, »wie furchtbar ist der Freundliche mit mir! Er zeigt mir das Leben im Tode und den Tod im Leben! Das Ei ist zerschlagen! Mein Herz, was hast du getan! Tod hast du ergossen – du beinahe runde Schale des Lebens! Das lebendige Wasser hast du als Tod ergossen. Und ich sehe die Sperber, einen Ast finden auch sie nicht! O du Freundlicher, wie ist dein Name so furchtbar, wie ist er verborgen! Hinter hundertmal hundert Wänden aus Steinholz liegt er und glänzt, schöner als Talis Hochzeitsgeschmeide. Unser Beil aber zerspringt schon an der ersten, und wo wir suchten und bohrten, siehe, die Stelle vernarbt übers Jahr und wächst zu. Du lockst uns mit den tausend Eutern aus der Höhe, und dann erdrückt uns dein eigenes Leben – wie die Wildsau ihre Jungen im Schlaf. Haben die Menschen dein Gesicht vergessen, so zeige es uns, und alle werden sich dir neigen! Reiße die Wolkendecke vor deinen Lichtgefilden fort und zeige uns dein Antlitz! Warum ergießest du Tod, der du voller Leben bist? Aber ach, du hast Wohlgefallen am Geschrei der Menschen! Schon immer und in frühester Zeit holten deine Boten wahllos das Leben fort. Sie rissen die Liebenden auseinander und das Kind von der Mutter Brust. Der Bettelgreis wurde alt, und die Jungfrau sank, bevor sie noch erblüht, in die Erde. Dein Name ist ein Unsinn für Menschenwitz, und du reizest deine treuesten Knechte bei Tag und bei Nacht, dich zu lästern und Tolül zu dir zu sagen, gräßlicher Unhold! Denn hier bist du sanft und liebreizend wie diese Taube und dort eine giftige Baumschlange. Aus Talis Augen blickst du mich liebend an – und aus Chams Augen verhöhnst du mich, denn er ist Tolüls Sohn.

O wo soll ich hin vor dir! Das Wasser ist meine Bedrängnis geworden, der Tara mein Trübsal; denn ich höre dich in jedem Tropfen, und deine Stimme ist geworden wie die von hungrigen Tigern. Dich gelüstet's nach dem Leben der Menschen, als wärest du hungrig und hättest keine Speise in dir selbst. O so verzehre uns denn, mit dir läßt sich nicht streiten, du gibst keine Antwort und bist so ferne! O warum ließest du mich sehen, was mein Herz nicht erträgt. Denn mein Herz liebt dich und dein Leben. Mein Herz ist verwundet wie dieser dein Bote. Und ich halte es in meiner Hand wie ein beflügeltes Tier und weiß nicht mehr, was ich damit tun soll. Ich will sterben und nicht mehr leben. Ich will untergehn in deinem Zorn, und niemand soll mehr deiner gedenken! Die Erde wird wüst sein, und kein Feuer wird mehr auf den Höhen zu dir hinauf brennen. O du Freundlicher, ich bin deiner müde! Du bist wie ein reicher Bräutigam, den die Braut noch nie gesehen; sie ist ihm versprochen, aber vor der Hochzeitsnacht reist er ohne sie in ein anderes Land.

O du Freundlicher, meine Seele ist deiner überdrüssig, deiner Gebärden, die keiner begreift. Und ich will, wenn du deine Boten auf den Wogen schickst, meine Seele zu holen und die Seelen meiner Lieben, ich will nicht mit ihnen gehen. Ich will sterben und nicht mehr sein; denn ich bin müde und dir nicht gewachsen. Wahrlich, du bist so groß, daß ich dich fürchte – und bist ein Berg auf meinem Herzen, eine Wasserflut über meiner Seele!«

Nach diesen Worten entschlummerte Noah. Er sah sich im Traum, wie er eine halbe Eierschale in der Hand hatte. Und er tat in sie große und kleine Tiere, allerlei Samen; und Tali tat er hinein und seine Söhne und Töchter. Und er selber stieg hinein in die kleine Eierschale, in der viel Platz war. Da nun kam eine Hand von oben und schloß die Schale mit dem anderen Teil, so war das Ei wieder ganz. Es schwamm und schwankte wie auf einer großen Flut. Und um das Ei rauschte es, und Noah verstand die Stimme des Rauschens. Sie war eintönig, stark, groß und kam von weither. Sie brauchte keine Wörter, doch sprach sie deutlicher als jedes Wort. Sein Herz hörte zu, verstand und ward still. Und Noah wußte, daß der Freundliche im Ei war und außerhalb, daß er der Tod war und das Leben, und daß es nichts gab neben dem Freundlichen! Und Noah hörte das Weinen in den Wellen, wußte: das Ohr des Freundlichen fing es auf wie ein Trichter über den Mühlen das Korn, nichts ging verloren. Und dann, schon halb im Erwachen, hörte er Talis Stimme: »Wir sind deine Speise.«

Noah starrte in die dichte Dunkelheit, er fühlte, seine Hände waren leer. Er saß die ganze übrige Nacht regungslos und sann. Als es dämmerte, merkte er: seine Taube war nicht mehr da.

Seit diesem Tage ging Noah schweigsam umher. Tali war darob besorgt und fragte ihn. Da schloß er ihr und später auch den Kindern sein Herz auf. Und er tröstete sie: er werde ein großes Schiff bauen und auch die Leute von Ur einladen, viele solcher Schiffe zu bauen. Doch befahl er zuerst seiner Familie, über alles strengstes Schweigen zu bewahren.

Er begann mit dem Bau eines großen hölzernen Hauses. Es lief am Tara entlang und bestand aus vielen nebeneinanderliegenden Käfigen. Sein Verwandter Nuki war ja bereits ein Rakka-waudu geworden, also ein Hochvermögender Größerer, und befehligte zehnmalhundert Soldaten. Diese lagen über verschiedene Garnisonen verteilt an der Straße in das Goldland Poot, um die räuberischen Ukas abzuhalten. Durch einen Offizier schickte Noah ihm folgenden Tonbrief:

»Edles Blut aus der Verwandtschaft meines Weibes, freudige Zuversicht Urs, Hochvermögender Größerer! Noah, Rakkahuk, Altkopföffner, Höchsterleuchteter und so weiter, grüßt dich, du Hoffnung aus der Verwandtschaft meines Weibes! Freude, Gesundheit, Reichtum, Beförderung, Beute und langes Leben! Der Freundliche möge einen Grund haben, um Wohlgefallen an dir zu finden.

Gestatte mir nun, lieber Nuki, ohne weitere Zeremonien, dir folgende Bitte zu unterbreiten, die, vom Magistrat bewilligt, bereits einem Befehl gleichkommt. Fange mir folgende Tiere, von jedem ein männliches und ein weibliches, möglichst junge und kräftige Exemplare, und schicke sie in Käfigen auf Ochsenwagen sofort vor meine Werft am Tara. Die Liste ist folgende: 1. ein Paar Elefanten (Halblanghaar, achte auf gut entwickelte Stoßzähne!), 2. ein Paar Löwen, 3. ein Paar Tiger, 4. ein Paar Hyänen (Schakale kann ich vielleicht vor der Stadt selbst fangen), 5. ein Paar Wölfe (möglichst mit spitzen Ohren und kräftiger Rute), 6. verschiedene Sorten von Schlangen, vor allen Dingen Dalabinis und ähnliche Exemplare. Verpacke sie in Kisten mit zwei Löchern, eines zum Herauslassen und eins zum Stochern, ich möchte nicht gebissen werden. Biete deinen ganzen Kavalleristenverstand auf, damit diese blindwütigen und falschen Bestien mir hier nicht alles in Unordnung bringen.

Das wäre die Liste. Für diesmal ist sie lang genug, es folgen bald neue Listen. Solltest du etwa erstaunt fragen, warum ich Tiere sammele, so will ich dir soviel verraten: ich werde in Ur ein Schauhaus für Tiere einrichten. Bei den Tieren lernen vor allen Dingen unsere jungen Leute und auch die Offiziere mehr Gutes als bei den Tänzerinnen. Ich habe zu meinem Leidwesen vernommen, daß du bis in die Wüste und in den Urwald hinein dir deine losen Gespielinnen mitnimmst. Möge Tolül nicht über dich kommen! Wenn er auch ein böser Narr ist, so möchte ich dir doch sagen: seine Soldaten sind besser als die Urs, und vor allem seinen Zebrareitern kann unsere Kavallerie die Fußsohlen küssen.

Deiner Verwandten, meiner Frau, geht es gut. Sie wiegt jetzt siebzehn Sils und drei Kos, steht also den übrigen wohlachtbaren Frauen von Ur nicht mehr viel im Gewicht nach. Sie ißt zu diesem Behuf viel Butter und die Kormowurzeln, die ja die Ärzte in Ur neuerdings zum Fettmachen verordnen. Meine Meinung darüber kennst du: ich halte nicht viel von den Ärzten und ich begreife nicht, warum eine Frau unbedingt soviel wie alle andern wiegen soll. Man soll sehen, gesund zu leben, mäßig in allen Stücken zu sein und auch mäßig in der Arbeit, versteht sich! Blumen pflegen und Bücher lesen und die Tiere andächtig betrachten, das wäre wichtiger und würdiger, als diesen Modetorheiten zu folgen und seine Zeit mit liederlichen Weibern zu verschwenden und seine Gesundheit frühzeitig zu zerrütten. Die Jugend von Ur macht mir Sorge und du zumal, Wonne meiner Verwandtschaft! Schicke bald und nacheinander die Käfige, und wenn du alles zu meiner Zufriedenheit ausgeführt hast, werde ich beim Starken Arm von Ur, der mir sehr zugetan ist, ein Wort zu deiner Beförderung einlegen. Doch bestehe ich nachdrücklich auf einer Prüfung vor dem Rat des Heeres, schon allein, damit du das Studium nicht vernachlässigst! Lieber Nuki, höre auf meine Stimme, es stehen Ur und der ganzen Welt Tage bevor, wie sie vielleicht noch kein Mensch je ertragen mußte. Wenn du nach Ur kommst, werde ich dir mehr in dieser Richtung mitteilen. Deine Verwandte und unsere und meine Kinder grüßen dich, edles Blut aus der Verwandtschaft, freudige Zuversicht und so weiter.

Und damit ergreife ich als Ausdruck meiner Gewogenheit deine beiden schönen langen Ohren und wünsche dir in innigster Verbundenheit Freude, Gesundheit, Reichtum und so weiter.

Dies schrieb Noah, Rakkahuk von Ur, Altkopföffner und so weiter im siebenmal hundertsten Jahre nach dem Sturz des Tyrannen Wi-ko-ko und im zweimalhundert-und-dritten nach dem Entzünden des ersten Steintopflichtes in Ur.

Der Bote ist bezahlt. Der Brief enthält acht Tafeln und steckt in einer Tasche aus Ziegenfell. Sende die Tasche wieder mit der Antwort zurück, meine Frau hat sie eigenhändig genäht. Meine Eewo hat unserm Sem vor Jahresfrist einen Sohn geboren. Ich nannte ihn Hano; möge er, wie sein Name sagt, die Heimat rufen, aber welche? Komme bald! Und beeile dich mit den Tieren.«

Und es vergingen keine zwei Jahre, da war das Haus mit den Käfigen gefüllt. Von allen Seiten des Landes her kamen die neuen Bewohner auf Ochsenkarren herbei; bei jedem Umladen war Noah selber zugegen.

Zuerst glaubte man, wenigstens die klügeren Leute flüsterten es sich zu: Noah habe den Verstand verloren. Doch als der Tierstallbesitzer bald einen Zaun um das Haus bauen ließ und jedem, der die Tiere sehen wollte, innerhalb eines Engpasses zwei Kupferringe abfordern ließ, da schlug alsbald die Stimmung um: man pries seine Weisheit, und einige erinnerten sich noch des Namens, den man Noah gleich nach seiner Ankunft in Ur beigelegt hatte. Damals nannte man ihn nämlich Noah Lahu, den Schnellspinnenden, also den schnelldenkenden Noah. Und das war er gewiß, wie man wieder aus dieser neuen Einnahmequelle ersah.

Das Volk zog in dichten Prozessionen heraus, in Wasserrosenbooten ließen sich Urs Frauen herbeirudern, und die Kupferringe häuften sich zu Bergen. Und es gab zu Gowimaks Grimm – der war nämlich zu dieser Zeit zum zweiten Mal Hüter von Urs Seele – kein Gesetz, wonach man diesen Gewinn besteuern konnte, denn in Ur wurde Geschäft und Handel nur dort erblickt, wo ein Ding oder ein Mensch oder ein Tier den Besitzer wechselte. Nun war es aber so, daß in den privat unterhaltenen Freudenhäusern jeder Besucher eine Steuer entrichten mußte unter der Begründung, daß die öffentliche Liebe als Handelsgut angesehen werde. An dieses Gesetz klammerte sich Gowimak und versuchte, das Schauen der Tiere dem Anschauen nackter Frauen gleichzustellen, aber die Unerschütterliche Säule des Gesetzes wies den Antrag des Hüters von Urs Seele zurück mit der Begründung: die Tiere seien ja gar nicht nackt! Außerdem: während die Lust beim Anschauen nackter Frauen meist körperlicher Natur sei und darum zu Recht als Handelsgut besteuert werde, sei das Anschauen der Tiere eine geistige Freude.

So konnte Noah seine Tiere zeigen, jeden Abend seine Kupferringe zählen lassen und bei den Kaufleuten große Mengen von bestem Holz bestellen. Bald türmten sich die vom Tara heraufgezogenen Flöße zu hölzernen Bergen. Noah aber ließ sie, ohne jemand den Zweck zu verraten, anwachsen. Und schließlich gab er sogar Talis Goldringe als Bezahlung her.

Jeden Tag ging er zu den Tieren und sprach mit ihnen, bis sie ihn kannten, sich kraulen ließen und ihm aus der Hand fraßen. Nach einem Jahr war er ihnen so vertraut und bekannt, daß er sie, wenn sie gut gesättigt waren, aus den Käfigen ließ und allein unter ihnen umherging. Und auch Tali kam und ging ohne Furcht unter ihnen. Breithüftig und die Haare lösend lehnte sie sich an den Tiger und sang ihm ihre Lieder ins Ohr.

Sem aber war immer auf dem Zebra unterwegs und ebenso Japhet, der nun schon den ersten Flaum über den Lippen trug, – Löwenhaare, höhnte Sem. Die Brüder zogen nie zusammen den gleichen Weg. Sem war zu herrisch und streng und Japhet zu ungestüm und unbemessen. Cham aber lachte über alle beide. Er stahl sich aus dem Frauengemach bunte Tücher und wickelte sie um sein Krollhaar und ging auf seinen langen Beinen, wie ein Hirsch den Kopf erhoben, umher, ob da nicht ein Weib wäre, das ihn sehen könnte. Und wo immer er eines Busens gewahr wurde, änderte er sofort den Schritt. Er war oft Nächte und auch Tage lang aus dem Hause fort, und man hinterbrachte Noah, daß er bei den üppigsten Urerinnen der heimliche Haustänzer sei. Und er steckte voll schamloser Lieder. Wenn ihm halbwüchsige Mädchen begegneten, lockte er sie mit schnalzender Zunge und hüpfte auf der Stelle. Noah züchtigte ihn zuerst, dann aber ließ er von ihm ab und ertrug ihn. Tali aber vermochte ihn mit ihren Blicken zu bändigen, denn Cham konnte der Trauer in ihren Augen nicht widerstehen, oft lag er ihr weinend zu Füßen und zerriß all seine bunten Tücher und Bänder.

Noah aber begann eines Tages, als wieder viele Leute zu den Tieren gekommen waren, über den großen Berg Holz am

Tara zu sprechen – und was er damit zu tun gedenke, sagte er jetzt offen heraus. Wie er so von der Flut sprach, kam eine große Angst über die Zuhörer, und Ur kochte über von furchtbaren Gerüchten. Einer erzählte dem andern, was er vernommen und sich dazu gefabelt hatte. Da aber in dieser selben Zeit Tolül zum Krieg gegen Ur rüstete und solche Erregung unter den Bürgern dem Magistrat wie ein Bundesgenosse Tolüls in den eigenen Mauern vorkam, lud man Noah auf das Stadthaus und befahl ihm, nie mehr ein Wort von einer Flut und dergleichen zu sagen. Ja, man verbot Noah sogar das Wort Wasser in der Öffentlichkeit auszusprechen, so daß er statt dessen »Zuzuwampa«, das Flüssignasse, sagen mußte. Man verbot ihm auch, den Bau eines der geplanten rettenden Schiffe anzufangen. Er aber fragte, um auf diese Weise den Rat der Stadt zu überlisten, ob er aus dem vielen Holz denn einige große Kriegsschiffe zum Kampf gegen Tolül erbauen dürfe. Da Noah nun vom Bau seiner Kriegsschiffe schon häufig vor der Öffentlichkeit gesprochen hatte, ging man auf diesen Vorschlag sofort ein, zumal Noah diese Schiffe aus eigenen Mitteln zu liefern bereit war.

Also begann Noah mit dem Bau der Arche. Jedermann außer Tali, Sem und Japhet glaubte, man baue ein Kriegsschiff zur Verteidigung von Ur. Sie aber, die es wußten, glaubten Noah; er aber glaubte seinem Traum, dem Boten des Freundlichen. Und Noah schwieg zum Himmel hinauf und haderte nicht mehr. Er versuchte den Willen des Freundlichen nicht zu ergründen, sondern zu erfüllen.

Die siebente Legende

*Wie Noah weiter an der Arche baute, erneut die Flut
predigte und darum ins Gefängnis kam. Noahs
Befreiung und die Nacht der Rache. Das Ende des
bösen Gottes Tolül.*

Jenes gewaltige Schiff, von dem ganz Ur annahm, daß es für
den Krieg gegen Tolül bestimmt sei, war noch nicht zur
Hälfte fertig, als Gowimak, Noahs Feind, in diesem Jahr
unglücklicherweise als Urs Allessehender Lichtvater fun-
gierte. In dieser Eigenschaft hatte er die Vollmacht, jede ver-
dächtige Person zumal in Kriegszeiten in Gewahrsam zu nehmen, bis die Unerschütterliche Säule des Gesetzes den Spruch
fällte. So ließ er denn, kaum in seinem Amt, Noah von den
Häschern gefangen nehmen. Es war gerade am Fest der Gründung Urs. Das große Schiff lag mit seinem Rumpf bereits in
den Wellen des Tara. Die Wände des Schiffshauses, das dem
Floß in seiner ganzen Länge und fast zu zwei Dritteln seiner
Breite aufgesetzt war, standen bis zum ersten Stockwerk fertig, doch sollte noch ein weiterer Stock aufgebaut werden.

Noah saß mittschiffs auf einem Stoß Bauholz, von einem
Haufen seiner Arbeiter und neugieriger Besucher umlagert,
als Sem, der die Brücke zum Schiff bewachte, eilends kam und
vom Heck her rief, die Schakale seien gekommen. »Sie wollen
zu dir, Wonne meines Antlitzes.« Da mit diesen Tiernamen
allgemein die Häscher von Ur bezeichnet wurden, Noah aber
in diesen Tagen eine besondere Art von Schakalen für sein
Tierhaus erwartete, rief er ruhig: »Ich komme gleich, laß sie
in die Käfige sperren, Sem!«

Und Sem, gewohnt, jede Anordnung des Vaters sofort und
wortgetreu auszuführen, tat, wenn auch recht verwundert,
wie ihm geheißen war. Mit den Wärtern und einigen Arbeits-

sklaven hatte er nach kurzem Ringen die Menschenschakale, die Häscher Urs nämlich, die bisher nie auf Widerstand gestoßen und darum vollständig verwirrt waren, gebunden und in die für die Schakale, Hunde und Füchse bereitgehaltenen Käfige gesteckt, denn in die der Schakale gingen sie, es waren ihrer zehn, nicht alle hinein. Derweil Noah ahnungslos und in großer Seelenruhe dasaß und zu den Besuchern sprach über dieses ganz anders gebaute Kriegsschiff, das gegen einen ganz andern Feind kämpfen werde, und immer deutlicher wurde; und derweil seine Zuhörer wie jedesmal, wenn sie Noah zu Füßen saßen, von einer quälenden Unruhe, ja Angst erfüllt wurden; und derweil Gowimak, der Allessehende Lichtvater, auf seine Schakale von Stunde zu Stunde ungeduldiger wartete, zog vor den Käfigen an der Front des Tierhauses der am Festtag besonders stark angewachsene Strom der schaulustigen Urer vorbei. Die Häscher hinter den hölzernen Gitterstäben, wie sie nun beschämt und wütend zugleich dastanden und den Neugierigen den Rücken kehrten, waren ein in Ur nie dagewesenes Schauspiel. Die Häscher galten als ebenso unantastbar wie die zehn Häupter von Ur, deren Befehle sie ausführten. Sie nun derart erniedrigt zu sehen, wirkte auf die Menge zuerst betäubend. Bald aber begannen die Zurufe, die unflätige Zeichensprache, die Drohungen. Es flogen bereits alle möglichen scharfen und schmutzigen Dinge in die Käfige, als eine neue und größere Schar von Häschern eintraf, aber beim Anblick der schäumenden Volksmenge zurückwich. Erst nach einer Stunde kamen sie mit einem starken Aufgebot von Soldaten wieder, befreiten die gefangenen »Schakale« und verhafteten Noah, den Schiffsherrn, und trugen ihn in einem mitgebrachten Käfig in das Stadtgefängnis. Ganz Ur war voll von dieser Heldentat des Noah Manhohu. Doch gerade diese Begeisterung des Volkes sollte Noah, als seine Sache vor die Eherne Säule des Gesetzes zur Entscheidung kam, schädlich werden.

Hinzu kam, daß gerade in diesen Tagen Tolüls Zebrareiter

den ersten Schlag gegen Ur geführt und mehrere vorgeschobene Garnisonen überfallen, die Besatzung getötet und einen Teil davon, verstümmelt und auf Esel gebunden, nach Ur geschickt hatten. Diese Unglücksboten kamen an, gerade als man Noah in seinem Käfig ins Gefängnis trug, in das Augenlose Gewölbe, wie es amtlich hieß.

Noah hatte im Magistrat Freunde, die Volksstimmung war ihm günstig, und seine Verteidigungsrede, obgleich er lispelte, war ein Meisterwerk. Doch war man in allen Kreisen, und seine Freunde selbst nicht ausgenommen, des festen Glaubens, Noah habe von dem Überfall Tolüls gewußt und sich der Herrschaft in Ur durch einen Handstreich bemächtigen wollen, um dann freilich die Stadt gegen den Tyrannen Tolül, nun selber ein zeitweiliger Tyrann, besser verteidigen zu können. Alle seine Vorhersagen über das kommende große Unglück deutete man jetzt auf diesen Krieg um, und als Noah, nun zum zweiten Mal das Wort ergreifend, offen vor dem Rat und dem Gericht die große Flut verkündigte, verbreitete sich auf allen Gesichtern ein einsichtsvolles Lächeln, und man bewunderte Noah Lahu, den Schnellspinnenden. Seine Geschichte von der Flut, mit der er seit geraumer Zeit die Köpfe erfüllte, erschien jetzt allgemein als eine der tollsten und klügsten Erfindungen eines Staatsmannes, der die Menge zu bewegen versteht. Nur, so sagte man, hätte er nicht damit nach Ur kommen müssen, wo man sich nicht so leicht hinters Licht führen lasse. Denn hier walteten der Rat und die Rakkahuks; und auch in den schlimmsten Kriegszeiten sei für einen Tyrannen selbst vom Schlage des sanften Noah kein Platz, – der letzte Tyrann in Ur stehe vor der Zeitrechnung.

So geschah es denn, daß Noah umsonst redete und keinen Glauben fand. Als er so weit ging und von seinem Schiff sprach und an seinen Formen bewies, daß es ja gar kein Kriegsschiff werden könne, sondern ein großes Rettungsschiff, da rief Gowimak: »Aus deinem eigenen Mund, Höchstvermögender Noah, hat es jetzt die Stadt Ur erfahren, wie du sie täuschen wolltest! Ich wußte es seit langem: dies Schiff war nicht zum Schlachtschiff, sondern zu deinem Wohnhaus bestimmt, wenn du unser Tyrann wärest. Meine Wandelnden Ohren haben es mir hinterbracht, daß du sagtest, in diesem Schiff wolltest du mit deiner Familie wohnen in den Tagen der großen Flut, und der Tod könne dich dort nicht erreichen. Wenn aber die Flut, wie der erlauchte Rat und die hohe Versammlung der Rakkahuks soeben feststellten, dieser beginnende Krieg ist, was ist dann dein Schiff anders als die schwimmende Festung, von der aus du als Tyrann uns unterjochen wolltest!«

Da rief Noah: »Höchstvermögender Gowimak, gnädiger Allessehender Lichtvater von Ur, hiermit übergebe ich dir meine schwimmende Festung und ich vertraue sie dir an, daß du sie vor jeder Zerstörung bewahrst, bis dieser Krieg vorüber ist, bis die Flut kommt. Zerstörst du sie aber, lüfte ich das Geheimnis der Kasernen, das drohend über dir hängt. Wenn auch ich schutzlos sein soll, nicht so meine Festung!«

Seit dieser Stunde arbeitete Gowimak noch heftiger als zuvor bei dem Gericht, das noch viermal in geheimer Sitzung zusammentrat, daraufhin, daß Noah zum Tode der Stundenuhr verurteilt werden sollte. Denn wer in Ur nach der Alleinherrschaft strebte, es war aber nur zweimal in vielen Jahrhunderten vorgekommen, sollte von dem herabsinkenden Tagesbalken der Stundenuhr langsam zerquetscht werden. Diese Todesart war besonders gräßlich, weil der Verurteilte das Ende des Balkens während zehn Stunden auf seinen Kopf herniederkommen sah, unmerklich, bis das Balkenende in einem scheinbar unbeweglichen Anrücken die Hirnschale eindrückte.

Aber Noahs Freunde im Rat wollten davon überhaupt nichts hören. Sie wiesen daraufhin, wie gefährlich es sei, Noah zum Tode zu verurteilen. Das Volk könne den unter dem Tagesbalken Liegenden mit Gewalt befreien und Noah wirklich zum Tyrannen ausrufen – »und dann wehe dir, Höchstvermögender Gowimak, mit dem Geheimnis der Kasernen«, so sagte man zu ihm mit bedeutsamem Augenzwinkern, »hüte du deine Festung!«

So wurde Noah wegen Verunehrung der Ehrbaren Hunde Urs – so hießen die Häscher in der Amtssprache, nur das Volk nannte sie verächtlich Schakale – und wegen Erregung des Volks zu zehnmal zehn Wochen milderen Aufenthaltes in den Augenlosen Gewölben der Stadt verurteilt.

Ein Rakkahuk wurde stets nur zu milderem Aufenthalt verurteilt. Das ermöglichte Noah, Besuch zu empfangen, Essen von zuhaus zu erhalten und Briefe zu schreiben. Gefangengesetzte Rakkahuks ließen sich meist ganze Wohnungen mit Polstern und Teppichen im Gefängnis einrichten, auch Tänzerinnen und Spielleute kommen; sogar die Klienten und Geschäftsfreunde wanderten, wenn ihr Patron saß, statt zum Goldenen Elefanten ins Augenlose Gewölbe, wo übrigens von den Lichtkrügen Urs jeder Raum und jede Treppe freundlich erhellt war.

Tali kam täglich, von den Mägden begleitet, und brachte Noah die Speisen und die Nachrichten.

Sem und Japhet aber standen dem Bau des Schiffes weiter vor, und niemand störte sie. Wenn sie Rat brauchten, kamen sie und fragten den Vater. Da sie nicht in Ur geboren waren, konnte niemand sie nötigen, Kriegsdienste zu leisten. Trotzdem meldete sich Japhet in den ersten Tagen des Krieges bei dem Starken Arm von Ur. Er erhielt das Kommando über ein schnelles Ruderschiff, das zu Erkundungszwecken auf dem Tara auf und ab fuhr.

Gleich in den ersten Wochen des Krieges bewahrheitete sich, was Noah den Urern vorhergesagt hatte: Tolüls Zebrareiter schlugen die urischen Söldner aufs Haupt, wo sie die kampfunlustigen und allzu gut genährten Steinbeilschwinger und Bogenschützen auch trafen. Aber die stolzen Urer störte das nicht, seit vielen Jahrhunderten hatte nie ein Feind Urs

Mauern überstiegen, die Vorräte der Stadt reichten auf Jahre, und Wasser gab es in Fülle.

Indes – Tolül war unsichtbar und eifrig wie ein Biber am Werk, umzog die Stadt in langsamer Drohung mit immer dichter sich schließenden Schanzwerken. Als er nun gar nahe an der Mauer hohe Türme zu bauen begann, über welche die Urer zuerst noch lachten – richtige Türme aus ungebranntem Stein, die kein Feuer fingen und mit jedem Tag ein wenig höher wurden – da bekamen die Urer Angst, und niemand der Vornehmen wagte sich mehr in die Straßen. Denn Tolüls Türme waren so hoch, daß man von ihren Spitzen über die Zinnen der Stadtmauern blickte. Nun aber bedeuteten plötzlich Urs Stolz – seine geraden, breiten Straßen – ein Unglück für die Stadt, da Tolüls Bogenschützen mit vergifteten Pfeilen auf jeden zielten, der sich vor die Haustür wagte; auch auf den Dächern ließ sich niemand mehr blicken. Die Stadt lag tagsüber wie ausgestorben, nachts begann eine dunkle und den Gesetzen gefährliche Emsigkeit. Der Allessehende Lichtvater hatte nämlich angeordnet, daß bei Nacht nur in den Häusern die Lichtkrüge brennen dürften. Es hieß sogar, alle Lichtkrüge müßten, damit nicht der Feind bei einem Einfall sich eines Lichtkruges bemächtigen könne, demnächst auf das Zehnhäupterhaus gebracht werden, – denn Urs Kampf gegen Tolül ging nicht zuletzt um den Stolz und das Geheimnis der Stadt Ur: den Lichtkrug, der Ur zur Stadt der Städte gemacht hatte. Tolüls Bogenschützen hatten sogar in Tücher gebundene Tontäfelchen in die Stadt geschossen, auf denen geschrieben stand, daß Tolül, der Gott von Chamdech, zufrieden sei und die Stadt gnädig schonen wolle, wenn Ur ihm als Tribut jährlich hundert Lichtkrüge schicke mit zehn Sils Steinnahrung für einen jeden Krug.

Die stolzen Urer jedoch hatten Tolül als Antwort beschmutzte Nachtgefäße über die Mauern geworfen und dazu Tontäfelchen, darauf das Lob der Ölmühle stand, aber mit umgestellten Silben, in welcher Form man am ganzen Tara, weil sich die meist einsilbigen Wörter dazu besonders eigneten, jemanden zu verspotten pflegte. So stand da etwa statt: Preis dem göttlichen Ölmüller: Öl dem göttlichen Preismüller oder: Preis dem öligen Gottmüller. Und da die Substantive und Verben gleich geschrieben wurden, konnte Tolül nun lesen statt: Hirn, Mark und Blut aus den Gehirnen der Widersacher sind sein Salböl: Sein Hirn ist sein Widersacher, und sein Mark und Blut sind Salböl unsern Gebeinen.

Tolül raste und schoß neue Drohungen in die Stadt: er werde Ur eben machen wie den Nagel seines Daumens; den Tara werde er ablenken und über Urs Stätte stehen lassen für zehn Flußpferdgeschlechter. Eigenhändig werde er Frösche in den Tümpel säen, daß sie das Ur allein zukommende Lied sängen, das Lied der Froschkinder! Das aber war die schlimmste Verhöhnung Urs, denn das Lied der Froschkinder sangen die Urer als einziges heiliges Lied zum Ruhm ihrer Stadt; nun aber hatte es Tolül als Froschgequake geschmäht und es mit Froschgequake auszulöschen gedroht.

Und Tolül ließ weiter den Urern mit den Pfeilen melden: er werde ihre Männer und Söhne in seiner Ölmühle zerquetschen lassen, ihre Frauen und Töchter aber als Sessel und Tragesel unter seine Zebrareiter verteilen.

Über solche ungewohnte Sprache gerieten die Urer in grenzenlose Wut, wußten aber nicht, sie auszulassen; denn die meisten Bewohner der Stadt waren durch die lange Friedenszeit im Steinbeilschwingen ungeübt, schießen konnten nur noch die Vornehmen und die Jäger.

In dieser allgemeinen und notvollen Verlegenheit ließ Noah den Starken Arm Urs zu sich ins Augenlose Gewölbe bitten. Auch der in jenem Jahr herrschende Feldherr war Noah gutbekannt, es war ein Sohn des seit einigen Jahren verstorbenen Ach, und zum Glück ein Mann mit militärischen Kenntnissen, wenn auch wie sein Vater verweichlicht und ganz und gar kein Soldat.

Noah unterbreitete dem jungen Ach folgenden Plan: man

solle ihn und seinen Sohn Japhet auf einem Ruderboot in der Nacht den Tara hinab nach Chamdech fahren lassen. Als Pfand bot Noah seine ganze Familie dar. Zu gleicher Zeit müsse ein Ausfall gewagt werden, damit unbemerkt Boten in die fernen Garnisonen auf der Straße nach dem Lande Poot gelangten. Als Boten aber schlug er Sem vor, der werde zu Nuki, seinem Verwandten, stoßen. Nuki sei zwar ein Weiberknecht, trotzdem aber ein guter Soldat. Nuki solle die Garnisonen aufgeben, aus den räuberischen Ukas gegen hohen Sold Verstärkungen anwerben und damit zunächst den Weg am Tara und sodann den Fluß selber zwischen Ur und Chamdech sperren, dann mangelten in zwei Wochen dem Heere Tolüls Fleisch und Brot und Geschosse. Danach solle Nuki sein Heer teilen, Sem mit einer kleinen Abteilung zur Sperrung oder doch Störung des Tolülschen Nachschubs zurücklassen, während Nuki selber das Belagerungsheer des Tyrannen vom Rücken her angreife, wobei die Ukas gegen die Zebrareiter eingesetzt werden müßten, damit sie durch ihre Wildheit und Todesverachtung das Heer Tolüls, wenn nicht zum Rückzug zwängen, so doch in Verwirrung brächten. Alsbald müsse der Großangriff von Ur aus erfolgen. Bis dahin aber seien täglich, und zwar in den Badehäusern und Tempeln, wo sie gegen die Pfeile Tolüls sicher seien, die Urer im Steinbeilschwingen und auch im Bogenschießen zu üben. Die Ärzte aber sollten den jungen Frauen und Mädchen zeigen, wie man Pfeile aus dem Fleisch zöge und Wunden auswasche und sie mit dem Saft des Zabagewächses und Bast schließe.

Ja – und was er, Noah, mit Japhet derweil in Chamdech zu tun gedächte? fragte der junge Ach mit großer Spannung, er hatte sichtbar Mut gefaßt und blickte ehrerbietig wie ein Sohn zu dem gefangenen Noah auf.

»Ich werde während dieser Zeit als Kalendermann von Chamdech, der ich ja immer noch bin, heimlich zu dem Volk reden. Denn eine große Anzahl der Bewohner von Chamdech haßt im stillen den Tyrannen. Wenn sie hören, daß eine Hoffnung auf Befreiung besteht, werden sie die Stadtmauern schließen, die Zebrareiter in Chamdech ermorden und dem Tyrannen melden, daß er nicht mehr heimkommen kann.«

»Vorzüglich, Höchstvermögender Noah«, murmelte der junge Ach, der von seinem Vater die gezierte Ausdrucksweise übernommen hatte, »höchst vorzüglich! Ich werde nicht verfehlen, unverzüglich deine hochzuschätzenden Vorschläge dem Rat zu unterbreiten.«

So geschah es, daß Noah noch in dieser Nacht in sein Haus zurückkehren durfte. Der Seitenarm des Tara, daran seine Werft lag, befand sich noch innerhalb der Stadtmauern. Da es in dieser Gegend wenig Häuser gab, hatte Tolül hier keine Türme errichten lassen. Nur das Gatter in der Stadtmauer, durch das der Arm des Tara floß, war bewacht.

Darum beschloß man, den Ausfall, bei welchem Sem und einige Getreue sich durchschlagen sollten, gegen Norden zu richten, damit Tolüls Wachen im Süden etwa abgezogen würden. Diese List gelang, und so konnten Noah und Japhet bei Nacht mit einigen Soldaten gegen Chamdech den Tara abwärts rudern. Tolüls Wachen am Strom mußten annehmen, es sei ein Proviantschiff des Tyrannen. Auch der Ausfall gelang, da Tolüls Zebrareiter überrumpelt wurden.

Noah aber, kaum in Chamdech angekommen, verbarg sich im Hause eines Freundes und ließ jede Nacht in aller Heimlichkeit Tolüls Feinde zu sich kommen. Noch keine Woche war vergangen, als in einer Nacht die Rache über Tolüls Anhänger kam. Alle wurden getötet, bis auf einen, den Noah zu schonen befahl. Er hielt ihn einige Wochen gefangen, bis er dachte, daß Nuki gegen Tolüls Heer im Anzug sei. Dann schickte er den gefangenen Zebrareiter in das Lager des Tyrannen. Der Mann hieß Nadak und war von Beruf ein Metzger. Das Fett hing an ihm rundherum, und er watschelte wie Tolül. Wenn man ihm sagte, daß er Tolül gleiche, glühte er vor Stolz. Dieser Nadak nun ritt in Tolüls Lager. Vor den Wällen legte er seinen Federschmuck an, salbte und schminkte sich, ergriff sein Steinbeil und trat so, von manchem für Tolül gehalten, in das Lager. Und er ging in das Zelt des Furchtbaren, der soeben auf dem Throne saß und Drohungen an die Bürger von Ur diktierte. Als Tolül dem Schreiber die Worte zurief: »Dies sagt euch Tolül, und nach zehn Flußpferdgeschlechtern wird am Tara kein anderer Tolül vom Weibe geboren, denn ich bin der Gott von Chamdech und von Ur!« da warf Nadak ihm sein Steinbeil mitten vor die Stirn. Es blieb darin stecken, und der Tyrann fiel vom Thron nach vorn, als verbeugte er sich und streckte sodann langsam Arme und Beine von sich.

Nadak aber setzte sich, ehe noch die Umstehenden sich von ihrem Schrecken erholt hatten, auf den Thron, lachte laut und rief: »Seht, ich bin Tolül, der wahre Tolül, ich bin der göttliche Ölmüller, der Gott von Chamdech und Ur! Nehmt dies zum Zeichen!« Und er erzählte, wie Chamdech das Joch dieses falschen Tolül da abgeworfen und ihn, Nadak, geschickt habe, um das Heer zum Siege zu führen. So kam es, daß die Zebrareiter, die unbedingt einen Tyrannen brauchten, Nadak sofort annahmen und ihm als neuem göttlichen Ölmüller huldigten.

Nadak aber verlor in der zehnten Woche seiner Herrschaft die Schlacht um Ur, wurde von Nuki gefangengenommen und als Spaß der Gassenjungen durch Urs Straßen gehetzt. Was Noah einst Tolül vorhergesagt hatte, der Freundliche Herr über den Wolken werde ihm Maden ins Gehirn schikken, und er werde dazu eitel tanzen, wenn ihm die Kinder Vogelfedern ins Gesäß steckten, das erfüllte sich an Nadak, als er Tolül geworden war: denn er war ein Wahnsinniger und nahm jede Beschimpfung als eine Huldigung entgegen. Er starb, in einem Käfig an der Stundenuhr aufgehängt, daran der Tagesbalken ihn auf- und niederhob, bis er verhungerte. Bis zuletzt lachte er und schrie seine Befehle über die ausgelassene Menge.

Ur aber feierte seine Befreiung zehn Wochen lang, übergab

Noah das Amt des Starken Arms von Ur auf Lebenszeit und stiftete das Fest der Befreiung Urs. Auf ewige Zeiten sollte an diesem Feste einer aus Noahs Familie die heiligen Handlungen leiten. Nuki war zu einem Höchstvermögenden Größeren im Heer ernannt worden, Sem und Japhet zu Vermögenden Größeren auf der Taraflotte.

Noah aber stand am Abend des ersten Festtages auf seinem Dach, derweil das Volk auf der Straße zu ihm hinaufschrie, tanzte und Lieder sang. Und er dachte daran, wie das Erste in Erfüllung gegangen war: Tolüls Sturz durch den andern Tolül, – aber er freute sich nicht. Denn er wußte, und auch die Seinen, die scheuen Abstand von ihm hielten, wußten, daß nun auch die andere Vorhersage, unendlich größer und furchtbarer als diese, sich erfüllen werde.

Und während Ur im Freudenrausch raste, herrschte im Hause auf dem Dach in der Zweimalzehnundfünfstraße ein Schweigen wie in der Kammer eines Sterbenden. Sie aber waren es, die überleben sollten.

Die achte Legende

*Wie Noah in die Arche ging und alle
zusammenkommen ließ. Was kurz vor der achten
Stunde geschah. Wie Noah das Buch vom Baum des
fröhlichen Vergessens und der Vereinigung entdeckte.*

Tolüls Untergang hatte Ur mit großen Siegesfeiern begangen.
Als jedoch die dafür vom Zehnerrat anberaumte Zeit vorüber
war, hatten sich die Urer an die lauten und fetten Festtage
derart gewöhnt, daß die Stadt nicht mehr in den Alltag zu-
rückfand. Die Arbeitssklaven, die unter strenger Aufsicht
standen, hielten zwar die Mühlen und Geschäfte in Gang; die
Rakkahuks und die freigeborene Menge aber begann den Sie-
gesrausch als Lebenszweck jeden Abend aufs neue, schlief ihn
aus und zapfte ihn frisch am folgenden Abend aus den Steinkrügen. Überall wurde getrunken: in den Schenken, auf den
Dächern, mitten in den Straßen, – und sogar die Tiere, zumal
die Zebras, zur Trunkenheit zu verführen, wurde ein neuer
Spaß der urischen Rakkahukjugend. Da konnte Noah mit
den Seinen von seinem Dach herab dem neuesten Sport zuschauen, welches Zebra sich in seinem Rausch am tollsten
und lächerlichsten aufführte. Cham hielt sich den Bauch vor
Lachen, warf sich auf die Erde und wälzte sich, prustend und
stöhnend, wenn er sah, wie die Zebras mit lockeren Knien
und vor Närrischkeit wiehernd und auch wieder armselig mit
dem Kopfe wackelnd zwischen den sie neckenden jungen
Männern umherstelzten. Und da konnte man sehen, wie
schreiende und halbnackte und manchmal auch ganz nackte
Tänzerinnen, eine in Urs Straßen unerhörte Sache, sich in den
Kreis der trunkenen Männer und Tiere mischten. Manche
sprangen auf die schwankenden oder lustig hopsenden Tiere
und ritten, von den johlenden Rakkahuksöhnen gefolgt,

durch die Straßen; und wo der Zug vorbeikam, wurden die Urer, ohnehin schon voller Närrischkeit, noch närrischer. Man klatschte, schrie, sang, schüttete ihnen Wein auf die Köpfe, warf ihnen aus den Fenstern Eier, Nüsse oder auch Blumen nach. Die Polizei aber, die in Ur stets auf einem Bein stehen mußte, bald auf dem rechten, bald auf dem linken, um die Aufmerksamkeit wach zu halten, stand breitbeinig da und verabredete sich mit Straßenweibern für die Freizeit. Manche der »Schakale« hielten es sogar mit Dieben, die sich, als wären sie eine berauschte Zebrabande, lachend und singend einem Laden näherten, dem Besitzer scharfgewürzten Wein ins Gesicht schütteten, um dann alles davonzutragen. Und da richtige Rakkahuksöhne, die sich vor tobender Lust nicht mehr zu lassen wußten, als Anführer solcher nichtberauschten Zebrabanden festgestellt wurden, war es für die Polizei überdies eine kitzlige Sache, die Übeltäter auf der Stelle zu verhaften, denn der kleine »Schakal« fürchtete die »gewundenarmige«, das heißt schlangenhafte oder heimliche Rache der Rakkahuks. Die große Menge von Ur wußte das seit langer Zeit: die Rakkahuks hielten zusammen und taten im übrigen, was sie wollten. Man erzählte sich öffentlich in den Schenken über dieses »Woma-doma« (wörtlich: was ich will – das ich will) der Rakkahuks die tollsten Geschichten. Wenn »Woma-doma« früher soviel wie Zuchtlosigkeit und Unordnung hieß, nahm es innerhalb von zwei, drei Jahren die Bedeutung von Behaglichkeit an; man sagte, ohne sich etwas dabei zu denken: »ti li doku woma-doma«, was heißt: wie ist es doch so behaglich hier.

Reiche Familien verschwendeten in kurzer Zeit auf geradezu rätselhafte Weise ihren Besitz; Krämer und Wucherer wurden Rakkahuks, und man gestattete ihnen die Sänfte und den Titel. Der Magistrat war oft bei seinen Sitzungen so betrunken, daß die hinter den Ratsherren stehenden Diener statt ihrer, ein jeder für seinen Herrn, sprachen. Noah, als Starker Arm Urs in ihrer Mitte sitzend, konnte nur seufzen

und sein Gesicht verbergen. Er mußte mit Dienern die Ratsge-
schäfte erledigen und er sah mit Befremden: sie waren gewitz-
ter als ihre Herren. Am Fest der Gründung Urs war sogar der
Zelebrant bei den Feierlichkeiten im Tempel derart betrunken, daß er beim Froschtanz statt der rituell vorgeschriebenen Hüpfschritte einfach wie ein Frosch hüpfte, worüber die
Rakkahukgemeinde in johlendes Gelächter ausbrach. Als der
Froschfreund dann in das heilige Häuschen rutschte, die
Befruchtungszeremonie zu vollführen, kam er nicht mehr
heraus, – er war in der kleinen Zelle eingeschlafen, und man
vernahm, als man ungeduldig über soviel vermeintlichen ritu-
ellen Eifer zu lauschen begann, das rasselnde Geschnarch. Da
nun entstand jene für den stumm dabeistehenden Noah
unvergeßliche und gräßliche Szene, daß man nämlich den Ze-
lebranten an den Beinen aus der heiligen Zelle herauszog und
dieser sich erbrach und eine Spur hinter sich herzog. Das war
das letzte Mal gewesen, daß der Oberpriester von Ur das Fest
der Gründung feierte, – Noah wußte es, sein Herz war traurig. Und er seufzte zum Freundlichen Herrn über der Wolkendecke. Denn wenn sie Kinder des Frosches waren und dies
Tier als ihren Urheber betrachteten, so mußten sie ihm auch
Ehre erweisen. Sein Heiligtum aber besudeln und seinen Kult
auf solch liederliche Weise fortführen, das mußte ja selbst
einen Froschgott beleidigen. Und Noah betrachtete alles
sorgfältig, jeden Menschen und jedes Ding. Er blickte die großen Tierbilder in den Mauern des Tempels an und sagte bei
sich: Die Zeichen sind schön, aber sie bedeuten nichts mehr.

Das sagte er auch, wenn er über die Stadt hinschaute –
abends, nachdem er mit den Seinen den ganzen Tag an der
Arche gezimmert hatte. Traurig schwieg er, wenn er in Urs
Lichter blickte, die, wie es hieß, die Nacht zum Tage machten.

Die Ehescheidung in Ur konnte neuerdings einfach mit
Geld geregelt werden. Es ging hernach so weit, daß ein Rakkahuk dreißig große Goldringe abzählte (die einfachen Leute

zahlten zehn oder nur fünf kleine, je nach Einkommen) und diese Summe seiner Frau abends aufs Bett legte. Das war bei Ehescheidungen in früherer Zeit, nachdem das Gericht gesprochen hatte, als letzte Zeremonie üblich. Jetzt aber sagte man einfach: »Sie hat die Ringe auf dem Bett gefunden«, was bedeutete: sie ist geschieden. Die Frauen aber nahmen das meist nicht übel auf – sie gingen zu den Verwandten und feierten nun noch viel freier mit. Oder aber sie zogen in das »Woma-doma-hihiku«, wörtlich: in das Haus zum behaglichen Siege, mit welchem Namen solche Frauen eine Art Siegesstellung über den Mann andeuteten – und nicht ohne Grund. Kam es doch oft vor, daß ein Mann, der solche Häuser besuchte, plötzlich sah, welche Siege in der Tat seine Frau feierte und voll Eifersucht sich aufs neue um ihre Gunst bewarb, meist aber ohne Erfolg. Töchter besuchten in den Häusern »Zum behaglichen Siege« ihre wenig bekleideten Mütter und lernten in einem Tag, wozu sie früher Jahre brauchten, und häufig blieben sie gleich bei der Mutter. Noah aber ließ seine Töchter und Mägde einfach nicht mehr auf die Straße. Doch brauchte er dafür nicht weiter zu sorgen, da Japhet und Sem über ihre unverheirateten Schwestern sorgsamer wachten als Tali über Noahs Tiere, und das war viel.

Früh schon am Morgen, wenn sie, vom Schlaf erquickt und der Lust der Nächte eine schöne Fülle geworden, das Gemach mit ihrem Gatten verließ, wartete auf der Straße die Sänfte. Derweil die Mägde des Hauses walteten, ließ sich der Hochvermögende Noah, der Starke Arm Urs und Reeder in einer Person, mit seinem Weib Tali zu der Werft tragen. Und während er zu den Zimmerleuten ging, ließ sie sich weitertragen bis zu den Tierhäusern. Da trat sie also vor die Wärter hin, die Peitsche in der Hand zum Zeichen ihrer Macht. Und es wurde gearbeitet vom Morgen bis zum Abend, es wurde geschlachtet, gefüttert, getränkt; der Tiermist wurde hinausgekarrt in die Gärten, wo die Wurzeln und mannigfachen Kräuter wuchsen, die den Elefanten schmeckten und den Gazellen und Hirschen und Büffeln. Die großen Schlangen hoben, wenn Tali vor die Gitter trat, ihre Köpfe und streckten sie vor, daß sie mit dem Peitschenende ihre flachen Schädel kraule. Das Löwenpaar blickte schon von ferne ungeduldig herüber, bis sie unter dem Schattendach, das die Käfige entlanglief, langsam heranschritt, bronzen und breit. Und mit der Linken den goldenen Kamm aus dem Haar lösend, daß es wie Fittiche um ihre nackten Schultern schlug, und es mit schweren Bewegungen kämmend, blickte Tali die Löwin an, während der Löwe sein Haupt bald zu ihr, bald zu seinem Weibchen hin richtete. Und Tali sang, sich leise wiegend: »Ejoju – seid freudig, nah ist die Ernte! Erstlinge! Erwählte! Tausendmal tausend leben in euch! Schöne Katzen, ihr tötet und liebt und gebärt und seid so nachdenklich wie meine Seele, von Kraft nachdenklich. Wer rief euch, wer ruft euch! Bald seid ihr getragen von tödlicher Feuchte über furchtbarer Tiefe! Euer Käfig wird sich öffnen – euer Käfig wird bald wieder sein die endlose Weite. Und ihr tötet, schöne Katzen, und liebet und zeuget und heget und seid so nachdenklich in eurer Kraft! Wer rief euch, wer ruft euch?«

An manchen Tagen befahl sie das »lebendige Kalb«. Und sie jagte die Wärter, daß sie nicht zuschauten, fort. Sie aber blieb stehen, mit weitgeöffneten Augen, bebend, und sang: »Vollziehet es, schöne Katzen. Immer vollzog es, vollzieht es die Tatze des Lebens. Es schlägt seine Kinder und immer aufs neue wirft's aus dem Schoße, löst es vom Nabel den Tag und die Frucht. Komm, Seele du des Kalbes, komm in Talis Haar zu wohnen. In Talis Haar ist heimliches Dunkel; komm, in meinem Blute schwimmen viele Seelen, schwimmt viel Leben! Noah ruft es, Noah ist ein großer Fischer. Noah fischt in meinem Blut nach Leben. Noah zeugte mir zwei Söhne, doch der dritte ist von Tolül, den das Flußpferd uns gezeugt. Aber auch das Flußpferd – wohnen soll es tief im Ried, im Fluß des Lebens, Speise haben jeden Tag. – Ejoju, seid freudig, nah ist die Ernte!«

So sang Tali mit den Löwen. Anders mit den Tigern und Wölfen. Mit den Elefanten aber sprach sie, bis sie mit den großen Ohren flappten und die Rüssel wie Zeigefinger hoben. Dann lachte Tali und manchmal tanzte sie vor den Elefanten. Die schauten wie Berge auf sie herab, und ihre Augen flimmerten freundlich wie Lichter in kleinen Häusern oben am Berg. Und, wenn Tali es wollte, hoben die gewaltigen Tiere, den Rüssel ihr um die Lenden schlingend, sie sanft in die Höhe, mitten aus dem Tanze heraus. Die Wärter sahen es von ferne und verbargen vor Scheu ihre Augen, denn sie verehrten Tali als die Mutter der Tiere.

Die Kamele steckten die Köpfe zusammen, wenn sie Tali von weitem erblickten. Sie blieben vor ihr stehen und sahen vor Zufriedenheit ganz dumm aus. Doch Tali kitzelte ihnen die Nase mit einem Halm, bis sie mit den Hälsen zu schaukeln begannen und die gespaltenen Lippen hin und her bewegten, als lächelten sie. Es waren aber mancherlei Kamele, solche mit zwei und mit einem Höcker und solche mit gar keinem. Die Büffel schnüffelten an Talis Füßen und ihren Gewändern, und manchmal begann einer, während sie einen andern kraulte, ihr Gewand von hinten her aufzufressen, bis er nicht mehr weiterkam. Dann zankte sie mit ihm und ging, das Gewand über der Lücke beiraffend, würdig von dannen.

Noah aber sagte zu Tali: »Du hast die Tiere gezähmt, hilf mir nun die Menschen zähmen!« Diesen Seufzer ihres Mannes kannte Tali. Jedesmal sagte sie traurig dasselbe: »Noah, du bist ein Sohn des Freundlichen über den Wolken. Geh und sage den Leuten deinen Traum! Wenn sie nicht hören, müssen sie ertrinken. Die Tiere müssen ja auch ertrinken, der Freundliche will es – und die Tiere sind ihm teurer als diese Menschen, die wie Tiere rasen.«

So ging Noah zu den Menschen, zu den Leuten von Ur, immer wieder. Als Starker Arm von Ur redete er häufig zu den Soldaten, er stand auf einem Stein inmitten der Kasernen und sprach: »So wahr wir Tolül besiegten, Höchstvermögende,

Höhervermögende und Vermögende Größere und ausgezeichnete, werteste Soldaten, hört auf mich! Der Bau der rettenden Schiffe ist eine Frage auf Leben und Tod!« Da Noah als rechtlich denkender Mann einen Gesetzesspruch auf jeden Fall hochhielt, sagte er nie einfach »die Flut kommt« oder »das Wasser kommt«, denn das war ihm vom Rate, wenn auch vor vielen Jahren, verboten worden. Er hielt sich an »Zuzuwampa«, das Flüssignasse, und jeder verstand ihn, und das Wort hatte einen besonderen Klang bekommen. Aber was nutzte es: die Offiziere lächelten, die Soldaten lachten, schon allein, weil Noah lispelte und »susuwampa« in der Tat sehr komisch von seinen Lippen klang. Noah aber befahl den Bau von Archen, doch die Zimmerleute steckten die Tagelöhne ein, und niemand kümmerte sich um den Fortgang der Arbeit. Noah schrieb Erlasse, verfaßte Denkschriften. Aber die neun übrigen vom Zehnhäupter-Kollegium kamen jedesmal schwankend zur Sitzung, hießen sofort alles gut, unterschrieben bereitwilligst, – und alles blieb, wie es war.

Noah sah ein: es war umsonst, ganz Ur war betrunken. War man's aber einmal nicht, so witzelte man in den oberen Kreisen über Noah, und das Volk lachte über ihn. Die Urer sahen zwar immer noch im Starken Arm Urs ihren Erretter gegen Tolül, man ging auch noch fleißig hinaus zu den Tierhäusern und dorthin, wo das große schwimmende Haus Noahs lag. Noah aber und alles, was er tat, war für die Urer vom Schleier des Ungewöhnlichen, des Unbegreiflichen verhüllt.

Freilich – Noah war in mancher Hinsicht wunderlich geworden. Daß er zum Beispiel »Zuzuwampa« und nicht einfach Wasser sagte, hatte noch einen anderen Grund als das Verbot des Rates, denn er hätte seine Aufhebung leicht vermocht. Das Wort Wasser war ihm zum Schrecken geworden. Er ging auch nicht mehr in den »Goldenen Elefanten«, um dort in der Glückspfütze zu stehen. Cham sagte: »Aber, Wonne meines Antlitzes, das Wasser bringt uns doch Glück, es trägt uns doch hinüber!«

Noah jedoch blickte ihn düster an, schüttelte den Kopf und seufzte. Er begann das Wasser selbst im Waschkrug zu fürchten und ließ sich von den Mägden mit Essenzen abreiben und meist war er schmutzig.

Gowimak, sein unversöhnlicher Feind, der überall gegen Noah schürte und lästerte, hatte eines Tages behauptet, der Starke Arm Urs habe die Tollwut, darum fürchte er das Wasser, und ihn verwundere es nicht, wenn der Höchstvermögende Noah eines Tages zu beißen beginne. Wäre Noah nicht seinerseits in derselben Zeit um Entbürdung von der heiligen Last des Amtes eingekommen, so hätte ihn der Rat auf Gowimaks Betreiben vielleicht abgesetzt. So wurde Nuki, Noahs Verwandter, im Heeresdienst einigermaßen erfahren, zum Starken Arm Urs ernannt, kaum hundertundzehn Jahre alt.

Noah bat den jungen Verwandten, sich doch nicht von dem Glanz der Macht verblenden zu lassen. Als Nuki nicht hören wollte, sagte er: »Kannst du denn wirklich Respekt haben vor einem Amt, das zu bekleiden ich überdrüssig bin? Aber ich sehe, du bist eben ein Kavallerist und hast einen Nußkopf!«

Das war wohlgemeint, aber Nuki nahm es seinem Oheim sehr übel. Noah aber drang weiter in ihn, er solle sein Herz nicht an dieses Amt hängen, sondern mit ihm in die Arche gehen. Nuki schaute ihn bloß ehrerbietig an, schwieg und erzählte später die Geschichte, das heißt nicht den ersten Teil, seinen Freunden. »Kulo baka mu!« Kommt mit in die Arche! – das wurde bald ein geflügeltes Wort, und man sagte es, wenn man jemand zu etwas ganz Unmöglichem oder Indezentem aufforderte. Es klang sogar bald wie eine Beleidigung, weil man es nur zu einem Dummkopf sagte oder zu einem, den man verhöhnen wollte.

Ein anderes Wort aber wurde noch berühmter in jener Zeit, und das entstand, als Noah eines Tags vor dem neuerrichteten Tempel »Zu Urs Errettung von Tolül«, wo sein Sohn Sem Oberpriester war, seinen Feind Gowimak feierlich fragte, was denn nun geschehen solle, wenn Ur in diesem ewigen Freudentaumel immer weiter dahinlebe und nicht an seine Rettung vor dem »Zuzuwampa« denke.

Da rief Gowimak: »Was soll geschehen? Wann?«

»Ich frage«, Noah erhob seine Stimme, »was soll nach dieser allgemeinen Trunkenheit kommen?«

Und Gowimak lachte und rief: »Nach dieser? Was du gesagt hast, du Vielweiser: die große Flut!«

Und das Volk wiederholte übermütig dieses Wort, bis es schließlich rund und poliert geworden war und wie ein Ball weitergegeben wurde: »Tala wozupa!« was bedeutete: »Nach uns die Sintflut!«

Und Noah sagte, sooft er es hörte: »Es ist unbegreiflich!«

So übermütig und so sicher gebärdeten sich die Urer, daß Noah schließlich an sich selber zu zweifeln begann. In mancher Nacht stand er auf und ging umher. Und er blickte unter Talis schwere Lider, die nur ein wenig geöffnet waren und fragte: »Bin ich es oder bin ich es nicht, Tali, du mein Spiegel. Warum glaubt mir niemand! Bin ich Noah, der Sohn des Freundlichen, oder ein Spott?«

Und sie sagte, als wäre sie schläfrig: »Du bist es, du bist Noah! Oder vergaßest du, du sollst doch zwei Wochen länger leben als die übrigen Menschen!«

»Ja, aber warum sollen sie denn sterben, die Menschen, warum sollen sie denn alle sterben?« So fragte er Tali und fragte sie noch hundert Male. Tali aber antwortete immer dasselbe: »Sie kommen wieder.«

Im Monat Zisar, dem heiligen Erntemonat, als sich Noah vor dem Stadttor im Süden befand, daselbst mit Fallen dem Maulwurf nachzustellen, um ein Paar für die Arche zu haben, erhob sich gegen Mittag auf der Straße eine Staubwolke. Sie sah wie eine der gelben Raupen aus, davon Noah viele Arten in seinen Kästen mit Grün fütterte, um den Schmetterling in ihnen zu retten und auf die neue Erde hinauszuschicken. Die gelbe Raupe kroch langsam näher, und Cham, der bessere

Augen als sein Vater hatte, sagte, eine leere Falle herausziehend und in die sanfte Mittagsdämmerung blickend: es seien die Bauern aus den Fünf Dörfern, die am Tage vor dem Erntefest auf Ochsenwagen die Abgaben nach Ur brachten, daß die Stadt für ein neues Jahr satt und sicher sei. In diesem Jahr war die Körnerernte; in der Mitte des folgenden Jahres war die Baum- und Wurzelernte, der kleine Zisar: denn die hunderttägigen Jahre waren zu kurz für die Fülle der Erde am Tara, und die Ernte fiel darum bald in den ersten oder zweiten oder dritten Monat, ein jeder konnte zum großen oder kleinen Zisar werden. Darüber hatte Noah von Jugend auf nachgedacht, und es beunruhigte ihn, daß der große und der kleine Zisar nicht im selben Jahre gefeiert werden konnten. Er hatte schon vor geraumer Zeit eine Schrift verfaßt mit dem Titel: »Das größere Jahr oder: Ein Vorschlag, die Tage nicht an den zehn Fingern zu zählen, sondern an der Abfolge der Tage, wie sie dem Tag der Aussaat folgen bis zum Tag der Ernte.«

Er hatte die Schrift unter dem Decknamen »Ein nachdenklicher Wochenvater und bemooster Felsen der Zeit« herausgegeben, wohlahnend, daß ein Sturm der Entrüstung die Antwort auf diesen kühnen Neuerungsvorschlag sein werde. Die Schrift war in dem Tontafelabdruckgeschäft »Sanfter Kopföffner« in dreimal zehn Ausfertigungen hergestellt worden, und Noah hatte dafür schwere Goldringe bezahlt. Wiewohl der Inhaber der Vervielfältigungsanstalt hartnäckig den Namen des Verfassers verschwieg, litt Noah sehr unter der Wirkung seiner Schrift. In den Schulen und den Klubs redeten Gelehrte und vor allem Beamte bald in drohender, bald in höhnischer Weise über diesen gefährlichen, ja umstürzlerischen Wahnsinn. Und wiewohl in Ur keine Schrift staatlicherseits verboten werden konnte, schickte der Rat die »Schakale« aus, und jeder, der ohne Erlaubnis eines der Tontäfelchen besaß, mußte einen sehr schweren Goldring Strafe zahlen. Die Kritiker fragten hämisch, wie sich dieser verrückt gewordene »Fels der Zeit« das denke mit dem Tag der Aussaat: das Wetter komme doch stets unpünktlich wie die Gäste zum Mahl! Und wo man, das möge der kluge Kalendermann verraten, die Zeit zwischen der Ernte und der Aussaat lassen solle? Sie einfach vergessen oder in den Tara werfen? Und ob es nicht Jahre gebe, da alles schneller oder auch langsamer reife? Tatsächlich seien doch das Hellwerden am Morgen und das Dunkelwerden am Abend und die zehn Finger der einzig sichere Anhalt für das Zählen, und nur ein Verrückter könne überhaupt auf den Gedanken kommen, davon abzuweichen. Und schließlich, so argumentierten die Frommen unter den Froschkindern, habe der Mensch genau fünf Finger an jeder Hand, während der Frosch zum Unterschied vom Menschen nur vier habe. Mit welchem Recht nun dürfte der Mensch diesen Hinweis der Natur zum richtigen Zählen außer acht lassen? Fünf und zehn seien nun einmal die heiligen und ewigen Zahlen, und dabei müsse es schon bleiben.

Noah vergaß zeitweilig seine Unruhe über das kurze Jahr, aber an jenem Tage des großen Zisar, als er das Knarren der Wagenscheiben im Zug der Bauern von den Fünf Dörfern aus der Ferne hörte, sagte er zu Cham: »Dies Jahr fällt der Zisar in den zehnten Monat.«

»Ja, Wonne meines Antlitzes, in den zehnten, ganz genau!« sagte Cham und gähnte.

»Das Jahr hat also keinen kleinen Zisar.«

»Nein, Wonne meines Antlitzes, das nicht.« Cham schüttelte den Kopf.

»Ja, aber kommt dir das Jahr denn nicht halb vor, wenn du nicht von allem geerntet hast; von dem unter und dem über der Erde und von dem an den Ästen?«

»Nein, Wonne meines Antlitzes, warum? Du hast ja auch nicht alle Ernten vom Acker deines Weibes in einem Jahr gehabt. Die meisten Jahre waren sogar ganz ohne Frucht. Und sogar nicht immer warst du der Sämann!«

Da hob Noah seinen Stecken und schlug nach ihm. Cham aber entwischte lautlachend zu den Ochsenwagen.

Noah sah ihm traurig nach. Nur um Talis willen nehm'
ich dich mit, so dachte er, in die große Scheuer, deinen Samen vor der Flut zu erretten, nur um Talis willen, denn sie
ist deine Mutter. Um Tolüls, deines Erzeugers willen, müß-
test du untergehen, denn in dir grunzt das Flußpferd. Aber
siehe, viele Flußpferde werden die Flut überstehen und alle
Ungeheuer des Abgrunds, derweil das Nasse die Feder des
höchstfliegenden Vogels netzt und ihn herabzieht und frißt.
Und er rief: »O weh mir, Freundlicher, warum erwähltest
du mich, die Menschen zu überdauern, warum ließest du
mich zu deinem Mitwisser werden. Mein Herz ist vom Tod
der Menschen verfolgt, wie die Taube vom Sperber, und
blutet und findet keinen Trost. Denn wüst wird die Erde sein
und ein Todesacker. Und ich werde mich zu denen sehnen,
die dahingingen und es nicht mehr erlebten. O du Freundlicher, wo wächst mir einst, wenn ich auf die Erde zurück-
kehre aus dem Schiff der Errettung, wo wächst mir dann das
Vergessen?«

Und er sank müde auf die Erde und schaute der endlosen
Reihe der Ochsenwagen zu: sie fuhren in die Stadt und wußten nicht, daß sie das Brot des Lebens zu den Toten trugen.

Als der Zug der Ochsenwagen gegen Abend dann endlich
in der Stadt verschwunden war und er immer noch in träu-
mendem Zusehen dasaß, ohne zu wissen, wo er war, da geschah es, daß sich wiederum sein drittes Auge öffnete. Und
er sah ein graues Fell, das so groß war wie die Ebene am
Tara. Es bewegten sich Knochen darunter wie bei einem ma-
geren Wolf. Als er näher zusah, bestand das Fell nicht aus
Haar, sondern aus aufgerauhtem Wasser. Er blickte zur
Höhe und erschrak wie nie zuvor: die Wolkendecke war
nicht mehr da. Die Haare auf seinem Haupte sträubten sich,
und ihn schwindelte. Der Himmel war ein schwarzes Loch;
darin stoben wie Funken aus dem Herdbrand, wenn Ola
fächelte, unzählige feurige Punkte. Bald aber begann sein gan-
zer Leib zu erbeben, von einem Entzücken, das noch größer

war als jenes, da er in Talis Augen die Liebe und in denen seiner Kinder sich selber wiedererkannt hatte.

Als Cham ihn fand, lag er mit geschlossenen Augen da, wie ein Gestorbener. Der Sohn Tolüls rührte ihn an, voll Scheu und nur an den Fußspitzen. Noah kam sofort zu sich. Sowie er Cham erblickte, rief er mit schwacher Stimme und voll Bewunderung in seine Augen starrend: »Wer bist du?« Da schrie Cham auf: »Du kennst mich nicht? Weh mir, du kennst nicht Cham, den Sohn deines Weibes, den Bruder deiner Söhne!«

Noah fuhr sich über das Gesicht: »O – deine Augen... wie Funken... komm zu mir, Cham, du bist mein Sohn! Stütze mich! Über der Wolkendecke... o Cham, viele Augen wachen über uns!«

Als Cham ihn aufrichtete, fragte Noah, wo sie seien. Cham sagte: »Vor dem Südtor! Siehst du es nicht?« Noah blickte lange um sich im Kreise. »Wann kam ich hierher?« fragte er ebenso. »Vor vier oder fünf Stunden!« antwortete Cham fast mitleidsvoll.

»Komm«, sprach Noah leise, »ich kenne diese Welt nicht mehr! Ich führe euch in eine andere, in eine schönere Welt!« – Seit diesem Tag begann Noah die Arche mit Vorräten aller Art zu füllen.

Einen Monat vor dem neuen Jahr aber warb Noah dreihundert Arbeiter, verhieß ihnen Goldringe und ließ die Säumigen durch Aufseher zur Eile peitschen. Das oberste Stockwerk der Arche füllte er mit gedörrtem Gras, mit Wurzeln und Getreide. Auch die Käfige der Vögel ließ er hier in der oberen Halle aufhängen, es waren über fünfzig Paare, große und kleine.

Nachdem dies geschehen war, ruhte er mit den Seinen und den Arbeitern und Aufsehern einen ganzen Tag. Am Abend tötete er mit eigener Hand eine Taube und einen Sperber auf einem Opferstein nahe der Arche, die auf dem Tara schwamm. Er besprizte den Rumpf des Schiffes mit ihrem

Blut. Den Leib der Vögel verbrannte er und fächelte die Glut, und die Funken sprühten in die finstere Nacht hinauf. Und Tali, nach den Funken haschend, lud die Seelen der Opfertiere singend ein, in ihrem Blute zu wohnen.

Es hatte sich aber, von der regen Arbeit angelockt, viel neugieriges Volk am Ufer des Tara geschart. Sie tranken Palmwein und lachten und klatschten Beifall. Noah wandte ihnen, am Opferstein stehend, den Rücken zu. Er sagte kein Wort zu ihnen und er warnte niemanden mehr.

Am folgenden Tage kamen Zimmerleute. Sie bauten neben dem schmalen Gehsteig, der das Ufer mit dem Schiff verband, eine sanft ansteigende Rampe, und die war nach dreizehn Tagen fertiggestellt.

Da aber immer mehr Volk der Arbeit zusah und die Lustigkeit der Menge über diese Sintflut der Verrücktheit, wie es allgemein hieß, täglich, ja stündlich zunahm, hatte der trunkene Magistrat, zu jeder Art von Vergnügen geneigt, seinerseits ebenfalls Zimmerleute bestellt, daß sie Sperren errichten sollten und hinter den Sperren für die Zuschauer Bänke, die weiter rückwärts auf immer längeren Beinen standen. Und jeder, der auf diesen Bänken sitzen wollte, mußte zwei Kupferringe bezahlen, so wie Noah vor Jahren für das Anschauen der Tiere Kupferringe verlangte. Der Magistrat scheffelte Kupferringe, und Noahs einträgliche Närrischkeit erfreute sich nunmehr des öffentlichen Schutzes. Die Soldaten standen in langen Reihen vor den hölzernen Sperren, und die flinken »Schakale« liefen hin und her, um die Übermütigen, wenn sie grölten und mit Wurfgegenständen zu stören versuchten, im Zaum zu halten.

Die Rufe aber »Komm mit in die Arche« und »Nach uns die Sintflut« wurden abwechselnd mit Händeklatschen im Chor gesprochen und bald sogar gesungen.

Nachdem die Rampe vollendet war, wurden die Käfige der wilden und nur halb gezähmten Tiere von Männern an langen Stangen in die Arche getragen. Die Zuschauer hielten sich die Bäuche vor Lachen und riefen: »Seht, die Löwen sind Rakkahuks geworden, sie benutzen die Sänfte.« – »Seht – der Höchstvermögende Tiger und seine Frau lassen sich in Noahs Damenretter tragen!«

Tali aber ging hinter den Sänften, braun und breithüftig und nur die Tiere anblickend. Und sie sang ihnen leise Beruhigung durch die Gitterstäbe zu.

Als die wilden Tiere eingebracht waren, opferte Noah einen Wolf, sprengte sein Blut an die Arche, verbrannte sein Fleisch und fächelte Funken aus der Flamme. Tali aber stand neben ihm, löste ihr Haar und lud die Seele des Wolfes mit leisem Singen ein, in ihr Wohnung zu nehmen.

Am neuen Morgen strömte aus dem Tierhaus, von Wärtern begleitet und von Tali angeführt, der lange Zug der zahmen und gezähmten Tiere. Noah stand oben auf der Rampe und breitete die Arme, sie zu empfangen.

Die Elefanten schritten hinter Tali; sie sang und lockte. Die Menge war still, als sie die großen grauen Berge sah, wie sie hinter dem Menschenweib ruhig herschritten, als kennten sie den Weg.

Die Kamele blickten gleichmutsvoll geradeaus und sie trugen die Last ihrer Höcker wie einen Vorrat an unerschöpflichem Leben. Die gezähmten und abgerichteten Schakale liefen an der Herde, aus allerlei Schafen und Ziegen und Rindern gebildet, hin und her, kläfften und zwickten säumige Tiere in die Beine. Zebras trappelten leichten Schrittes heran, Antilopen und Gazellen drängten sich dicht aneinander durch die Blicke der Menschen. Schweine liefen an Stricken gehalten vor den Wärtern, die, zu den Schaulustigen gewandt, dumme Späße über die Schranken riefen. Die Schweine blieben in der Arche; die Wärter kamen zurück. In kleinen Käfigen trug man kleinere Tiere hinauf, bis der Rumpf des Schiffes und der erste Stock gefüllt waren.

An diesem Abend opferte Noah ein Lamm, besprengte das Holz der Arche mit seinem Blute, verbrannte das Fleisch und fächelte die Glut, bis die Funken stoben. Tali aber haschte nach den Funken und lockte die Seele des Lammes.

Noah kehrte an jedem Abend zu seinem Haus in der Zweimalzehnundfünfstraße zurück. Einer der Söhne wachte mit den Wärtern.

Und alle Tontafeln, die er gesammelt hatte, bettete er zwischen Schafswolle und legte sie in Kisten. Manchmal kam Nuki, der die Tochter von Noahs Knecht Nojadohu als Nebenfrau kaufen wollte, und schaute Noah zu. Die Begehrte hieß Ebal und war, wie Noah sagte, eitel Fett und Wonne. Noah aber gab sie ihm nicht, und Nojadohu gehorchte seinem Herrn.

Es geschah nun in diesen Tagen, da die Tiere bereits in der Arche waren, daß Nuki eines Abends noch spät im Hause Noahs erschien. Sein Diener stellte eine Kiste mit Tontäfelchen hin, packte sie aus und schulterte wieder die Kiste. Nuki sagte, die habe er von dem Exkönig von Chamdech gekauft. Als Noah staunte, warum denn Ihiwuhu seine Bibliothek auflöse, erklärte Nuki, Ihiwuhu sei von den Chamdechern auf den Thron zurückgerufen worden, und da habe er nun wohl keine Zeit mehr für Bücher.

Darauf sagte Noah, er habe Ihiwuhu stets für einen oberflächlichen Menschen gehalten, aber es nütze ihm nichts, dem Ihiwuhu. Nuki begriff diese Worte nicht und fragte: »Du meinst, man verjagt ihn doch wieder?« Noah schüttelte traurig den Kopf: »Nuki, hast du's wieder vergessen!« – »Ach so!« sagte Nuki gelehrig, »richtig, die Sintflut!« Und Noah fragte ihn, wie sooft schon, ob er nicht doch mit in die Arche kommen wolle, es werde allmählich Zeit. Und als Nuki verlegen abwehrte, bot ihm Noah Ebal als Belohnung an. Nun aber erklärte Nuki ganz offen, wenn auch in aller Höflichkeit, daß er einen solchen Schritt als Starker Arm Urs nicht wagen dürfe, er verliere hinterher gewiß sein Amt, einfach weil er sich durch die Angst vor der Flut lächerlich gemacht hätte.

Noah sagte beschwörend: »Aber sie kommt!« Nuki jedoch, zum Zeichen des Zweifels, bewegte den Daumen an seiner Rechten im Kreise, eine Art der Geste, wie sie Ach, der ehemalige Starke Arm Urs, in Mode gebracht hatte.

Und er zog sich zurück, wie er sagte: um mit den Söhnen zu plaudern, derweil sich Noah die Bücher ansehen solle, – was er als brauchbar sich aussuche, wolle er ihm schenken.

Alsbald begann Noah in den Büchern zu wühlen. Die Täfelchen steckten zusammengebündelt in den gebräuchlichen Lederhüllen. Auf dem Leder stand mit Farbe der Titel. Und Noah las: »Über die Kunst, Steine zu sprengen, Steine zu benutzen, Steine zu glätten, Steine aufeinander zu fügen, Steine in andere einzufügen und große Steine von einem Ort zum andern zu bewegen, und die Namen aller Steine.« Ein anderer Titel hieß: »Entsteht Schnupfen durch Regengötterchen oder durch nasse Füße? Wie in früheren Zeiten Schnupfen und alle strömenden Krankheiten geheilt wurden und wie heute. Über das Feuchte im Körper und außerhalb des Körpers.« Noah legte das Buch, als er den Titel zu Ende gelesen hatte, sofort hin. Die gelehrten Überlegungen dieses Autors kamen ihm seltsam fremd, unpassend, ja, auf eine traurige Weise lächerlich vor. »Welche Sorgen die Ärzte haben«, murmelte er verdrießlich, suchte aber emsig weiter. Da gab es ein Buch, das hieß: »Die sanfte Weise, Steuern zu erheben, daß sie gegeben werden wie im Traum.« Steuern? Noah lächelte traurig. Wie weit liegt dieses Wort bereits zurück, so dachte er, Steuern wird es keine mehr geben. Doch dann überlegte er: wenn alles überstanden ist, wenn wir aus der Arche treten, wenn wir wieder Häuser bauen, und da griff er auch schon nach dem Buch über die Steine – ja, auch wenn wir uns vermehren, Städte gründen, ah, dann muß es auch wieder die Abgaben geben, und er legte auch das Buch über die sanften Steuern auf die Seite, vielleicht war es nützlich. Und er suchte weiter: »Buch der dreißig Arten und Weisen, das weibliche Herz zu belagern und als Sieger einzuziehen. Zehn Arten und Weisen für das Herz der verheirateten Frauen, zehn für das Herz der

Jungfrauen…«, Noah legte das Buch unwillig beiseite. Das Herz verheirateter Frauen zu belagern, empfand er als eine Ungerechtigkeit, jener gleich, eine Stadt zu belagern, die einem nicht feindlich war, aber auch nicht gehörte. So wickelte er das Buch auf und beschloß, nur den zweiten Teil mitzunehmen, vom ersten Teil sollten die Menschen, die aus der Arche kamen, nichts mehr wissen. Vielleicht, so überlegte er, wenn sie es nicht wissen, tun sie es auch nicht. Doch gleich schüttelte er den Kopf: sie wissen es wahrscheinlich auch ohne Bücher, es steckt im Menschen, fremde Städte und fremde Frauen zu erobern. Und er seufzte. Soeben wollte er nach der »Lehre von der frühen und wohlgefügten Zeit der zehnmal zehn Weisen« greifen (er kannte es gut; die Zeit, als man noch auf Schildkröten ritt, wurde darin beschrieben), da erblickte er ein anderes Ledersäckchen und las: »Vom Baum des fröhlichen Vergessens und der Vereinigung«. Das Buch mußte sehr alt sein, denn Vergessen war noch auf Althochurisch mit »Ohgonosu«, das heißt »Nicht zu Hause sein«, ausgedrückt. Er bündelte es auf: die Ränder der Täfelchen waren abgestoßen, und manche Worte waren zur Hälfte nicht mehr da. Auch die Oberfläche hatte sich so abgenutzt, daß die Kerben im Ton nur noch schwer lesbar waren. Er nahm, neugierig wegen des Titels, eine Wachsrolle und rieb damit über die Plättchen. Dann goß er aus einer Kokosnußflasche den Saft des Korumgewächses über die Tonfläche. Dort nun, wo das Wachs in die Einschnitte nicht hineingekommen war, nahm der Ton die schwarze Farbe an, und die Schrift stand sofort gut lesbar da. Er rückte den Steintopf mit dem Licht näher, las und freute sich in seinem Herzen, dem Althochurisch so eifrig obgelegen zu haben, denn jede Zeile mehrte sein Verwundern.

Da war von einem Baum in den Quellgebieten des Tara zu lesen. Ein Kaufmann, von Räubern verschleppt, war bis dort, fast ans Ende der Welt, hingekommen, und der beschrieb nun diesen Baum. Er sehe wie eine hölzerne Schlange aus, wie verdorrte Lianen, ein häßlicher Baum mit wunderbaren Früchten. Bevor aber noch der Kaufmann diese Früchte beschrieb, wies er darauf hin, daß die Blätter des Baumes wie die Menschen fünf Finger hätten, »durch welche Übereinstimmung mit der heiligen Fünfzahl der Baum deutlich uns sagt, daß er greifet nach unserem Herzen mit zehnmal zehn Blättern. Die Früchte dieses wunderbaren Baumes sind wie Perlen zusammengebündelt, immer zehnmal fünf an derselbigen Stelle und ähnlich Eutern von Ziegen, wiewohl ihre Farbe gülden ist oder auch rubinen, je nach dem Geiste, der sie bewohnet und aus dem Baum zu kommen trachtet in das Herz des Menschen. Die Früchte springen im Munde, sobald man darauf beißet, auf und spritzen Süßigkeit nach allen fünf Windrichtungen innerhalb des Mundes. Man kann auch die Früchte hängen, wie die Männer tun in diesem Land, den Weibern um den Hals, fünfzig an einem Stiel, und sie so naschen zwischen den Brüsten fort, nur mit den Lippen, welches Spiel in diesem freundlichen Lande geübt wird in den Tagen des kleinen Zisar zwischen Männern und Weibern, zuvörderst aber zwischen den jungen, und ist viel Ergötzens.

Dieser wunderbare Baum aber trägt keine Früchte, wenn nicht eine Ziege, ein Büffel und ein Kamel ihn abweiden, von oben bis unten. Und selbiges muß geschehen zur rechten Zeit, nämlich ehe die ersten Blätter aus dem Holze lecken und die Zeit anzeigen. Und darf auch nicht zuviel geweidet werden von den Tieren, da sonst keine Frucht kommt. Die Tiere aber wecken den Geist im Baum und geben ihm von ihrer Sinnesart. Denn so man die Perlenfrüchte nicht genießet, noch mit den Lippen von der Brust des Weibes zupft, sondern in einen Topf wirft und mit den Füßen tritt, bis sie vergehen; und so man weinet dabei und seufzt über das Vergehen ihrer schönen Ründe und ihres Glanzes; und so man sie läßt, als verachte man sie, und sie einsam läßt in der Dunkelheit des Topfes auf fünfmal zehn Tage und dann wiederkommt und seihet alles durch ein Linnen, ist entstanden das wahre Wunder des wundersamen Baumes. Der hat gelassen sein Blut, denn das von dem roten Baum sieht aus wie reines Opferblut und das von dem güldenen wie das Wasser des fruchtbaren Tara. Und wer davon trinket eine Schale, spürt die Sinnesart der Ziegen: er macht Äuglein, trippelt, ist neugiervoll und meckert vor Fröhlichkeit und macht Sprünge. So er trinket die zweite Schale, spürt er die Sinnesart des Büffels: beginnt zu brüllen, soviel Kraft spürt er, weicht nicht ab von seinem Wort und seinem Willen, sondern senkt den Kopf und geht mitten durch alles. Da solche Sinnesart ihn und andern zu Schaden bringen könnte, trinket er alsbald die dritte Schale und empfängt die Sinnesart des Kamels: wird lautlos und schaut von ferne zu und lächelt und will jedermann auf den Schultern tragen bis an die Grenzen der Erde. Und ist zufrieden und beginnt zu loben und zu danken – und ist wieder still und kann kein Ende finden.

Wer aber da noch trinket die vierte Schale, empfängt den Geist des Baumes: läßt sich benagen von scharfen Worten und hat vergessen, wer er ist. Sondern er öffnet den Mund und singt von ferne, wie nicht er selber. Seine Stimme klingt wahrhaft wie die eines andern, aber eines, den er liebt.

Trinkt er aber die fünfte Schale, die heilige, was nur wenige vermögen, redet er leise mit den Seinen, umarmt Bäume und Tiere und auch Menschen – aber nicht mehr wie Frauen oder Männer, sondern alle wie heilige Gefäße. Manche haben den Tod umarmt und zu ihm Vater und Mutter und Geliebter gesagt und waren ohne Tränen, denn alles war gut. Welchen Geist er aber wirklich trank in der fünften Schale, das konnte noch nie einer sagen.

Doch sagen die Leute in diesem freundlichen Lande, daß die meisten nur bis zur vierten Schale gelangen. Trinkt aber einer, ohne Kunst und ohne den Geist des Baumes zu suchen, die dritte, fällt er um, kriecht auf allen vieren, und der Trunk verläßt ihn sogar manchmal wieder zum Munde hinaus, und er wird zum Ekel und Gelächter. Drum nennen die Leute das

Trinken vom Saft des wunderbaren Baumes nicht trinken, sondern die Geister suchen des fröhlichen Vergessens und des Vereinens. Der Geist der fünften Schale wird nämlich von manchen Geist des Vereinens genannt, doch andere sagen, man dürfe den Geist der fünften Schale nicht nennen.

Wer aber von diesem Baum trinket, darf kein böses Geheimnis haben, denn mit jeder Schale wirft der Trinkende ein Kleid von seinem Geiste ab, bis er nackt dasteht, zu seinem Lob oder zu seiner Schande.

Jene aber, die bis zur fünften Schale gelangen und mit ihrer Nacktheit des Geistes kein Auge verletzen und mit den Sprüngen des Bockes die Würde des Kamels zu verbinden wissen und wiewohl sie den Tod umarmen, nicht nach Verwesung riechen, sondern wie ein roter oder güldener Schein leuchten, je nach dem Geiste, dessen sie voll sind; die also den Geist der fünften Schale im Gesicht tragen – sie sind in diesem freundlichen Lande die Priester! Diese schlachten keine Tiere, sondern brechen Brot, davon sie einen Teil in die Flamme tun, das nennen sie: zurücktun. Das übrige Brot verteilen sie mit dem Wein. Diese Priester heißen: die Herren der fünften Schale, haben das dritte Auge, ertragen die Schmerzen des Lebens, weinen selten und lachen häufig und sind große Väter und graben das Gefälle im Strom des Volkes. Sie sterben nicht, sondern sie sagen, sie tun sich zurück und kommen dann wieder und leben immer. Hat einst ein Herr der fünften Schale verkündet eine Flut, und sie ist nicht gekommen bis zu dieser Zeit. Er ging in den See Lichtomir und tat sich zurück, weil er sich von einem der Geister im wunderbaren Baum betrogen hielt; sein Name ist Bokaresch und lebte in dem freundlichen Lande siebenmal hundert Jahre nach dem Sturz des Tyrannen von Ur. Im freundlichen Land aber zählen sie die Jahre nach dem ersten Erscheinen des Geistes im wunderbaren Baum, und das ist zehnmal hundert Jahre vor dem Sturz des Tyrannen. So alt ist dieser Baum. Und soll es ihn schon früher gegeben haben, doch gab er sich dem Menschen nicht zu erkennen.«

So weit ging das altertümliche Buch des verschleppten Kaufmannes. Noah mußte aus dem Zusammenhang häufig Wörter ergänzen. Zum Schluß glaubte er, sich mit manchen Einfügungen geirrt zu haben, denn diese Geschichte kam ihm gar zu wundersam und zugleich auch seinem Herzen zu verwandt vor. Tarunga – dachte er – ob da wohl sein Herzens-Tarunga läge? Und nun würde es zerstört werden, von der Flut überdeckt. Denn siehe, dieser Herr der fünften Schale hatte so in grauer Vorzeit bereits die Sintflut vorausgesehen. Oder war inzwischen bereits eine Flut gekommen, eine große Überschwemmung? In alten Büchern konnte man gelegentlich von Überschwemmungen lesen oder von großen Fluten. Doch die Menschen hatten verlernt zu glauben, daß es einmal geschah und daß es wieder geschehen könnte. Nun aber geschah es. Noah senkte den Kopf, und wieder überfiel ihn diese Vorstellung: wenn es nun nicht geschah? Bokaresch – was für ein seltsamer Name! – der ging in den See Lichtomir; ich müßte in den Tara gehen, mich zurücktun! Die Vorstellung aber, daß die Flut gewiß komme, war noch schrecklicher. Noah griff sich mit beiden Händen ins Haar.

In diesem Augenblick trat Tali in das Gemach, die Augen weit aufgerissen, sie bebte und konnte es kaum hervorbringen: Nuki hatte aus Nojadohus Frauengemach Ebal herausgelockt und fortgebracht, in einer Kiste. »In der Kiste also, in der diese Bücher waren!« sagte Noah ruhig. Tali war empört über diese Frechheit ihres Verwandten. Denn während sich Nuki mit ihr unterhielt, war sein Diener die Treppe in den Stock, in dem die Diener wohnten, hinabgestiegen und war bald wieder gekommen. Er hatte unter der Last geseufzt, und sie hatte ihn gefragt, was er denn da Schweres für seinen Herrn trage. Statt seiner hatte Nuki geantwortet, es seien ungegerbte Schlangenhäute. Da Nojadohu öfters schon an Nuki die Jagdbeute verkauft hatte, glaubte ihm Tali. So also hatte Ebal das Haus ihres Herrn und ihres Vaters verlassen. Tali nannte sie eine Schamlose und verlangte im ersten Eifer,

Noah müsse die Sache vor die Eherne Säule Urs bringen und auf Rückerstattung bestehen und auf Schadenersatz und Strafe. Doch Noah blickte sein Weib mit hochgezogenen Brauen an. Da verstand sie und sagte eifrig: Ja, richtig! Aber man müsse Ebal retten, wenn nicht vor Nuki, dann vor der Flut. Noah schüttelte gleichmütig den Kopf und sagte ein Wort, das Tali nicht verstand, er sagte: »So soll sie zurückgetan sein!«

Er wollte sich bereits wieder seinen Büchern zuwenden, als nun Sem atemlos in das Gemach stürzte. Er fiel Noah zu Füßen: »Wonne meines Antlitzes – es beginnt – schnell – schnell…«

Noah hatte angeordnet, daß Tag und Nacht die Sänften mit den Trägern bereit sein müßten. Beim ersten Regentropfen dieses Winters sollten sie alle aufbrechen und in die Arche ziehen. Nun war der erste Regen gekommen, ein breiter und starker Regen, den Noah auf den ersten Blick erkannt zu haben glaubte.

So rief er laut durch die Gemächer: »Herbei, herbei – es hat begonnen, herbei, kommt in die Arche!« Er sang vor Erregung diese Worte, seine Stimme gellte und bebte. Und er vergaß alles, was er sich bereitgelegt hatte: Nungdongblätter zum Rauchen; ein Knochenmesser, das ihm ein Freund in Kindertagen geschenkt hatte; das Buch mit den »Alten und neuen Stoßseufzern der singenden Liebe«, daraus er Tali manchmal vorlas, und andere Bücher – und auch alle Bücher, die Nuki gebracht, darunter ein Buch vom wunderbaren Baum. Das reute ihn zumal, denn er wollte es noch ein paarmal lesen.

Alles ließ er zurück. Er zählte die Seinen, da sie eilig an ihm vorüber die Treppe zu den Sänften hinabeilten. Tali, Sem, Cham (Japhet war auf dem Schiff), Ola mit den Töchtern Tara und Sil, Zizi, ihre Tochter Eewo und ihr Sohn Nuk, die Magd Hihiwanga mit den Töchtern Nala und Sina. Und Nojadohu, der allein kam und immerfort nach Ebal rief und Nuki verwünschte. Noahs Familie zählte fünfzehn Personen,

Nojadohu, den Treuen, eingeschlossen, er war Witwer. Alle stiegen, auch der treue Knecht, in die Sänften. Die Fackeln zischten in dem Tropfengeprassel, das zunächst stärker wurde, aber bereits nach einer halben Stunde aufhörte – beinahe plötzlich. Ein warmer Wind blies von Süden. Tali sagte zu Noah, der über die vergessenen Dinge seufzte: »Da – es hört auf!« Und sie schlug vor, man solle umkehren, auch sie habe in der Eile den schönen Lederbeutel vergessen, den ihr Nojadohu aus Schlangenhaut voriges Jahr gemacht, drin sei »die schöne goldene Mantelspange mit den Vogelköpfen«, so sagte sie klagend, und »das Bräuneöl«, fügte sie hinzu, in dem Beutel auf ihrem Schoß wühlend, »und die Duftkapsel – o wie schade, die Duftkapsel, die du mir einst geschenkt hast«.

Aber Noah in der dunklen Sänfte zog Tali an sich und flüsterte: »Laß nur, ich schenke dir eine neue Welt! Wir werden trinken vom wunderbaren Baum des Vergessens und der Vereinigung!« Sie aber verstand ihn nicht, doch hieß sie seinen Worten, in ihrem Herzen Wohnung zu nehmen.

Als sie am Tara ankamen, war die Nacht ruhig. Noah rief den Sänfteträgern zu, wenn sie wollten, könnten sie mit in die Arche kommen, wie denn auch einige der Zimmerleute, halb aus abergläubischem Schwanken und halb aus Vergnügen, bereits in der Arche wohnten.

Noah wartete diese ganze Nacht auf die Wiederkehr des Regens, aber es regnete nicht. Am Morgen hieß er die Arbeiter die Rampe abbrechen. Gegen Abend war es geschehen, nur noch ein Gehsteig verband den riesigen Schiffskörper mit dem Ufer.

Als aber die Menge sich wiederum am Ufer versammelte und zu lärmen und zu lästern begann, gingen einige der Zimmerleute über den Gehsteig und sie sagten zu denen am Ufer, sie hätten noch in der Arche zu tun gehabt, nur deshalb seien sie die Nacht darin geblieben. Noah aber kam einem der Zimmerleute, den er besonders ins Herz geschlossen hatte, über den Gehsteig nach. Dieser Mann hatte eine zahlreiche Familie, und die stand, Vater und Mutter und Brüder, am Ufer, und sie riefen, er solle endlich heimkommen und sich nicht zum Gespött machen. Noah folgte ihm also und beschwor ihn mit bittenden Worten. Der Mann stand auf dem Gehsteig zwischen Noah und den Seinen. Der Gehsteig bewegte sich, von der Arche angezogen und abgestoßen, hin und her, auch sein Körper schwankte hin und her, und seine Seele noch mehr. Endlich aber ging er zu den Seinen. Denn da stand sein kleiner Bruder und rief mit lauter Stimme: »Komm doch heim, du!« Noah aber lief auf den Kleinen zu, hob ihn empor, küßte ihn auf die Stirn und rief: »Freundlicher, Freundlicher über den Wolken, schenke mir dies junge Leben!« Und er bat die Eltern. Aber die schüttelten nur die Köpfe, lachten, wie man eben über einen Narren lacht. Als Noah immer aufs neue anhielt, den Kleinen an der Hand zerrend, stieß dessen Vater, ein Kleinbürger aus Ur, Noah heftig gegen die Schulter und rief: »Verrückter Kerl, nun geh schon in deinen Tierstall!«

Noah taumelte und fast wäre er in den Tara gestürzt. Er verbarg sein Gesicht in den Händen und ging zurück, allein, er weinte. Doch die schmale Brücke zum Ufer ließ er noch liegen.

Auch in dieser Nacht regnete es nicht. Drei Zimmerleute und ein Wärter verließen im Dunkel heimlich die Arche und schlichen heim in ihre Häuser. Cham sagte am Morgen in den Himmel blickend: »Du hast gut Wetter bestellt für deine Sintflut, Wonne meines Antlizes!« Noah schwieg. Tali näherte sich ihm im Verlauf dieses Tages ehrerbietig mit der Frage, ob man nicht jemanden in die Stadt schicken müsse: sie habe vergessen, dem Hausbesitzer die fünf schweren Goldringe für die Miete dieses Jahres zu zahlen. Überdies könne der Bote auch noch einige Sachen aus dem Hause mitbringen.

Da nun ließ Noah alle, die in der Arche waren, zusammenkommen und rief, daß man es bis zum Ufer hören konnte, und das war gesäumt von der schaulustigen Menge: »Noch eine Stunde sind wir mit dem Ufer verbunden. Wer gehen will, gehe jetzt in sein Verderben! Er sei zurückgetan! Nach dieser Stunde werfen wir diese letzte Brücke ab. Und wir warten auf die Flut!«

»Wir auch, wir warten auf die Flut!« heulte es höhnisch vom Ufer zurück. Die letzten Arbeiter und Wärter verließen die Arche, sie wurden am Ufer mit Lachen empfangen. So war Noah mit den Seinen und seinem Knecht Nojadohu allein, mit demselben, mit dem er ausgezogen war aus Tarunga.

Und die Brücke wurde abgeworfen.

Noah aber reichte seinen Söhnen und dem Knecht Steinbeile, damit sie die Taue kappen sollten, wenn er es ihnen sagte, und – er erhob rufend seine Stimme – »die Hände derer, die nach der rettenden Arche greifen, wenn es zu spät ist!«

Der Hohn der Menge wurde nun giftig. Man begann, Schimpfworte hinüberzurufen. Japhet drohte mit dem Steinbeil, Cham machte verächtliche Gebärden. Sem blickte in die Ferne.

Man begann, Steine nach ihnen zu werfen. Erst als Nuki erschien mit den Soldaten, wurde es ruhiger. Er rief Noah zu, das lächerliche Spiel endlich aufzugeben oder den Tara hinabzufahren, wenn das mit solch einem Kasten überhaupt möglich sei. Er könne sich nicht für die Sicherheit des Schiffes und seiner Insassen zum Pfande geben.

Das geschah kurz vor der achten Stunde, es war fast schon dunkel. Einige Schakale liefen bereits hüpfend das Ufer entlang. Da – plötzlich! – setzte ein starker Regen ein, ein so starker, daß Noah ihn sofort erkannte. Und er sagte: »Das ist er! Im Namen des Freundlichen! Kappt die Taue!«

Und die Arche wurde von der Strömung langsam in den Tara hinausgetragen. Dort ließ Noah noch einmal die Steingewichte werfen, daß sie schleppten. Die Menschen waren schon lange nach Ur zurückgekehrt, das Ufer war leer. Der

Tara sah rauh aus wie das Fell eines Wolfes. Über Ur aber gingen die Lichter an, und die trunkene Stadt lag in ihrem nächtlichen Glanz. Auch auf der Arche leuchtete einer von Urs Steinkrügen. Und es regnete.

Die neunte Legende

Vom Leben in der Arche, und wie Noah die Vögel zu Hochgelobten Wochenvätern ernannte. Noahs Gesichte vom Ende und vom neuen Anfang, und wie alle zum Nungdongrauchen kamen.

Seit Noah mit seinen Söhnen alle Türen geschlossen und die Schutzklappen über den Luken gegen den Regen herabgelassen hatte, gab es im weiteren hölzernen Bauch der Arche für die Menschen – es waren mit dem Knecht Nojadohu ihrer fünfzehn – keine Möglichkeit mehr, die Zeit zu messen. Die Lichtkrüge von Ur erhellten in großer Zahl bei Tag und Nacht die Wohnung der Menschen auf dem Vorschiff und die Hallen mit den Tierkäfigen. Hundert Sils Lichtnahrung hatte Noah drunten bei den Vorräten liegen. Das bedeutete, so hatte er mit Sem und Japhet ausgerechnet, die Steine spendeten Helligkeit für zehn Zehntagewochen. So lange aber würde die Flut nicht dauern.

Über die Dauer der Flut war in den letzten Wochen, als das Futter für die Tiere und die Nahrung für die Menschen in die Arche geschafft wurden, häufig und in immer besorgterer Weise gesprochen worden. Sooft nun Noah eine bestimmte Menge getrocknetes Gras, Wurzeln oder Schlachtvieh angesetzt hatte, versuchte Sem, wie blind er auch sonst dem Vater gehorchte, eine Zugabe zu erreichen. Einigemal gab Noah der Sorge des Sohnes nach, schließlich sagte er: »Sem, der uns aus dem Wasser errettet, wird uns nicht auf dem Wasser Hungers sterben lassen.« Da fragte Sem mit kleinen Augen: »Wie, Wonne meines Antlitzes, die Ausmaße deiner Arche bestimmen die Dauer der Flut?«

Statt einer Antwort hob Noah seinen Stock und schlug ihn dem Sohn über den Kopf. Sem sah den Vater an, als hätte ihm der Schlag ein Hindernis vor dem inneren Auge beseitigt, und fiel vor Noah nieder.

So wurde denn in der Arche, auch als sie schon im Wüsten trieb, niemals mehr über die Dauer der Flut gesprochen. Die Besorgung der Tiere lenkte die Aufmerksamkeit aller von den eigenen Sorgen ab. War die einem jeden von Noah aufgetragene Arbeit erfüllt, so kam der Schlaf und lud ihre Seelen in die Arche des Traumes. Wenn sie erwachten, sahen sie in die zischenden Flammen der Lichtkrüge, und blickten sie durch die Ritzen unter den Klappen der Luken hinaus, war da die immer gleiche, nasse Nacht. Die Frage, die sich unter ihnen erhob, hieß nicht: Wie lange dauert die Flut?, sondern: Wie lange treiben wir schon? Und: Ist es eigentlich nach unserer alten Zeitrechnung Tag oder Nacht? Doch selbst Noah, der vor vielen Jahren den Beruf eines Kalendermannes ausgeübt hatte, schüttelte, wenn sie ihn fragten, den Kopf und sagte: »Wir haben kein Maß mehr für die Zeit. Unser Herz allein mißt mit Schlägen, indes – unsere Herzen haben alle einen verschiedenen Takt.«

Seit die Arche auf dem Tara schwamm und später von der Flut ins schwarze Nirgendwo hinausgetragen wurde, waren die Menschen und ebenso die Tiere schweigsam geworden. Die Vögel hatten ihre Weisen vergessen und gaben nur noch beim Erwachen kurze Laute von sich, die mürrisch, hilflos und verwirrt klangen wie eine schläfrige Klage.

Eines Tages nun bemerkte Tali, die oft zu den Stunden, wenn die andern schliefen, voll mütterlicher Sorge an den Tierkäfigen entlangschritt, daß die meisten Vögel, auch wenn die übrigen Tiere noch schliefen, wie bei einem Trommelschlag erwachten, den freilich kein Ohr als das ihre vernehmen konnte; ebenso versanken sie in Schlaf, gemeinsam und ohne sich von dem noch wachen Scharren, Stampfen und Getrappel der Säugetiere in den anderen Käfigen stören zu lassen. Tali teilte Noah ihre Beobachtungen mit und ging mit ihm zu den verschiedensten Zeiten an den Vogelkäfigen entlang. Schließlich ließ Noah seine Familie vor den Käfigen der Vögel zusammenkommen und rief fröhlich: »Als ich Kalendermann von Misodach war, trug ich die großen Namen ›Felsen der Zeit‹ und ›Hochgelobter Wochenvater‹. Erst spät habe ich erkannt, daß wir die großen Namen, die uns verliehen werden, nicht verdienen. Seht, diese vor Trauer stumm gewordenen Vögel wissen, wann es Tag und wann es Nacht ist; ich wußte es nicht. So sollen sie denn von heute ab unsere ›Felsen der Zeit‹ sein, unsere ›Hochgelobten Wochenväter‹.«

Von dieser Zeit an lasen die in der Arche die Zeit von den Käfigen der Vögel ab. Noah aber ergriff, sooft die Vögel mit ihrem erregten Hüpfen und Schnarren und Gurren den unsichtbaren Tag begrüßten, die Reiherfeder und machte mit dem Saft des Korumgewächses einen Strich an die Säule in der Mitte der Arche. Sooft zehn Striche auf der Säule waren, färbte er sich einen Finger mit dem schwärzlichen Korumsaft, und nach weiteren zehn Strichen auf der Säule färbte er sich den zweiten Finger, und so tat er fort, bis alle seine Finger schwarz waren, und jeder in der Arche konnte an seinen Fingern die genaue Zeit ablesen. Wieder war er Kalendermann geworden, doch, wie Noah sagte, mit den Vögeln zusammen, von denen er annahm, daß ihnen der Freundliche Herr über den Wolken zwar nicht ein drittes Auge – das wäre für ein Tier zu schwer zu ertragen! – so doch ein drittes Ohr verliehen habe. In dies Ohr hinein, so lehrte Noah die Seinen, teile der Freundliche Herr über den Wolken den Vögeln mit, wann sie aufstehen und schlafen gehen, wohin sie reisen und welche Nahrung sie nehmen und welche sie meiden sollten, und viele andere Dinge.

Es war am fünften der in der Arche gezählten Tage, als Noah spürte, wie sich sein drittes Auge öffnete. Er befand sich gerade vor den Löwenkäfigen und schob den großen Katzen die purpurnen Stücke eines soeben geschlachteten Schweines durch die Stäbe; sein Blick lag in dem der Löwin, die das blutige Fleisch nicht beachtete, sondern ihre ganze Aufmerksamkeit auf Noah gerichtet hatte. Ruhig stand sie da und, den Kopf geradeaus gestreckt, schob sie die Tatzen nach vorne und schien sich mit ihrem kurzen Leib zu verneigen. Noah spürte das grünliche Funkeln aus den Augen des Tieres in den seinen, und indem beugte er sich ebenfalls vor und streckte die Arme weit von sich, – er merkte, wie er langsam zu Boden sank. Das harte Holz schien nachzugeben, und er empfand alles um sich her als einen Sumpf. Dieser Sumpf war heiß, endlos, tief, dunkel, verzehrend, und seiner Kehle entrang sich der Schrei der Angst. Nojadohu fand seinen Herrn, wie er auf dem Boden lag und ächzte. Er rief Tali, aber was sie auch mit ihm begannen, sie konnten ihn nicht zu sich bringen. Zwar schlief er nicht, das merkte Tali wohl, er war auch nicht ohnmächtig, öffnete er doch mehrmals die Augen und fuhr sich mit der Hand über die Stirn und verzog das Gesicht. Schließlich erkannte Tali, was mit ihrem Gatten geschehen war. Sie ließ ihn auf das Vorderschiff bringen, schickte alle fort, hockte sich neben ihn und flüsterte Segensworte über sein von Angst und Not verzerrtes Gesicht. Er flüsterte, von heftigen, kurzen Atemzügen unterbrochen, Sätze: »Ich kann euch nicht helfen – ihr habt – nicht gehört – der Freundliche hat euch – durch meinen Mund gewarnt – weil ich lispelte, habt ihr über mich gelacht – Tolül hat mir die Zähne – ausgebrochen, ich habe es euch gesagt – dem Tolül verkündete ich, was ihm geschehen werde, und ich habe es euch ebenso verkündet – aber ihr konntet mit meiner Botschaft so wenig anfangen wie er – vor der Wahrheit des Freundlichen nützen die Dächer nichts, bieten die Türme keinen Schutz, sind die Gipfel der Berge keine Zuflucht – auf den Flügeln der Vögel gibt es vor ihr keine Rettung.«

Zwischen solchen hingeseufzten Sätzen rief er Namen von alten Bekannten, die Tali wohlvertraut waren; Nukis und Ebals Namen kehrten einige Male wieder. Eine ganze Weile sprach er auf einen Knaben ein, den Tali nicht kannte, bis sie sich erinnerte, daß es jener kleine Junge war, den sich Noah noch im letzten Augenblick zuerst von dem Vater des Knaben, einem Kleinbürger aus Ur, dann von dem Freundlichen für die Arche erbat. »Weine, mein Kind«, flüsterte Noah, »du hast ein Recht zu weinen – deine Füße stehen schon im Wasser – in diesem schrecklichen Wasser – und es steigt, und du verstehst nichts – und ich verstehe auch nichts, mein Kind! – wer kann den Freundlichen verstehen, der dich auf diesem Dach stehen läßt, so allein, wo sind deine Eltern? – wenn dich mein Arm so wie mein Auge erreichen könnte, wollte ich dich gleich ins Wasser stürzen, weil ich dich nicht retten kann – mach einen Schritt nach vorn, das Dach hört doch irgendwo auf – das Dach war einmal ein Schutz, doch ist es keine Rettung mehr, glaub es mir!« Noah weinte, und Tali trocknete seine Tränen, die sich in den Augenhöhlen sammelten. »Bokaresch ging in den See Lichtomir, weil die Flut, die er vorhergesagt, nicht kam – ich möchte sterben, weil sie kam – aber mir ist es nicht vergönnt zu sterben.« Und Tali hörte, wie Noah den Freundlichen fragte, warum er nicht auch das Leben in der Arche in den großen Mischkrug zurücktun wolle. »Freundlicher, beginne deine Welt ganz von neuem!« flehte er. »Oder nimmst du an, der Lebenssame, den dir die Arche rettet, sei besser als der, den du zerstörst? – wenn du das glaubst, Freundlicher, erdrückst du uns mit deiner Erwartung – ich bin ein Mensch wie die übrigen – was mich allein auszeichnet, das dritte Auge – o du Allseheuder! – drück es mir wieder zu, oder gib mir das Herz des Flußpferdes – denn welcher Mensch wird dein Mitwisser und wird nicht wie ein Korn zermahlen zwischen dir und den Menschen?« Und wie Tali in das Gesicht ihres Gatten blickend dasaß und wieder die Tränen aus seinen Augen treten sah, dachte sie an die Seen von Tarunga und die steilen Felsen, die über ihnen hingen. Und sie vernahm den ermüdenden Lärm des Wassers: Regen und Flut; sie hörte es strömen, am Holz reiben, schmatzen, glucksen. Sie wurde müde und schlief ein. Als sie jäh erwachte, wußte sie nicht, wie lange sie geschlafen hatte. Noahs Gesicht hing still über ihr, seine Augen waren ganz trocken, groß und still. »Tali«, flüsterte er, »mein Acker in der Nacht, schau mir in meine Augen. Sie haben etwas gesehen, diese Augen, sie haben ein Licht gesehen, ein rundes Licht, es ist der Spiegel des Freundlichen Herrn über den Wolken! Rund ist es und so hell, daß du nur einen Augenblick hineinschauen kannst – und dann bist du inwendig hell und voller Glanz und froh. Das runde Feuer stieg über einem Berg auf, Tali, langsam – und die dämmrige Kuppel der Wolken war fort, der Himmel offen, ein Abgrund, grünlich blau wie die Augen Japhets. Tali, was geschieht mit uns? Meine Augen haben es gesehen: es stieg langsam herauf. Zuerst kam mir das Licht wie ein Auge vor, wie das Auge des Freundlichen Herrn, dann wußte ich es: das runde Feuer ist sein Spiegel. Er schaut aus seiner Ferne hinein, und das Flammen seines Auges flutet und dröhnt herab. Nein, es war keine Wolke mehr da, nur Glanz aus dem Spiegel, der höher stieg und Feuer und Gold herabgoß, o Tali, was wartet auf uns? Wie werden wir diese Freude ertragen? Unser Herz wird springen, Tali, und die zurückgetan wurden, sie werden alle wiederkehren; sie müssen es, um in den Spiegel des Freundlichen zu blicken.«

Noah sank zurück, als wäre er gestorben. Doch lag ein Lächeln wie aus dem Gold des Spiegels, von dem er gesprochen hatte, auf seinem Gesicht. Tali erinnerte sich, als sie in dieser Nacht schlaflos neben Noah auf den Fellen lag, jenes Gesichtes, das Noah wenige Wochen vor der Flut überkommen war: das Gesicht von den Funken in der Dunkelheit, von den flimmernden, zahllosen Lichtaugen, die auf ihn aus der Höhe herabgeblickt hatten. Auch in jenem Gesicht war der Wolkenschleier, der, seit der Freundliche die Berge gründete, zwischen Erde und Himmel ging, mit einem Griff zurückgeschoben. Unter dem unaufhörlichen Prasseln und Strömen, das auf das schräge Dach des Vordeckes mit furchtbarer Eintönigkeit niederging, lag Tali da und fragte sich, ob nicht die

Wolkenkuppel dabei sei, zusammenzubrechen – wie eine Kuppel aus Lehm oder Stein. Für diesen Regen, sann Tali weiter, gab es überhaupt keinen Namen. Was sie bisher so genannt hatten, war mit einem sanften Flüsterton herabgerieselt; hatte man sich im Haus befunden, vernahm man kaum, daß es auf Dach und Blätter regnete. Dieses furchtbare Wasser dagegen, das nun schon so viele Wochen in immer gleicher Stärke herniederbrauste und die Seelen mit seinem Lärm krank machte – es mußte die Wolkendecke selber sein; ja, sie fiel auf die Erde, und war sie endlich zerrissen und herab, dann – Tali öffnete die Augen und blinzelte lange in den Lichtkrug – dann war auch der Himmel sichtbar, jener Himmel, von dem die Menschen bis zu dieser Stunde nur wußten, daß der Freundliche Herr dort oben wohnte und einmal jeden Tag von Osten nach Westen ging, um – so glaubte man bisher – mit seinem Antlitz den Menschen das Dämmerlicht des Tages und das Maß der Zeit zu bringen. Und nun war es gar nicht das Antlitz des Freundlichen, sondern nur sein Spiegel, was den Tag machte. Dieser Spiegel aber – Tali seufzte, schloß die Augen und versuchte, sich das Niegesehene vorzustellen – dieser runde Spiegel, der vom Widerschein des Freundlichen überfloß, mußte eine Quelle des Lebens und der Lust sein. Diese Hoffnung wurde in Tali täglich stärker. Sie bemerkte nämlich, wie die Trauer in Noahs Seele hinabsank und eine freudige Unruhe ihn von einem Tag in den andern trieb. »Ihr werdet es sehen«, wiederholte er immer wieder zu den Menschen, doch ebenso zu den Tieren, wenn er vor sie hintrat, als wollte er ihnen mit dem Futter, das die Männer und Frauen ihnen brachten, auch etwas von der Lebenskraft seiner heiligen Erwartung mitteilen. »Ihr werdet es sehen«, murmelte er und blickte in die Augen der großen Vögel, die trübsinnig vor sich hinstarrten, »ihr ermeßt es nicht mit euren Schwingen. Ein blauer Abgrund! und sein runder Spiegel ergießt Ihn selber als Glanz, den Freundlichen, unaufhörlich! Tag für Tag! Ihr werdet es sehen!«

Bald darauf, als dies freudige Verlangen nach dem neuen Anfang Noah erfüllt hatte, drängte es ihn eines Tages, nachzusehen, welche Bücher nun eigentlich in die Arche geschafft und welche in der Eile des letzten Aufbruchs zurückgeblieben seien. Immer wieder hatte er selbst beim Füttern der Tiere oder wenn er seinen Palmwein trank oder sich zum Schlaf auf die Felle streckte, an das altertümliche Buch des von den Räubern entführten Kaufmanns gedacht, das vom Baum des fröhlichen Vergessens und der Vereinigung handelte. Einigemal schon war er versucht gewesen, sich Notizen zu machen auf jenen Tontäfelchen, die er teils zu Schreib-, teils zu Reinigungszwecken – sie dienten als Schaber nach der Entleerung – mitgenommen hatte. Auf diesen Tontäfelchen hatte er während der ersten Wochen seine Beobachtungen über das Verhalten seines ungeheuren Floß-Schiffes in der Flut eintragen wollen. Auf eines der Täfelchen schrieb er: »Hämmern und Rauschen von oben – leises Reiben an den Seitenwänden – die Arche zittert – aber leichter als die fröstelnden Lemuren.« Mehr hatte Noah über die Arche nicht aufzuzeichnen gewußt. Jeden Tag und jede Stunde hämmerte und rauschte der Regen auf die gleiche Weise und rieb sich das Wasser an den Planken und zitterte der schwimmende Holzberg, genau wie er gestern und vorgestern gezittert hatte. So schrieb Noah denn auf, welche Tiere in der Arche waren, welche Bäumchen er mitgenommen und welche Samenarten. Und er schrieb auf, wie der erste Streit in der Arche ausgebrochen war, weil Sem und Japhet zum Ausmisten der Raubvögel- und Katzenkäfige Cham, die Magd Ola und Nojadohu bestellten, sich selber aber die Käfige der Elefanten, Kamele, Pferde und Rinder und der andern kräuterfressenden Tiere vorbehielten. Noah berichtete, wie er und Tali eine Woche lang die Ställe der großen Affen allein gesäubert hätten – »um den Stolz der Söhne sehend zu machen«, vermerkte er –, und einige Täfelchen später konnte er voll Zufriedenheit feststellen, daß die Ordnung von allen nunmehr ohne Murren eingehalten werde. Eine weitere und viel schlimmere Ursache zum Streit ergab sich aus dem Umstand, daß von den Söhnen Sem allein verheiratet war und sich jeden Abend, so wie Noah und Tali, in einen abgetrennten Raum mit seinem Weib Eewo zurückzog. Auch tagsüber sonderten sich Sem und Eewo mit ihrem Sohn Hano ab, sooft die Arbeit es zuließ, und sie flüsterten miteinander zu dritt, lachten und küßten den kleinen Hano, hoben seinen Rock auf und zeigten seine Wohlgeratenheit prahlerisch von ferne, lobten alles an ihm, rechneten aus, daß er in spätestens fünf mal Zehnwochenjahren mannbar sei und dann – auch das ließen sie allzuoft und allzudeutlich hören – der drittgrößte Vater der neuen Menschheit sei. Eewos Mutter Zizi, die ihrem Namen Heimchen Ehre machte, indem sie sich oft wiederholte, verlustierte sich mehr noch als Sem und Eewo in der Ausmalung der zukünftigen Herrschaftsstellung ihres Enkels, wobei sie sogar so weit ging, die Rangtitel Urs an ihrem Hano auszuprobieren, und nannte ihn – allerdings mehr in fragender und spielender Weise – schon jetzt einen »kleinen, süßen Rakkahuk« oder einen »goldigen Höchstvermögenden Größeren«. Eines Tages nun, als Zizi vorschlug, ihrem Enkel, wenn er einmal die Herrschaft der Familie übernehme, nach dem Vorbild des großen Semoth von Misodach den Titel ›Helle Mittagsstunde und Langer Tag‹ zu verleihen, brach der Zorn, den Japhet all die Wochen mit einem dürren Lächeln zurückgehalten hatte, in einem löwenhaften Gebrüll hervor. Denn wie der Löwe, wenn er die Tiere mit seiner Stimme erschrecken will, den Kopf gegen die Erde beugt, daß sie mitdonnere, so stand Japhet gegen Zizi tiefgebeugt da und rief: »Aus irgendeinem Winkel Chamdechs hat dich mein Vater, die Wonne meines Antlitzes, auf sein Lager getragen, Magd meiner starken Mutter Tali! Was blähst du dich auf, die du doch dankbar sein solltest, wenn in deinen Adern das gemeine Blut der Chamdecher hinübergerettet wird!« Sem sprang gegen ihn, stellte sich vor Zizi, Eewo und Hano, wobei er rief: »O du wilder Saphiräugiger ohne Würde –«, und er wollte Japhet mit vorgestreckten Händen anfallen. Da trat Noah mit Tali zu den Streitenden herein, und sofort sanken ihre zum Kampf erhobenen Hände und Stimmen. Noah blickte die Entzweiten nacheinander an, dann fiel er auf die Knie und rief: »Freundlicher, du hast es gehört – so deutlich wie ich hinter der Wand! Rette deine Tiere und laß den Menschen untergehen, auch diese hier, auch mich. Du wirst an uns keine Freude erleben!«

Als die in der Arche dieses Gebet Noahs vernommen hatten, wurden sie still und sprachen viele Tage kein Wort mehr. Noah aber gab Japhet die Tochter seiner Magd Ola zum Weib, sie hieß Tara; und Cham gab er Nala, die Tochter seiner Magd Hihiwanga, und beide waren mit Noahs Wahl zufrieden und suchten sich noch am selbigen Abend einen abgelegenen Schlafplatz in der Arche. Zizi aber verurteilte er, den ganzen folgenden Tag einen kleinen Affen auf den Schultern zu tragen, ohne ihn auch nur einmal für Minuten absetzen zu dürfen.

Noah schrieb von einem weiteren Streit, der zwischen Cham und den übrigen, zumal aber zwischen Cham und den Brüdern Sem und Japhet ausgebrochen war und viele Wochen täglich und stündlich, ohne in Flammen aufzuschlagen, fortglomm. Cham rauchte schon gleich in den ersten Tagen der Flut jeden Abend Nungdongblätter in seiner Pfeife, den Brüdern aber, Nojadohu und den Mägden gab er nur dann eine Pfeife voll ab, wenn sie sich tief vor ihm verbeugten, sodann eine vorgeschriebene Bitte und hinterher, wenn sie die Blätter empfangen hatten, einen ebenso vorgeschriebenen Dank aussprachen. In den ersten Flutwochen hatte Noah, der nur selten einmal Nungdong rauchte, kein Verlangen nach dem Genuß der Blätter gehabt, die den Rauchenden still und gleichgültig machten oder sogar, wenn er drei Pfeifen hintereinander rauchte, seine Seele aus dem Körper und an bunte Orte entführten, wo schöne Frauen tanzten, alle Farben lieblicher leuchteten und ein leiser Wind wie Frauenhände die

Glieder streichelte. Da aber nun ein Tag wie der andere rauschend und trommelnd kam und Noah die Wochen an seinen Händen und Füßen schwarz aufgeschrieben sah und ihn die Trauer um seine verlorenen Bücher erfüllte und zugleich das unruhige Verlangen drängte, genau zu erfahren, welche Bücher er nun eigentlich drunten im Bauch der Arche verstaut habe, fühlte er, wie sehr ihn in solchen Augenblicken nach einer Pfeife Nungdong verlangte. Cham, das wußte Noah, hätte ihm auf die geringste Andeutung eines Wunsches hin Nungdong in Fülle geschenkt. Doch Noah mochte den Seinen nicht eingestehen, daß er genauso wie sie in den eintönig dahindämmernden Stunden immer wieder aus der Mitte des hochgelobten Augenblickes herausfiel und vom Gefühl der Leere gepeinigt wurde, vom Gelüst nach etwas, das diese Leere erfüllen könnte.

Eines Tages nun, als Noah in das unterste Stockwerk der Arche hinabstieg, um sich endlich zu vergewissern, welche Bücher er vom alten an das neue Ufer mit herübergenommen habe, stieß er bei seinem angestrengten Suchen auf eine große Truhe, die unter Tiger- und Leopardenfellen verborgen war. Noah erkannte sie auf den ersten Blick: sie war aus sehr hartem Holz, in den Fugen verteert, inwendig mit Fellen ausgeschlagen und enthielt noch einen Teil jener Bücher, die er aus seiner Vaterstadt Tarunga, damals, als er von seinem Vater verbannt worden war, auf dem Ochsenwagen zusammen mit Tali und dem Hausrat in die Fremde mitgenommen hatte. Als eine der ersten Lasten hatte sie Noah in die Arche bringen lassen, weil sie die Bücher seiner Schulzeit enthielt, vor allem die für die Kinder abgekürzte Lehre vom Anfang und von der Gründung der Welt, eine ausführliche Darstellung des Ewigen Frühlings oberhalb der Wolkenwiese, aber auch Fabelbücher und Sammlungen von ganz alten Gesängen, mehrere Anleitungen, aus Bäumen und Pflanzen Wonnegärten anzulegen, Stammes- und Familientafeln, Gesetzesauslegungen, vor allem aber die große Kräuteroffenbarung, in welcher gegen jede Krankheit das heilende Kraut angegeben und beschrieben war.

Noah bemerkte zu seiner Verwunderung, daß der aus feinen Lianen geflochtene und nur schwierig zu lösende Verschlußknoten gelockert war. Er schob den Lichtkrug näher, entwirrte die Lianenenden und zog sie auf. Ein süß betäubender Duft schlug ihm entgegen, kaum daß der dichtschließende Deckel sich hob: Nungdong! Seine Seele war bei dieser schnellen und vergnügten Feststellung der Nase tief erschrocken. Seine Hand griff zitternd in die festgepreßten Blätterballen, drückte sie auf die Seite, schob sich tiefer hinein: aber es gab, so weit seine Hand auch drang, nur Nungdong – und plötzlich wußte Noah, was mit seinen Büchern geschehen war. Er hatte einige Tage vor der Flut Cham und vier Sänftenträger mit der großen Kiste in die Arche geschickt. Cham hatte die Bücher gegen Nungdong verhandelt – so und nicht anders war es geschehen.

Noah seufzte vor Schmerz über den Verlust tief auf. Der Zorn überkam ihn so heftig, daß der Lichtkrug in seiner Hand zitterte. Und er beschloß, Cham durch den Knecht Nojadohu züchtigen zu lassen wie nie zuvor. Darauf sollte Cham den ganzen Vorrat an Nungdong unter der Lukenklappe hindurch mit eigener Hand in die Flut werfen. Doch gleich sah er Talis Tränen, die sie gewiß über den Sohn des Tolül weinte. Und wie so oft, wenn er vor einem der vielen schlimmen und närrischen Streiche dieses immer schwärzlich fremden und immer tierhaft vergnügten Cham stand, dachte er an jene Schmach, die sein Weib und er selber von Tolül erlitten hatten. Die immer sprungbereite, gleiche Lust, sich an Cham zu rächen, wurde alsbald niedergedrückt von der Stimme des Freundlichen, die Noah befahl, in Cham den unerwünschten Fremden am Herde zu ehren und zugleich den Ratschluß des Freundlichen, der es so gewollt hatte.

Zugleich aber packte ihn beim Anblick des großen Vorrats des süßduftenden Nungdongs solch jähes Verlangen, eine

Pfeife davon zu rauchen, daß das Zittern des Lichtkruges schon nicht mehr Zorn bedeutete. Er nahm sich einen Ballen des Rauchkrautes heraus, knüpfte ihn sorgfältig in den Zipfel seines Mantels, verschloß die Truhe mit dem besten und festesten Knoten, den er kannte, breitete die Felle darüber, ging hinauf, hieß, als es Abend geworden war, die Seinen im Kreise um sich herum auf den Fellen niedersitzen, befahl Cham, ohne ihn anzublicken, ihm eine von seinen Pfeifen zu bringen und begann vor aller Augen schweigend zu rauchen. Schließlich sagte er zu ihnen: »Laßt uns jeden Abend alle ein wenig Nungdong rauchen. Keiner soll künftig Cham um das Kraut bitten und ihm dafür danken! Es soll auch kein Streit mehr herrschen um den Besitz dieser oder einer andern Sache, denn es gibt einen großen Vorrat an allem Notwendigen in der Arche, auch an Nungdong. Der Freundliche Herr selber hat durch die Hand eines törichten Menschen die Bücher aus meiner Truhe genommen und statt ihrer Nungdong hineingelegt. Die Weisheit des Ewigen sei in diesem Werk der Torheit gelobt. Denn nun weiß ich, daß Nungdong eine Beschwichtigung der Seele ist und Frieden bringt. Der Duft des Friedens aber muß unsere Arche von innen erfüllen, während die Wahrheit des Freundlichen sie hinüberträgt.«

Da fiel Cham weinend vor Noahs Füßen nieder und küßte sie. Tali aber hob in diesem selben Augenblick beide Arme steil in die Höhe, und als sie rief: »Still – hört doch!« klang ihre Stimme so laut, daß alle erschraken, und sie hatte doch nicht lauter als sonst gesprochen. »Es hat aufgehört«, sagte sie, und auch das klang noch so stark, daß Hano, der im Winkel schlief, davon aufgeweckt wurde. Alle blickten mit aufgerissenen Augen zur Höhe gegen die schräglaufenden Planken. Das Hämmern, Prasseln und Rauschen war einer den Atem anhaltenden Stille gewichen, nur das Schaben und Scheuern der Flut an den Seitenwänden und ein mildes Getröpfel auf dem Dach teilten ihnen mit, daß die Arche ruhig schwamm und daß der Regen am Ende war. Noah legte sein Gesicht in die Hände und flüsterte: »Es ist geschehen. Wir allein sind übriggeblieben. Bald sind wir da.«

Von diesem Tage an wurde in der Arche kein lautes Wort mehr gesprochen; selbst die Tiere dämpften ihre Stimmen. Manchmal aber scholl am Abend und am Morgen wieder der Gesang vieler Vögel, die so lange geschwiegen hatten, durch den hölzernen Berg der Arche, daß sie wie der gewölbte Leib der dreiseitigen Zupfgeige in den Armen des Freundlichen Herrn lag und in allen Fasern das Lied vom neuen Leben mittönte.

Die zehnte Legende

Wie Noah die erste Taube und Cham den Seeraben
ausschickte, und wie die Sterne und die Sonne über den
Menschen und Tieren in der Arche zum ersten Mal
aufgingen. Von der ersten Landung.

Nachdem die Wolken mit ihrem furchtbaren Schütten aufgehört hatten, fiel tagelang fast lautlos ein Regen, der Noah
und Tali lieblich vorkam, indem er sie an die zart durchrie-
selten Frühlingstage in Tarunga erinnerte. Doch verhüllte
ihnen das feine Gespinst aus Wasser noch immer den nun
von Noah und den Seinen täglich, ja, stündlich mit großer
Ungeduld erwarteten Ausblick in das Reich oberhalb der
Wolken. Noah und Tali versuchten, sich ins Gedächtnis
zurückzurufen, was sie in den Schulen über den Ewigen
Frühling auf den Wolkenwiesen gelernt hatten: Es gab da
die verschiedenen Lichtstraßen des Freundlichen Herrn, die
er vom Morgen bis zum Abend im Winter und Sommer
ging; es gab die großen Affenbrotbäume auf den Wolkenwiesen, an denen die Übeltäter, den Kopf nach unten, aufgehängt wurden, bis ihre Taten gesühnt waren; es gab den
Donnerbohnenbaum, von dem die Wettervögel des Freundlichen, wenn sie Blitz und Donner machten, eine Schote ab-
pflückten, sie mit dem Schnabel öffneten und die zuckenden
Feuerbohnen durch die Wolken schleuderten, daß diese kra-
chend zerrissen, bis es regnete.

Sooft nun Noah die Luke ein wenig öffnete und in den Nebel hinausstarrte, flüsterte er aufgeregt vor sich hin, und eines
Tages, als Tali neben ihm stand und mit ihm hinausblickte,
sagte er: »Tali, wenn nun der Schleier fällt und alles ganz
anders ist – droben im Reich des Freundlichen?« Tali blickte
ihren Gatten zuerst erschrocken, gleich aber nachdenklich

an, und sie sagte: »Dann sind wir auch ganz anders.« Diese Antwort stimmte Noah ruhig, und er kehrte aus den Sorgen um das Zukünftige in die Gegenwart zurück und tat, was der Augenblick von ihm forderte. Seine Sorge aber bestand zunächst darin, durch den Nebel hindurchzuschauen, um festzustellen, ob nicht irgendwo die Spitzen von Bergen aus der Flut herausragten. »Unsre Augen müßten Flügel haben«, seufzte er. Da sprang Tali auf und rief: »Noah, die Vögel! Sind sie nicht unsere Felsen der Zeit geworden? Warum sollen sie nun nicht unsere Augen werden? Schick einen Vogel aus; wenn er nicht in die Arche zurückkehrt, hat sein Fuß Land gefunden.«

Noah befahl Cham, der still bei ihrem Gespräch zugehört hatte, eine Taube zu holen. Cham ging und brachte in der einen Hand eine Taube, in der andern einen Seeraben. Noah ließ den Lukendeckel sich nach unten öffnen, so daß für die Taube ein Einflugbrett entstand. Er warf den Vogel hinaus, und die Taube verschwand in dem weißlichen Dunst über dem Wasser. »Sie wird wiederkommen«, seufzte Noah, zu den Seinen gewandt, die ihn in ehrerbietiger Neugier umstanden, »die Taube wird hinter dem Nebel nur Nebel finden.« Nun erst fragte er Cham, warum er den Seeraben gebracht habe. Der Sohn Tolüls machte ein listig verschlagenes Gesicht, spielte, sich von den andern abwendend, am Hals des Vogels herum und pfiff dazu einen Gassenhauer aus Urs Unzuchtsvierteln vor sich hin. Darauf sprang er an die Luke und warf den schweren, grünlich-schwarzen Vogel mit großer Kraft hinaus. »Was tust du?« rief Noah erschrocken. »Ich fische, Wonne meines Antlitzes«, sagte Cham, als erklärte er einem Kinde etwas. Noah nahm an, Cham wolle ihn verhöhnen, doch der fragte mit einem pfiffigen Lächeln: »Hast du gesehen, Wonne meines Antlitzes, daß der Seerabe Schwimmhäute, ein dichtes, kurzes Schuppengefieder und einen langen Schnabel hat?« Noah nickte zurückhaltend. »Und weißt du, Wonne meines Antlitzes, daß der Seerabe sich von Fischen ernährt?« Wieder nickte Noah. »Und hast du nicht selbst gesagt, daß die Taube zu uns zurückkehren wird, da sie noch kein Land findet?« Noch einmal nickte Noah und fragte vorsichtig: »Was soll das? Wenn der Seerabe nun zurückkommt und wenn er sich aus der Flut etwas gefischt hat, so frißt doch er den Fisch und nicht du. Wie kannst du also sagen, daß du fischst?«

In diesem Augenblick wurde die Luke dunkel, auf dem Einflugbrett saß der Seerabe, in seinem Schnabel zappelte ein Fisch. Cham sprang hinzu, entriß dem Vogel den Fisch und warf mit derselben jähen Gebärde den Vogel aufs neue in den Nebel hinaus. Noah war so erstaunt, daß er den Kopf kaum merklich schüttelte. Gerne hätte er Cham gefragt, wie er das gemacht habe. Indes – Cham warf die Brust heraus wie ein Pfau, tänzelte vor den Frauen, die ihn allesamt bewunderten; sogar Tali sagte, auf den zappelnden Fisch in Nalas Händen blickend: »Wie geht das zu, Cham? Warum gehorcht dir der Vogel?« Cham schwieg und lächelte breit auf seine Brust hinab; alle warteten, das Auge auf Cham und die Luke gerichtet. Wieder erschien nach einer Weile der Seerabe, und wieder hielt er einen großen, zappelnden Fisch quer im Schnabel.

Cham rief: »Diesen Fisch muß der Vogel selber fressen!« und er sprach, von den andern abgewandt, zu dem Seeraben wie zu einem Menschen: »So – friß – diesen darfst du – den nächsten bringst du wieder mir.« Aber da bemerkte Japhet, wie Cham eine dünne Lianenschlinge aus dem Halsgefieder des Vogels löste, und er lachte laut und trommelte sich den Bauch mit den Fäusten.

Seit diesem Tage betrieben die Männer und sogar die Frauen den Fischfang mit Seeraben und andern Fische fangenden Wasservögeln. Noah lobte die Klugheit Chams und nannte das Halsband des Vogels, das ihn hinderte, seine Beute zu verschlingen, nach Cham: Chammora – was, da Cham der Finstere heißt, ›finsterer Gehorsam‹ bedeutet.

Die Taube war am Abend desselben Tages, da sie ausgeschickt worden war, wieder eingeflogen, und Noah erklärte den Seinen feierlich, daß selbst die Gipfel der höchsten Berge noch immer von der Flut bedeckt seien.

Seit einiger Zeit hatte sich Japhet für die Nacht einen Platz neben dem Pferdestall ausgesucht. Von hier konnte man, wurde die Luke geöffnet, auf das flache Heck der Arche treten. Japhet versuchte hier die Nacht zu verbringen, war aber vom immer noch nieselnden Regen bald durchnäßt. Doch hatte er bemerkt, daß das Getröpfel von Tag zu Tag leichter wurde. Darum öffnete er, bevor er sich neben Tara auf den Fellen hinstreckte, jeden Abend die Luke. In den letzten Tagen erhob er sich sogar mehrmals in der Nacht und spähte in das feuchte, wie von hellem Pappelsamen durchwehte Dunkel, in welchem er manchmal etwas wie einen Funken zu bemerken glaubte oder einen trüben Lichtflecken, der bald da, bald dort stand. Japhet hatte es sich vorgenommen, der erste zu sein, der in den schleierlosen Himmel blickte. Er konnte dann seinen Enkeln und Urenkeln eines Tages erzählen, daß er jener Mensch sei, der – und zwar nicht mit dem dritten Auge, sondern mit den zwei richtigen – die Lichter am Himmel zuerst gesehen habe.

So geschah es nun, daß Japhet, von einem starken Windbraus geweckt, es ging gegen Morgen, die Luke öffnete und gleich in der vorgebeugten Haltung verharrte, ohne sich von der Stelle bewegen, ja, überhaupt nur sich regen zu können. Endlich hob er beide Hände, fiel auf die Knie und sang den Namen seines Weibes. »Tara«, sang er, »Tara, Tara« – und rief ihren Namen so lange, bis sie neben ihm kniete. Endlich sprang Japhet auf, ergriff einen Lichtkrug und eilte laut rufend durch die hölzernen Hallen, weckte mit seiner Stimme, die wie die eines Betenden und eines Wahnsinnigen zugleich klang, die großen und die kleinen Vögel, die Löwen und Tiger, die Rinder aller Art und die schlafenden Berge der Elefanten, weckte zum Schluß seinen Vater und seine Mutter, die

Brüder und ihre Frauen und alle, die in der Arche waren. Kaum hatten sie seine gestammelten Schreie begriffen, liefen sie hinter ihm her, bis sie auf dem Heck der Arche vor den Pferdeställen standen, und sie sanken in die Knie. Keiner, auch Japhet nicht, konnte ein Wort finden. Einander umschlingend knieten sie da, die Köpfe im Nacken; die Gesichter, zuerst noch vor Erregung zuckend, waren wie Segel in Seligkeit ausgespannt.

Der starke, gleichmäßig in der Höhe blasende Wind hatte die letzten Dunstfetzen mit sich genommen, und die Sterne ließen ihre funkelnden Lichtdolden an den schwarzen Zweigen der Nacht bis in die Flut herabhängen.

Während die Augen vom Heck der Arche unverwandt zu den Augen des Himmels aufblickten, war im Osten ein roter Feuerstreifen, niedrig und endlos, heraufgestiegen, und die Lichtblumen, so flüsterte eine der Frauen, schlossen ihre Kelche. Um diese Zeit war es, daß sich in der Arche innerhalb weniger Atemzüge eine Wolke aus Tönen bildete und sich als ein hundertstimmiger, bunter Donner, aus allen Luken hervorbrechend, entlud. Die Tiere, von Japhets verzücktem Geschrei geweckt, wußten, ohne es zu sehen, was geschehen war, und ihre Stimmen grüßten mit dumpfem Posaunen und trommelndem Gebell, mit Dröhnen und Jaulen, mit Gequäk und Donnergrollen das durch die Ritzen und Luken dringende unverhüllte Licht, den ersten Sonnentag auf der Erde.

Endlich aber, als die großen und lauten Tiere langsam verstummten, begannen die Vögel mit ihren helleren Stimmen in die neue Stille einzudringen. Nach den ersten fragenden, hüpfenden Weisen, die gegen die gewaltig vorrückende Helle ansprangen und sich bald wie liebestrunken in sie hineinbohrten, setzte ein wonnevolles Rollen ein, über dem glitzernde Melodien aufstiegen, tremolierend, pfeifend, pinkend, trillernd. Und nun erhob sich im ziegelroten, wie tausend Städte brennenden Osten ein ganz flacher, ganz ebenmäßiger, gerundeter Feuerberg. Gelb und flammend wuchs er zu einer Kuppel an, stieg höher, blendete die Augen im gleichen Maße, als er selber zu einem Auge wurde, und ergoß über die trübgraue Flut genau zur Arche hin eine Bahn aus fließendem Gold. Das Funkeln am Himmel war ganz vergangen, und wenn das Auge sich von dem ungeheuren Feuerball abwandte und senkrecht in die Höhe blickte, verirrte es sich in der saugenden Bläue. Aber es war ein Verirren voll Wonne.

Wie lange die Menschen auf dem Heck der Arche dagekniet hatten, wußten sie nicht. Noah erhob sich und sprach: »Der Spiegel des Freundlichen steigt. Blickt nicht in ihn hinein; noch der Abglanz seines Angesichts blendet. Doch laßt euch von ihm ansehen jede Stunde, und ihr werdet das Leben haben. Früher beteten wir: ›Im Nabel des Höchsten sind wir aufgehoben, in seiner Bauchfalte ruhen wir.‹ Dies Gebet ist vorüber. Denn nun, da der Vorhang aus Wolken zwischen uns und dem Freundlichen gewichen ist, wissen wir: sein Leib ist Licht und kann selbst im Bild keinen Nabel haben und keinen Bauch und keine Falten. Wir sind aufgehoben in seinem Licht und essen seinen Leib durch alle Tage unseres Lebens, und es gibt keine Speise, die nicht von seinem Leibe wäre und nicht selber sein Leib ist.«

Nachdem die Tiere gefüttert und die Käfige ausgemistet waren, ließ Noah die Seinen wieder auf dem Heck zusammenkommen und befahl ihnen, aus der Flut Wasser zu schöpfen und die tönernen Töpfe damit zu füllen. Sodann gebot er allen, sich zu entkleiden und den Leib vom Schmutz und vom Schweiß der vielen Tage, die sie nun in der Arche waren, zu reinigen, – es waren aber dreizehn Zehntage-Wochen, die Noah an seinen Fingern und Zehen aufgeschrieben trug. Als sich alle gereinigt hatten, sprach Noah: »Legt euch nieder, zuerst auf das Gesicht und dann auf den Rücken, und laßt euch ansehen vom Auge des Freundlichen und sprecht zu ihm also: ›Sieh meinen Leib, du Freundlicher, und sieh darin meine Seele. Brenne mit deinem Auge hinweg jeden Makel und jede Traurigkeit, drinnen und draußen. Sei mein Licht und meine Speise, heute und morgen und immerdar.‹«

Nachdem sie so gebetet hatten, kleideten sie sich an. Noah ließ alle Luken in der Arche öffnen und befahl, ihm Wasser im Kübel nachzutragen, denn er wollte zu allen Tieren gehen; und wenn sie auch nicht derselben Reinigung bedürften wie die Menschen, sollten sie doch eingeschlossen sein in den Segen dieses ersten Lichttages. Darauf schritt Noah neben Tali durch alle Räume der Arche, und in den Kübel mit Wasser, den Sem ihm darreichte, tauchte Noah ein Büschel aus Reiherfedern und sprengte Wasser über die Tiere und sprach dabei: »Das Wasser des Todes ist euch durch das Wort des Freundlichen zum Wasser des Lebens geworden.«

An diesem Abend versammelte Noah die Seinen um den Holzpfeiler in der Mitte der Arche, an welchem bisher jeden Abend der vergangene Tag aufgezeichnet worden war. Seine Stimme war bewegt, als er sagte: »Bis zu diesem Morgen waren in der Dunkelheit der Arche die Vögel unsere Felsen der Zeit. Von heute ab ist es wieder der Freundliche. Da er uns an diesem Tage zum ersten Mal sein Antlitz in seinem Spiegel zeigte, sei dieser Tag der erste der neuen Zeit. Darum soll Sem die Tage, die auf diesem Balken aufgezeichnet sind, mit dem Steinbeil heraushauen und in die Flut werfen – ihr gehören sie.« Während Sem aus dem Pfeiler die Male der Tage abspänte, ließ sich Noah von Tali die Wochen der Flutzeit mit einem starken Wasser von den Zehen und Fingern abwaschen. Und er gab den Funken in der Nacht und dem runden Tageslicht, das bisher Antlitz des Freundlichen hinter den Wolken hieß, ihre Namen. Weil die Funken in der Nacht aussahen, als ob sie auf die Erde herabblickten, nannte er sie: Augen der Nacht; das große Licht des Tages aber: Er-im-Spiegel. Und Noah bestellte Japhet, weil er als erster in den neuen Himmel gesehen habe, an diesem Abend zum Kalendermann, Sem jedoch zum Hüter der Lehre. An jedem zehnten Tag, wenn sich alle zur Verehrung des Freundlichen versammelten, hatte er die Worte der Überlieferung allen vorzusprechen, auf daß kein Wort von ihr verlorenginge; denn was sich auch am Himmel verändert habe, die wahre Lehre bleibe immer dieselbe. Und Noah hieß alle aufstehen und begann: »Das aber ist die Überlieferung gemäß den Vätern, die einzig wahre: daß der Freundliche« – er wollte schon sagen, über den Wolken – er setzte aufs neue an und fuhr nun fort: »– daß der Freundliche im Spiegel immer da war und immer da sein wird; daß er ist sehr jung und sehr alt, sehr lang und sehr kurz, sehr dick und sehr dünn, sehr hell und sehr dunkel, sehr angenehm und sehr schrecklich.« Hier schwieg Noah einen Atemzug und sagte zu Sem gewandt: »Nach dem Wort ›schrecklich‹ sollst du beim Vortragen der wahren Lehre einen Seufzer lang schweigen.« Noah fuhr fort: »Und die Lehre ist, daß der Freundliche nicht ist nach unsern Maßen geartet und daß, wer ihn nach seinem Maß denkt, ein Tor ist. Und die überlieferte Lehre ist: daß der Freundliche nie allein war, sondern in Gesellschaft lebt mit allem, und daß die Erde fast so alt ist als der Freundliche und er soviel jünger ist als die Erde, – daß er auch nicht die Erde ist und die Erde nicht der Freundliche; sondern daß sie einander bestimmt sind zum Spiel und zum Spiegel. Die wahre Lehre vom Menschen aber gemäß der Überlieferung ist die: daß der erste Mensch vom Freundlichen gemacht wurde als goldene Fledermaus. Sie mußte essen vom Fleisch aller Tiere und aller Pflanzen, bis sie ganz Mensch war; das dauerte lange. Und er war schön und hieß Aa, vom Freundlichen selber so benannt nach dem Ruf der großen Freude, mit dem er dem Freundlichen dankte, als er von allem gegessen hatte und nun alles verstand. Und die Überlieferung heißt: daß Aa den Staub aller Tiere in sich vertragen konnte, nur nicht den der Schlange, den entließ er. Sein Weib Ee nahm die Schlange in sich auf, daß sie nicht verlorenginge. Sein Sohn Awa entließ den Affen, den er nicht ertragen konnte, und das Weib nahm den Affen auf, daß er nicht verlorenginge. Ein jeder der Nachkommen Aa's, jeder gibt ein Tier von sich, das er nicht ertragen kann, und darum soll er ein Weib nehmen, das Tier aufzunehmen, daß es nicht verlorengehe.

Und die Überlieferung ist diese: Aa war im glücklichen Garten, und er lebte mit Ee wie mit einer Schwester. Er war vom Glück glänzend und dumm geworden wie Gold. Ee aber war schläfrig vom Glück. Der Freundliche wollte nun sein Werk am Menschen vollenden, er sollte sich bewegen. Und er öffnete Aa's Kopf und ließ es hineinregnen. Da spürte Aa die Schlange und entließ sie. Und von Stund an begann er sich zu bewegen über die Erde.«

Darauf mußte Sem die Worte der überlieferten Lehre wiederholen. Und Noah verhieß den Seinen, daß er, sobald die Arche gelandet sei, dem Freundlichen ein großes Opfer bereiten werde, doch wisse er noch nicht, was er ihm zum Dank für ihrer aller Errettung darbringen solle.

In der folgenden Zeit drängten sich jeden Abend, wenn die Sterne aufgingen, alle Menschen in der Arche vor den Pferdeställen auf dem Heck. Noah sah, wie die Gesichter der Seinen vor Entzücken voll und glänzend wurden wie die Bäuche der Lichtkrüge, wenn die Flammen darüber standen. Und es fiel ihm schwer, die in solcher Seligkeit der Augen Schwelgenden auf das Lager zu verweisen. Am andern Morgen erwarteten sie alle, ohne daß einer sie gerufen hätte, den neuen Tag, indem sie stumm gegen Osten blickten und, kaum daß die Sonne sich zeigte, in die Knie sanken.

Japhet trug zwei Finger geschwärzt, als an einem Morgen, links von der aufgehenden Sonne über der Flut weit in der Ferne, eine lange, bläulich und weiß schimmernde Sägelinie erschien, gleich einer Wolke. Gegen Mittag wurde im Gespräch der Männer auf der Arche aus der unbestimmten Erscheinung eine Bergkette, und gegen Abend waren sie dem Gebirge so nahe gekommen, daß sie die Farben der Felsen und Matten, der Bäume und des Gebüsches ungefähr erkennen konnten.

Noah war wie alle übrigen, kaum daß diese gezackte lange Wolke als festes Land ausgemacht werden konnte, mit einem Jauchzen in die Höhe gesprungen. Wenn er sich auch nicht wie Cham auf der Erde vor Lust röchelnd umherwälzte oder wie Japhet zu brüllen begann und sich den Bauch mit den Fäusten trommelte, so warf er doch immer wieder – und Sem tat dasselbe – heftig einatmend die Arme in die Höhe, fiel Tali, die wie die andern Frauen vor Freude weinte, in den Arm, küßte den kleinen Hano und versprach allen Menschen und Tieren, sie schon morgen auf diese schöne neue Erde zu führen, in dieses vom Himmel ihnen geschenkte Bergland, welches er ›Stufen zum Himmel‹, ›Erstlinge der aufgetauchten Erde‹, ›Wonnegarten des neuen Anfangs‹ nannte. Nachdem er so seine Freude der nahen Heimkehr auf die Erde hinausgejubelt hatte, wurde er bald ganz nüchtern und besprach sich mit den Männern über die Landung und das Ausladen der großen Tiere. Jetzt erst gestand er ihnen, wie sehr er sich um das Los zumal der großen Vögel und Katzen, der Bären und Wölfe und all der andern auf Beutetiere angewiesenen Schlinger und Reißer in den vergangenen Wochen gesorgt habe und sich auch jetzt im gleichen Maße noch sorge. Der Vorrat an Schlachtvieh sei fast aufgebraucht. Auf diesen Bergen aber, so verlockend sie auch für den Menschen und die pflanzenfressenden Tiere dastünden, warte auf die Jagdtiere, wenn der Freundliche nicht eingreife, der Hungertod.

Da lächelte Cham: »War das nicht vorauszusehen, Wonne meines Antlitzes?« Als Noah den Sohn Tolüls nur schweigend anblickte und ihm die Antwort schuldig blieb, fuhr Cham auf dieselbe höhnische Weise lächelnd fort: »Oder hast du es nicht mit deinem dritten Auge gesehen und es uns gesagt, daß die Flut über die höchsten Gipfel steige und alles Leben auf der Erde vernichte? Damals wußte ich, ohne das dritte Auge zu haben, daß am Ende der Flut, wenn sie so groß sein sollte, wie du annahmst, entweder die Löwen und Tiger uns oder aber wir sie auffressen müßten.«

Da sprang Sem gegen Cham vor und rief: »Schweige, du Sohn Tolüls, der du nichts siehst als das, was dir nützt und darum nichts vom Willen des Freundlichen weißt.«

Noah aber sprach: »Laß ihn, Sem! Cham denkt und spricht wie ein Mensch, der dem Freundlichen nicht begegnet ist. Er wird nie eine Arche bauen, doch er wird gegen Noah und die Arche immer recht haben. Ich ahnte es jeden Tag – und das war die Flut, die mich von innen bedrängte –, daß ich, trotz aller himmlischen Gewißheit, die ich spürte, den Irrtum nicht aus meinem Geist und darum auch nicht aus der Arche verbannen könnte. Weil ich das aber weiß, will ich noch strenger im Gehorsam verharren und alles zu Ende führen, was mir der Freundliche aufgetragen hat.«

Und Noah ordnete alles an, um die Jagdtiere während der folgenden Tage in wohlbemessenen zeitlichen Abständen, damit sie sich nicht noch im Bannkreis der Arche gegenseitig zerrissen, in die Wildnis der Berge zu entlassen. Am Abend, es war bereits dunkel geworden, ließ er die Ankersteine fallen; die Arche lag, ohne das Land zu berühren, dicht vor den Hügeln, die dem dunkelragenden Gebirge vorgelagert waren.

Als Noah um die Zeit des Sonnenaufganges den Bug der Arche betrat, um zu überlegen, wie der Gehsteig zum Land am sichersten auszuwerfen sei, stand Cham wartend da und starrte Noah mit seinem breitesten Grinsen an. Noah versuchte, über ihn mit ruhiger Miene hinwegzublicken. Aber er hörte, wie Cham sagte: »Wirf deine Sorgen, Wonne meines Antlitzes, hinter dich!« Als Noah nicht antwortete, fuhr Cham fort: »Deine Raubtiere werden nicht Hungers sterben, – ich sah etwas wie Rehe – dort!« Er wies dabei mit stolzer Gebärde gegen die üppig grünenden Hügel hin, die auf ihren Höhen mit Wald bedeckt waren. Auch die blauen Flanken des hinter ihnen liegenden Gebirges waren pelzig mit Wald und höher hinauf mit Buschwerk und Matten verhüllt, so daß das Felsengerüst der Berge erst in den Schroffen und Graten hervortrat, dort aber glänzten in den Schatten-stellen Eis und Schnee. Kaum hatte Noah das Wort »Rehe« vernommen, als er sichtbar zusammenschrak. Freude und ein der Angst ähnelndes Unbehagen mischten sich auf eine Weise in seiner Seele, daß er zuerst keine Antwort geben konnte.

Schon ehe Chams Stimme ihn getroffen hatte, war Noah, gleich als er auf den Bug trat, beim Anblick der frischgrünen Hügelwiesen und der wie Gebirgswasser schäumenden Wäl-der in eine quälende Unsicherheit der Seele geraten, sein Auge zögerte ebenso wie sein Urteil. Das Wort »Rehe« aber befahl ihm, die Folgerung aus dem zu ziehen, was er sah: dieses Gebirge hatte nicht einen Augenblick unter der schmutzigen Schlammflut gestanden. Und Noah hörte, wie Cham sagte: »Ja, Wonne meines Antlitzes, und wo es Rehe gibt und dergleichen, gibt es auch stets Löwen und Tiger. Somit wirst du mir, dem Sohn Tolüls, recht geben: du hast dir viel überflüssige Sorgen gemacht und dadurch uns viel überflüssige Arbeit.«

Noah wandte ihm das Gesicht zu und fragte: »War es auch überflüssig, dich zu retten?« Da sagte Cham: »Du hast den Sohn Talis gerettet, nicht den Sohn Tolüls!« Wiederum verstummte Noah.

An diesem Tage wurden die großen Katzen zum letzten Male gefüttert und gleich darauf in ihren Käfigen über die Gehsteige, eine nach der andern, auf das Feste getragen. Tali selber öffnete ihnen die Käfige, und die Tiere sprangen ei-lends über die Hügel den Wäldern zu, nur die Pardel, die an Tali wie Hunde hingen, spielten noch eine Weile um sie herum. Ebenso entließen sie die Bären, die Wölfe, die Füchse und die andern Jagdtiere und die Reptilien. Die großen Vö-gel entließen sie aus den Luken und vom Bug und Heck her. Die Gefiederten kreisten viele Male schweigend über dem Dach der Arche, bis sie sich mit Geschrei und Gekrächz den fernen Bergen zuwandten.

Gegen Abend des dritten Tages, den sie am Gestade des unbekannten schönen Landes mit dem Ausladen der Tiere verbrachten, gerieten auf dem nächsten Hügel eine Anzahl von Büschen in der Nähe des Waldes in Bewegung. Japhet war es, der das Näherrücken dieser mannshohen Hecke zuerst bemerkte. Er rief alle an Deck, zeigte auf das fast unmerklich wandernde Buschwerk und sagte zu Noah: »Wonne meines Antlitzes, Pflanzen haben Wurzeln, aber keine Füße.« – »Es sind Tiere«, sagte Noah, in sein lispelndes Sprechen mischte sich nun auch noch das Stottern. Japhet sagte: »Tiere haben Füße, aber keine Hände!« – »Also müssen es Affen sein«, flüsterte Noah, er war weiß, und der Schweiß stand auf seiner Stirn. »Affen haben Hände, aber keinen Mut.« Kaum hatte Japhet das gesagt, als aus dem dichten Laubwall, der nun am Ufer angekommen war, ein vielstimmiger Ruf erscholl – zugleich vernahm Noah ein Schwirren in der Luft und er wußte mit einem: das sind Pfeile. Und mit der tödlichen Spitzigkeit des Pfeiles drang es in sein Bewußtsein, daß es dort am nahen Ufer Menschen gab, Menschen außerhalb der Arche, feindliche, gefährliche Menschen.

Noch ehe Noah einen Befehl erteilen konnte, hatten die Männer die Ankersteine emporgewunden, und die Arche trieb, immer noch von Pfeilen umschwirrt, zunächst am Ufer des waldigen Berglandes entlang, bis nach einigen Stunden das Land langsam wich und gegen Abend im Blau der Ferne und dann in der Dämmerung versank.

Noah hatte sich, kaum daß die Arche in Sicherheit war, in den unteren Raum zurückgezogen. Ohne einen Lichtkrug lag er auf den Fellen der großen Katzen und starrte in die Dunkelheit. Seine Seele war betäubt und schwamm in einem Meer von Scham und Verwirrung. Über seinem Kopf hörte er die Stimme Chams, der sich auf eine lustige Melodie aus Ur einen neuen Text gemacht hatte:

»Sind es Pflanzen, sind es Tiere
auf den Stufen dort am Himmel?
Nein, es sind die Erstlinge
der aufgetauchten Berge – Affen!
Horch, was sirrt und schwirrt
um Noahs alten Tierstall?
Ach, es sind nur Stechmücken.
Oder lernen Affen das Bogenschießen –
drüben im Wonnegarten des Anfangs?«

So sang Cham, aber Noah hörte kein Lachen als Antwort.
Die Stunden vergingen, und Noahs Erstarrung löste sich in
Tränen. Doch er spürte: seine Tränen waren dunkel und trieben ihn nicht zum Freundlichen hin. »Seinen Himmel hat er
mir aufgetan«, seufzte Noah, »und in seinen Spiegel läßt er
mich sehen, – aber sein Wort ist nicht deutlich und seine
Wahrheit nicht eindeutig.« Und es verlangte ihn ungestüm
nach Tali, er wollte bei ihr sein, in ihrem Arm liegen und
schweigen und an ihrer Brust einschlafen, um – wäre es nur
möglich – niemals mehr zu erwachen.

Als er zu den Seinen kam und nach Tali fragte, erfuhr er,
daß alle angenommen hatten, daß sie bei ihm drunten im
Raum der Vorräte weile. Noah blieb einige zitternde Atemzüge lang stehen und blickte die Seinen der Reihe nach in
angstvollem Fragen an. Plötzlich schrie er Talis Namen und
lief davon, alle folgten ihm. Sie durchsuchten jeden Raum
und stöberten in jedem Winkel. Aber nur Talis Name war
noch in der Arche, und an jenem Abend wurde auch sein
Klang nicht mehr vernommen. Nur der kleine Hano fragte
manchmal seine Mutter, wo »die Quelle vieler Menschen«
sei? – das war in Ur das Wort für Großmutter.

Noah aber tastete sich ohne Lichtkrug in die Finsternis der
untersten Arche hinab, und für viele Tage wagte niemand den
Raum der Vorräte zu betreten, selbst Cham nicht, um Nungdongblätter aus der Truhe zu holen. Zu manchen Stunden

stieg durch die Bohlen des Bodens ein Geheul herauf, das aber bald, als würde es erstickt, leiser wurde.

Die Arche trieb indessen, als schwämme sie in einem Fluß, immer in derselben Richtung; denn Sem und Japhet sahen jede Nacht dieselben Sterne vor ihrem Bug.

Die elfte Legende

Wie die Arche zum zweitenmal landete und Noah den
Weinstock fand und ihn pflanzte, und wie Noahs
Söhne das erste Haus bauten. Was Noah im Schatten
der Bäume entdeckte.

Seit der ersten Landung hatte sich Japhet drei weitere Finger
geschwärzt, Sem hatte zum dritten Mal die Lehre überliefert,
und Noah weilte seit einigen Tagen wieder schweigsam und
wie blind unter den Seinen. Da erblickten sie an einem frühen
Morgen zur Rechten Land. Es stieg langsam an wie der aus
dem Wasser hervorragende Rücken eines Flußpferdes. Im
Nähertreiben erkannten sie, daß die Erde überall mit
Schlamm bedeckt und die Bäume mit farblos schmutzigen
Gras- und Kräuterwischen behängt waren.

Noah befahl alle an den großen Steuerbaum und ließ das
schwerfällige Floßschiff beitreiben. Als sein breites Vorder-
teil den Erdboden berührte, fielen die Ankersteine. Doch so
weit sie auch blickten, entdeckten sie keinen grünen Halm.
Nur entblättertes Gebüsch, Strünke und mit Treibgut aller
Art behangene Bäume ragten aus dem Schlamm, der die
Hügel höher hinauf bereits zu trocknen begann, – das ließen
die helleren Farben erkennen und die Spalten und Risse, die
wie ein in fünfeckigen Maschen geknüpftes Netz das ganze
Land bedeckten. Am Ufer aber nahe der Arche glänzte der
Schlamm noch, und so mußten sie warten, bis der Tag und
Nacht wehende starke Wind ihn getrocknet hatte.

Aufs neue befiel Noah, da er in das von der Flut verwüstete
Land hinausschaute, die Sorge um den Rest seiner Tiere. Er
brauchte Gras und Wurzeln. Für ein paar Wochen mochten
die Vorräte in der Arche, wenn man sie streckte, noch hinrei-
chen. Vielleicht daß von diesen Strünken und Bäumen etwas

149

Nahrung herabzuholen war. Er dachte daran, wie klug besorgt Sem beim Einlagern der Vorräte gehandelt, und wie er ihn mit dem Stock über den Kopf geschlagen hatte, da ihm das Vertrauen des Sohnes in die Fürsorge des Freundlichen zu karg erschien. Nun mußte Noah sich eingestehen, daß ohne Sems vorsorglichen Eifer die Tiere ohne Futter wären, und er sagte Sem, aber mit einer Stimme, als sollte das außer dem Sohn noch ein Anderer hören: »Ja, Sem, mein Vertrauen in den Freundlichen war grenzenlos. Doch nun muß ich einsehen, daß du recht hattest, – wir müssen selber für uns sorgen, denn wir sind sehr allein gelassen auf dieser Erde.« Sem blickte den Vater traurig an und gab keine Antwort.

Als nach zehn Tagen der Schlamm am Ufer hart geworden war, hatte sich das Wasser so weit zurückgezogen, daß die das Schiffshaus tragenden Floßbalken ganz der Erde auflagen. So war die Arche den Menschen und Tieren zu ihrem letzten Haus auf der alten und zu ihrem ersten auf der neuen Erde geworden.

Während die Söhne Noahs und ihre Frauen gleich am ersten Tag über die Hügel streiften, um nach Pflanzen und Rinden für die Tiere zu suchen, ging Noah um die Arche herum, um die Lianenseile der Ankersteine aufzurollen. Da fand er an einem der Seile, zwischen Lianen und Steinen verfangen, einige vielfach gewundene, mit bräunlichen Fasern überzogene, etwa faustdicke Pflanzenstämme mit langen, knotigen Ruten, ein Zwischending aus Baum und Liane.

Noah entwirrte das knorrige Gehölz aus den Schlingen der Lianen – es sollte trocknen und als Brennholz dienen –, da entdeckte Noah an den häßlichen Strünken grünliche Knospen. Angesichts des allgemeinen Todes rührte ihn das an soviel Stellen zartgewordene Holz, sein Finger streichelte über die Augen, die sich der Sonne öffnen wollten, und er beschloß, die seltsamen Kriechbäume, deren Wurzelwerk frisch und reich war, noch in derselben Stunde zu pflanzen. Als die Seinen mit dem von den Bäumen im Umkreis gesammelten, strohigen und noch faulig riechenden Heu zurückkehrten, führte sie Noah vor die gepflanzten Strünke und empfahl sie ihrer Sorge. Cham fragte: »Wonne meines Antlitzes, sind das Bäume oder Schlangen?« Noah hörte wohl den Hohn aus dieser Frage, aber er sagte ruhig: »Es ist eine häßliche Pflanze, Cham! Aber da es mir vom Freundlichen aufgetragen wurde, auch das Häßliche zu erretten, will ich diese Pflanze pflegen. Vielleicht ist sie mir dankbarer als du für ihre Errettung.«

Und er ließ Nojadohu den Käfig der Adler zerlegen und nahm die Holzstäbe und setzte sie neben die Pflanzen, – »denn«, so sagte Noah, »das Holz, das die Adler gefangenhielt, soll dieser Pflanze zur Höhe hinaufhelfen.«

Während Noah daranging, die in der Arche mitgebrachten Bäumchen zu pflanzen und den alten Samen dem Schoß der neuen Erde anzuvertrauen, begannen die Söhne mit dem Hausbau. Sie stachen mit ihren Steinschaufeln Ziegel, und zwar dort, wo der Lehm in der Nähe des Wassers noch weich war, und mischten das kleingeschnittene Stroh aus den Tierställen zwischen den Lehm. Der Wind und die Sonne trockneten die viereckigen Barren aus Schlamm, und die Männer fügten sie, sobald sie hart waren, aufeinander, Lage um Lage, und verbanden die einzelnen Steine mit noch nassem Lehm. Mittags ruhten sie unter einem Schattendach, die Sonne lastete in diesen Stunden schwer auf dem Lande. Abends gingen sie in die Arche, wo auch die Tiere noch ihre Ställe hatten. Die Frauen schnitten, während sie abends um den Lichtkrug beieinander saßen, die tags von den Bäumen gesammelten grünen Rinden, um sie in das Futter der Tiere zu mischen. Eines Abends, als Noah später zu den Seinen unter das Dach der Arche trat, hörte er, wie Hihiwanga, die mit der lustigen Zunge und dem erfindungsreichen Herzen, sagte: »Ein Adler war es, der sie forttrug, ich weiß es.« »Nein, es war der Wind, der an jenem Abend stark blies«, sagte Ola, die sonst so Schweigsame, »ein Adler allein hätte ihre schöne Fülle nicht zu tragen vermocht.« »Gewiß, der Wind«, sagte Hihiwanga,

»aber es war der Wind, den der Adler mit seinen Schwingen machte. Ich habe den Adler gesehen, er stammte nicht aus der Arche; er war so groß, daß seine Schwingen das Dach der Arche überschatteten.«

Noah wagte nicht, in den Schein des Lichtkruges zu treten. Sie hätten ihm wahrscheinlich Fragen gestellt, und er wollte nicht antworten. Jede Frage nach Tali tat ihm weh. Zugleich erfreute es ihn, wie Talis Mägde in ihren Erzählungen die Herrin von Woche zu Woche immer höher erhoben, bis sie in jenem schönen Gebirgsland zur Schutzherrin der Tiere geworden war. Sie wohnte unnahbar in einer Höhle nahe der Eisregion und wurde von den Tieren bedient. Von Zeit zu Zeit trug sie der Adler, der ihr Freund und Diener zugleich war, zu den Menschen hinab. Dorf half sie mit ihrer Weisheit, erteilte den Irrenden Rat, verkündete den Kranken die Kräuteroffenbarung, schlichtete Streit, lehrte die Menschen die Tiere lieben und wurde, wenn ihre Aufgabe beendet war, von ihrem Adler wieder in ihre Höhle entführt.

Noah ließ die Legende, die bald auch in seiner Gegenwart weitergesponnen wurde, schweigend wuchern. Er labte sich sogar im stillen an jedem neuen Trieb, so wie er sich an jedem neuen Schößling in seiner Baumpflanzung labte und ergötzte.

Eines Tages kam er zu den an die Stäbe des Adlerkäfigs angebundenen unbekannten Gewächsen. Mittlerweile hatten sie zartgrüne Triebe nach allen Seiten geschickt. Da bemerkte Noah von weitem, wie einige Ziegen, die man zum Weiden ins Freie gelassen hatte, dabei waren, die zarten Enden der Triebe anzuknabbern. Er lief mit Schelten näher und verjagte die Tiere, doch mußte er feststellen, daß die Triebe der Stöcke um die Hälfte ihrer Länge abgefressen waren. Für dieses Jahr, sagte er sich, bestand keine Hoffnung mehr, zu erfahren, was es mit diesem Gewächs auf sich hatte, – dennoch ließ er den kleinen Hano künftig als Wächter vor seiner Baumpflanzung. Er machte auch einen Zaun aus Dornen und Holzgestänge, um den andern Tieren zu wehren. Und da er wußte, daß es für die Pflanzen ebenso wie für den Menschen gut sei, zur richtigen Zeit und an der richtigen Stelle einen Verlust zu erleiden, damit sich die Seele des Baumes und des Menschen an der Stelle des Verlustes der Zerstörung widersetzte und hier ihre höchste Lebenskraft entfalte, hütete er für seine von den Ziegen gestutzten Lianenbäume noch eine letzte und wunderlich zähe Hoffnung.

Als Noah dann eines Tages das erste ganz entwickelte Blatt der unbekannten Pflanze genau betrachtete, überlief ihn plötzlich der Schauer des Erkennens. Das Blatt hat fünf Finger – und den gewundenen, unansehnlichen Stamm der Pflanze im träumenden Blick, rief er aus: »Du bist es – du – der Baum des fröhlichen Vergessens und der Vereinigung!« Ja, das war der Baum, der wie eine hölzerne Schlange aussah, wie eine vertrocknete Liane! Hatte überdies der Kaufmann in seinem Buch, das man als letztes vor der Sintflut gelesen, nicht geschrieben, daß eine Ziege diesen Baum abweiden müsse, ja – eine Ziege, ein Büffel und ein Kamel! Noah beschloß jedoch, daß des Abweidens genug sei, und kein Büffel und kein Kamel dürfe sich dem wunderbaren Baum nähern! Noah dachte über den Bericht nach und versuchte, sich an alle Einzelheiten zu erinnern. Die Räuber hatten den Kaufmann in das Quellgebiet des Tara entführt; mithin war die Arche, so folgerte Noah, auch im Quellgebiet des Tara gewesen. Das aber war jenes leuchtend frische Gebirgsland, vor dessen Hügeln die Arche vor Anker gegangen war. Beim heftigen Einholen der Ankersteine hatten sich einige Stöcke des wundersamen Baumes in den Lianen verfangen und waren aus dem ohnehin durch die Flut aufgeweichten Boden herausgerissen worden. Dort also, wo er Tali verloren hatte, war ihm der Baum des fröhlichen Vergessens und der Vereinigung geschenkt worden. Nun wußte er auch den Namen für die Pflanze, doch konnte er ihn noch nicht aussprechen, viel weniger ihn jemandem mitteilen. Als der Baum seine Früchte zu zeigen begann und sie in der Sonne von Tag zu Tag üppiger runden ließ, saß Noah stundenlang vor dem wunderbaren Baum. Den Kopf und den Nacken hatte er wie alle die Seinen gegen die immer gewaltiger werdende Sonne mit einem Hut geschützt, der aus dünnen, glattgehämmerten Rinden bestand. Sie hatten den Baum, der ihnen schon vor der Flut diese zähe und feinhäutige Rinde – damals allerdings für Körbe, Taschen und Tontafelhüllen – lieferte, beim Futtersuchen wiedergefunden, er hieß wegen des noch wichtigeren, unzerreißbaren Bastes, der unter der Rinde zu finden war: Schuhmacherbaum. Noah war über das Wiederfinden dieses Baumes vor Freude den Tränen nahe gewesen, nicht, weil ihnen diese Bäume immer nützlich gewesen waren, sondern weil durch ihr bloßes Dasein ein Stück der alten Heimat erschienen war. Und so wie der wunderbare Baum des fröhlichen Vergessens Noah mitgeteilt hatte, daß die Arche ins Quellgebiet des Tara getrieben war, deutete der Schuhmacherbaum an, daß die Arche vielleicht unweit der alten Heimat gelandet sei. Auch die sanftgewellten, breiten Hügel, auf denen die Familie Noahs Fuß gefaßt hatte, erinnerten von fern an die Gestalt des alten Landes zu beiden Seiten des Tara. Als Japhet eines Tages bei Sonnenaufgang jenseits der goldgeschuppten Flut einen dunklen Streifen entdeckte, der seine Gestalt nicht veränderte, und nachdem dieser Streifen als Festland, als der obere Rand eines Hügels ausgemacht worden war, da wußten sie, daß das viele Wasser ein ins Endlose gestiegener Strom war, an dessen Ufern sie nun lebten. Freilich, daß dieser Strom der Tara sei, wagte niemand zu glauben; war der Tara doch allzeit freundlich und segensreich gewesen, dies Wasser aber erschien voll Tod und Düsternis.

Es kam die Zeit, da das Haus aus Lehmziegeln fertigstand. In denselben Tagen schnitt Noah die erste Ernte von den Bäumen des fröhlichen Vergessens: Euter mit roten und goldenen Beeren. Er dachte, als er die schweren Trauben der Früchte zum erstenmal in seiner Hand wog, wie die Männer im Quellgebiet des Tara diese glänzende Fülle den Frauen zwischen

die Brüste hängten und sie hier mit den Lippen abzupften, –
so wenigstens stand es in dem verlorengegangenen Buch des
entführten Kaufmanns. Doch gleich schüttelte Noah den
Kopf: er fühlte sich selber nicht mehr im Alter solchen Über-
schwanges, und die Brust, von der er auch heute noch die
Früchte genascht hätte, war nirgendwo mehr zu finden.
Hätte er aber seinen Söhnen von diesem alten und gewiß sehr
lustigen Spiel erzählt, wäre die Hälfte seiner Ernte im Munde
der Naschhaften verschwunden. So gab er der Familie stillschweigend einige Trauben, rote und goldene, daß sie sich
daran labten. Die Ernte aber ließ er, und zwar ohne einen
Blick von den Körben zu lassen, in das neue Haus schaffen, in
den unterirdischen Raum, der statt Fensterluken nur faust-
große Löcher hatte. Es war kühl hier unten, ein Lichtkrug
stand im Winkel, und Noah begann, nachdem er sich die
Füße sorgsam gewaschen hatte, in dem größten der Tonkübel
auf den Trauben der Früchte umherzustampfen. Und er
seufzte dabei und weinte und rief:

»O du schöne Ründe, o du schwellende Frucht!
Ich trete dich, zertrete dich,
wie der Freundliche die alte Erde
und unsere einsamen, eingeheimsten,
vom Stock der Liebe längst geschnittenen Herzen.«

So sang er, und als einer der Kübel bis obenhin mit dem Saft
der getretenen Trauben voll war, wandte er sich ab, deckte
ein Tuch darüber und rief:

»Ich höre Tali aus der Ferne singen:
›Ich ging und ließ dich allein,
Noah, auf daß du dich wandelst.‹
So sag ich zu dir,
Saft der Erde, Kraft der Sonne:
Ich gehe und laß dich allein,

auf daß du dich wandelst.
Kehr ich wieder, schöpf ich und trink ich aus dir
fröhliches Vergessen,
Ewiges Vereinen.«

Und Noah stieg nach dem ersten Tag in den unterirdischen Raum und seihte den Saft. Nach dem zweiten Tage stieg er hinab, hob die Decke aus Bast und sah in den Saft. Am Tag darauf lauschte er in den unterirdischen Raum hinein und hörte, wie der Saft mit sich selber sprach. Und er sprach unaufhörlich mit sich selbst bis zum Abend des zehnten Tages. Da steckte Noah den Finger in den rötlichen Saft, leckte ihn ab und sagte: »Du hast dich verwandelt. Im Namen des Freundlichen, nun verwandle mich!« Schon bückte er sich, um zu schöpfen, da kam Sem atemlos herein und rief: »Wonne meines Antlitzes, komm und sieh, was wir gesehen haben!« Auf alle Fragen Noahs, was er sich ansehen solle und warum gerade jetzt, zerrte Sem den Vater nur stumm mit sich fort. Sie waren wohl eine Stunde in dem sanft ansteigenden Land hinangeeilt, als Noah Japhet und Cham und die Frauen in der Ferne unbeweglich dastehen sah. Sie blickten zu einigen hohen Bäumen hin, ohne sich ihnen zu nähern. Als Noah den Bäumen so nahe gekommen war, daß ihr Schatten seine Stirn berührte, schrie er auf, brach in die Knie und verhüllte sein Gesicht. In dem starken Geäst der Bäume hingen Menschen, ihre vom Wasser aufgetriebenen Leichen saßen in den Astgabeln und hielten die Arme mit äffischen Klammergebärden um das nächste Holz geschlungen; manche hatten sich mit Lianenseilen festgebunden.

Endlich stand Noah auf. Er sah seine Söhne mit einem Blick an, der sie erschreckte, und er sprach: »Laßt uns die Schande des Freundlichen unter der Erde verbergen.«

Sie arbeiteten drei Tage, bis die Toten zur Ruhe gebracht wurden. Den Ort, wo die Bäume standen, nannte Noah: Manhoti woma-doma, was wörtlich heißt: »Ort, wo der

Freundliche das wollte, was er wollte«. Beim Gräberschaufeln fanden sie unter den Bäumen zehn gut verpichte und bis oben angefüllte Krüge mit Öl und Mehl. Sie erblickten darin ein Geschenk der von ihnen begrabenen Toten und trugen die Krüge in die Arche. Und sie suchten weiter Futter für die Tiere, zerlegten die Arche und bauten aus ihrem Holz Zäune um die Gärten, um das Haus und die Hürden der Rinder, Kamele und Schafe. Und Sem erinnerte den Vater an das große Dankopfer für die Errettung aus der Flut. Noah aber lächelte vor sich hin auf eine die Seinen erschreckende Weise und flüsterte: »Er nimmt sich selber, wonach es ihn gelüstet!«

Die zwölfte Legende

Wie Noah die Schalen trank, mit dem Freundlichen haderte und von Cham verhöhnt wurde. Von der Zeit der Überlieferung. Die Ferse der Wahrheit. Japhets Entdeckung. Und Talis Thron.

In den nächsten Tagen entdeckten die Söhne Noahs in den Baumgruppen, die gegen Westen auf den höchsten Punkten der breiten Hügelwelle standen, überall Opfer der Flut. Noah entschied, daß die Seinen ihre Zeit nicht mit dem Begraben der Leichen vertun sollten, da es nun doch gewiß sei, daß an jedem hohen und starken Baum in diesem Lande die Früchte des freundlichen Zornes hingen. Cham wies auf die womöglichen Vorräte unter den Manhoti-woma-doma-Bäumen hin. Noah aber befahl den Seinen, die Elefanten anzuschirren und mit der Zerlegung der Arche fortzufahren. Er selber ging, kaum daß er in dem neuen Hause allein war, in den unterirdischen Raum, füllte fünf tönerne Schalen und trug sie hinauf – eine nach der andern. Beim Hinauftragen der ersten Schale sprach er: »Auf daß die Sinnesart der Ziege mich erfülle, daß ich tripple und springe und des Leids einen Tag vergesse.« Und beim Hinauftragen der zweiten: »Auf daß die Sinnesart und die Kraft des Büffels mich erfülle: ich will den Schmerz meiner Seele in das Ohr des Freundlichen brüllen.« Als er die dritte Schale hinauftrug, sagte er: »Soll ich sie trinken? Kann ich die Sinnesart des Kamels annehmen? Werde ich geduldig und ohne ein Wort der Klage ins Endlose schreiten?« Beim Hinauftragen der vierten Schale seufzte er: »O daß doch der Geist des Baumes über mich käme, und ich nicht mehr wüßte, wer ich bin und zu singen begänne, und meine Stimme hörte sich an wie die eines andern, der mir fremd ist, und den ich doch liebe.« Als er die fünfte Schale hinauftrug, zitterten seine Hände. Und er sprach: »Wenn ich bis zur fünften gelange, ist alles gut. Da wird für mich kein Unterschied mehr sein zwischen Mensch und Ding und Mann und Weib und Sem und Cham und den Bäumen des Lebens und den Bäumen des Todes. In allem umarme ich Tali und durch sie den Geist der fünften Schale, der keinen Namen mehr hat.«

Als sich nun Noah zu den fünf Schalen niederließ, fiel ihm ein, daß der entführte Kaufmann nur von Schalen gesprochen hatte, nicht aber vom Maß dieser Schalen. Es bestand mithin die Möglichkeit, daß er das Maß der Schalen zu klein oder zu groß gewählt hatte, was zur Folge hätte, daß er, während er bei der ersten Schale saß, in Wirklichkeit schon die vierte trank, oder aber nach dem Genuß der zweiten Schale noch nicht die erste getrunken hätte. Doch da sah er Talis Hand, wie sie die Schale mit Palmwein zurückschob, und hörte ihre Stimme: »Ich habe mein Maß, du hast das deine, Noah!« So pflegte sie zu sagen, wenn er ihr, nachdem sie genug getrunken, seine Schale hatte aufdrängen wollen. Er wußte plötzlich, daß der Kaufmann recht hatte, nur von Schalen und nicht vom Maß derselben zu sprechen, da jeder ein anderes hatte.

Der Tag neigte sich schon, als Cham sich allein und heimlich dem Haus näherte; die andern waren noch mit den Elefanten bei der Arbeit. Der lustig machende Duft aus dem unteren Raum lockte ihn, und er hatte vor, falls Noah nicht im Hause sei, hinabzusteigen und den Saft der schöneutrigen Frucht zu versuchen. Da vernahm er, indem er sich dem Hause näherte, Gebrüll und Gelächter, und als er durch die Tür trat, hörte er Noahs Stimme rufen: »Überall Was du willst-das du willst-Bäume!« Cham trat näher und spähte in das Gemach. Noah lachte grimmig zum Freundlichen hinauf und rief ihm zu, er sei ein schlechter Hirt seiner Schafe. »Wo ist Tali?« brüllte er und fragte es zehnmal in die Höhe und jedesmal, wenn es still geblieben war, lachte er sich selber die Antwort. Und wieder erschallten wirre und scharfe Fragen an den Freundlichen.

Cham lief darauf eilends zu den Brüdern, flüsterte mit ihnen und zerrte sie herbei. Sie lauschten zu dritt, ohne sich dem Berauschten zu zeigen. Seine Stimme kam nun in einem scharfen Flüstern und war auch nicht mehr lallend; es hörte sich für die Lauschenden an, als ob der Freundliche dicht vor Noah im Gemach nebenan säße. »Ich weiß nicht, warum ich noch mit dir rede. Du hörst zu und sagst nichts. Es ist deine Art, die Menschen ins Unrecht zu setzen. Vergiß nicht: ich hab dir geglaubt. Du sagtest zu mir: ›Ich vernichte alles Leben auf der Erde und schone nur, was im Wasser und in der Arche lebt.‹ Ich habe dein Wort gehört und es allen Menschen verkündet. Wenn ich die Unwahrheit verkündete, warum hast du mich nicht stottern lassen, mir auf den Mund geschlagen, mir die Zunge gelähmt? Du hast das hellgrüne kühle Gebirge und die Menschen darauf vor deiner schmutzigen Todesflut bewahrt, warum nicht Tali und die Wahrheit in meiner Rede? War das schwerer für dich? Siehst du! – Du schweigst, das ist ewig deine Antwort, wenn dich einer fragt, warum du so ungerecht, so ungetreu, so gleichgültig, so grausam bist. Doch noch schlimmer, wenn du redest; denn dann führst du in die Irre. Dein Wort ist immer nur von einer Seite wahr, die andere ist voll Finsternis und Tücke, und es steht bei dir, zu entscheiden, welcher Seite der Mensch begegnet. Aber wenn er dein Wort nicht hört oder nicht versteht, – vernichtest du ihn doch, vernichtest ihn ebenso wie jenen, der deines Wortes spottet. Auf den Kronen deiner Was du willst-das du willst-Bäume hängt er, zusammen mit den Affen und Lemuren und Ratten, und du steigst ihm unhörbar und unabwendbar auf die höchsten Orte nach; um des Fingers Breite stehst du die halbe Nacht unter seiner Lippe, bis du ihm den Mund füllst mit deiner Wahrheit, welche Tod heißt und Verderben und sonst nichts!« Die Söhne Noahs hörten draußen, wie die Stimme des Flüsternden und Stammelnden jäh in die Höhe sprang und heulend den Freundlichen mit furchtbaren Namen belegte.

Da begann Cham zu lachen. Sem und Japhet erwachten aus ihrem Entsetzen. Sie hielten dem Bruder den Mund zu und zerrten ihn vor das Haus. Als die Frauen ihnen aus der Ferne fragend zuriefen, was sie mit Cham anstellten, befahlen die Brüder allen Frauen und auch dem Knecht Nojadohu, sich dem Hause nicht zu nähern, sondern zu den Hürden zu gehen; denn Noah rede mit dem Freundlichen. Da befreite Cham seinen Mund von den Händen der Brüder und lachte: »Er spricht zu dem Freundlichen mit einer Stimme, als wäre er ein Löwe und der Freundliche eine Antilope. Und er nennt ihn: ›Lügenstifter‹, ›schleichende Schlange‹, ›nasser Mörder‹, ›alles Lebendige belauernder Tiger‹ —« Cham hatte lachend und vor Sem und Japhets andrängenden Händen mit lustigen Sprüngen ausweichend Wort um Wort herausgeschrien, fast so laut wie Noah, dessen trunkene Lästerungen sich nun mit Chams Gelächter mischten. Endlich erhaschte ihn Japhet und zwang ihn mit einem Griff um den Nacken herum zur Erde. Sem brachte Lianenstricke, und sie fesselten ihn und stopften ihm in den immer noch Unflat kreischenden Mund einen Knebel.

Sem befahl, daß alle in derselben Nacht nicht im Haus, sondern bei den Rindern, Schafen und Ziegen in der Hürde schliefen. Er ging mit Japhet allein zu Noah hinein; sie sahen, daß er auf der Erde lag und weinte. Und sie weinten mit ihm bis zur Morgenfrühe. Da erhoben sich die Söhne ohne ein Wort und trugen den gefesselten Cham vor die aufgehende Sonne. Noah trat zu ihnen heraus. Sein Gesicht war grau wie die Stunde vor dem Morgen, und seine Lider waren gerötet wie der Rand der östlichen Berge.

Als Sem ihm berichtet hatte, was Cham getan, rötete sich das Gesicht Noahs, und er sprach: »Cham, Sohn Talis, seit Tolül dich erweckte, bist du der Zeuge meiner Schmach und darum auch der Schmach dieser Nacht, der tiefsten meines Lebens; denn ich habe zu dem Freundlichen gesprochen wie du zu mir. Ich fluche dir nicht, damit der Freundliche mir nicht fluche, sondern ich löse deine Fesseln: die an deinen Händen und Füßen und die an deiner Zunge. Du sollst vor meinem Angesicht dich frei bewegen und wohnen, wo du willst. Und wenn ich an mein Ende gelange und meine Söhne segne, soll auch dir ein Teil dieses Segens zukommen. Denn auch du bist trunken von einem Wein, dessen Kraft und Wirkung du nicht kennst.«

Als seine Fesseln gelöst waren, erhob sich Cham. Er blickte Noah lange an, fiel plötzlich vor ihm nieder, küßte ihm die Füße und ging weinend von dannen.

In der folgenden Nacht lag Noah auf seinem Lager. Er dachte über den Trank des fröhlichen Vergessens und der Vereinigung nach und welchen Namen er ihm geben solle. Bei der wievielten Schale es gewesen, als er dem Freundlichen begegnet war und lästernd zu dem andern Ufer hinübergerufen hatte, wußte er nicht. Doch spürte er, wie seine Gedanken in dieser müden Stunde die Flügel verloren und nicht in die lichte Höhe stiegen, sondern über die Erde liefen, dahin und dorthin, und überall suchten, wo es eine Spur gäbe, eine Spur vom Menschen, der man folgen könnte – hin zum Menschen. Nur wenn man Menschen in dieser Einöde träfe, erführe man, wo man weilte. Aber das wußte Noah mit unumstößlicher Gewißheit: in diesem Lande mit den sanften Hügeln, durch welche nun die Flut als ein breiter Strom rauschte, gab es keinen Menschen mehr. Die höchsten Punkte waren jene Baumkronen, die sich alle, soweit auch die Seinen beim Futtersuchen vorstießen, als Gaststätten der Geier und Raben erwiesen. Dieses ihn ängstigende Gefühl nun, daß er mit den Seinen allein sei auf diesem unendlich sich dehnenden Lande am Strom, trieb ihn noch einmal zum Trank des Vergessens. Doch auch diesmal erquickte er ihn nicht.

Sem fand seinen Vater am Morgen, wie er, im Traum gegen die Wand gelehnt, mit blutenden Fingern den Lehm aufkratzte und dazu immer dieselben Worte sagte: »Wände, öffnet euch! Ihr Mauern, gebt mich frei und sagt mir, wo ich bin!«

Als Noah aus seinem Angsttraum erlöst war, sank er ohne ein Wort auf sein Lager zurück und schlief weiter. Es war heller Tag, als er erwachte. Da spürte er in seiner Hand etwas Hartes, Eckiges. Lange blickte er auf die rötlich braune Fläche, bis er erkannte: es war der Teil eines Tontäfelchens, was er da in seiner Hand hielt. In der Scherbe standen Zeichen eingeritzt, Schriftzeichen, er las die Worte: »donnert, sollen alle auf das Gesicht fallen –«. Wieder und wieder las er die Worte, schließlich sprang er auf, betrachtete die Spuren seiner Nägel in der Lehmwand und entdeckte noch drei weitere Scherben, die mit ihrem Rand aus dem aufgekratzten Lehm ragten. Er brach sie heraus, kratzte suchend mit dem Steinmesser über die Wände, und bald hatte er die Ränder von anderen Tontäfelchen in dem grauen Lehm entdeckt.

Da rief er die Seinen zusammen, und alle wunderten sich darüber, wie Noah freudig erregt und vollständig verwandelt vor ihnen stand. Er zeigte den gefundenen Schatz der beschrifteten Scherben und rief: »Seht, in diesen Mauern ist das Wort der Menschen mit eingebaut worden. Reißt darum dieses Haus bis auf den Grund ab und zertrümmert mit Umsicht jeden Lehmstein, den ihr gestochen habt, und sammelt die sprechenden Spuren der Vergangenheit, damit wir wissen, wo auf dieser Erde wir sind – und damit wir die Hand der Vergangenheit wieder ergreifen und in die alte Kette geraten und nicht nur das Leben weitergeben, sondern auch das Wort.«

So wurde das langhingestreckte Haus bis auf den Sockel abgetragen, jeder Stein zerbröckelte unter ihren vorsichtig zuschlagenden Hämmern, und niemand murrte. Um Noah aber türmte es sich von roten Tontäfelchen. Er rieb sie mit Wachs ein und goß den Saft des Korumgewächses, mit dem auch der Kalendermann Japhet die Wochen an seinen Fingern und Zehen aufschrieb, auf die Tonflächen. In den

Schriftkerben, die vom Wachs freigeblieben waren, sammelte sich die dunkle Feuchtigkeit, und die Schrift war aufs neue gut lesbar. Bereits am Abend des ersten Tages, den Noah mit dem Ordnen und Lesen der Täfelchen zugebracht hatte, trat er vor die Seinen und sprach: »Ich habe die Ferse der Wahrheit blinken gesehen. Ich glaube zu wissen, wo wir an Land gingen und unser Haus gebaut haben. Doch da ich in der letzten Zeit einige Irrtümer verkündigt habe, will ich weiter in den Täfelchen forschen.« Und er befahl, auch die Stelle, wo sie die Lehmsteine gestochen hatten, nach Täfelchen zu durchsuchen. Da die Nächte warm waren, konnten alle im Freien schlafen. Noah aber saß, statt auf das Lager zu gehen, die halben Nächte unter dem Sternenhimmel, und bei der zischenden Flamme des Steinkruges wühlte er in dem Haufen der Scherben, suchte nach einer angebrochenen Hälfte, hielt probend und passend die Stücke zerbrochener Täfelchen aneinander und klebte sie mit dem eingekochten Saft des Patopu-nenhe-Baumes. Patopu-nenhe bedeutet Ehe, wörtlich aber heißt es: dies auf das binden. Noah las, verglich, und wo er irgendeinen Zusammenhang vermutete, schichtete er das vielleicht Zueinandergehörende zu ordentlichen Stapeln und versah diese mit größeren Tontäfelchen, die seine Vermerke trugen.

Saß er aber nachts über seiner Arbeit, dann hob er von Zeit zu Zeit wie hilfesuchend sein Gesicht und blickte zu den Augen des Himmels empor und vor allem zu dem runden Licht, von dem er noch immer nicht wußte, wie es zu benennen sei. Wie er nun Nacht für Nacht in den wolkenlosen Himmel aufschaute, entdeckte er, daß die Rundheit dieses Lichtes langsam hinschwand, bis die Nacht kam, da nichts mehr von ihm zu sehen war. Noah war von dieser Beobachtung so tief erregt, daß er in jener dunklen Nacht nicht weiterarbeiten konnte. Er hätte gern die Seinen geweckt, zumindest Sem und Japhet, und ihnen mitgeteilt, was er gesehen hatte. Er wußte jedoch, daß sie ihm keine Antwort geben könnten. Nur

Furcht würde sie befallen, sie und ihre Frauen, und so beschloß Noah in dieser Nacht, zumindest niemand von dem erloschenen Himmelslicht ein Wort zu sagen. Ja, er überlegte sogar, wie er sein Verschwinden eine Zeitlang vor den Augen der andern geheimhalten könnte, fürchtete er doch, daß sie alle bereit seien, dieses Erlöschen des runden Lichtes als eine Drohung des Freundlichen zu deuten, welchen er sich mit seinem frechen Gehader in der Nacht der Trunkenheit sicherlich zum Feinde gemacht hatte. So suchte Noah noch in derselben Stunde einen einsamen Ort auf, legte sein Gewand ab und schlug mit einem Feuerstein gegen seine Brust, bot sich dem Freundlichen zum Opfer an und flehte um die Wiederkehr des runden Lichtes, nicht für sich, sondern für seine Familie. »Du hast sie errettet, Freundlicher, sie sind dein Eigentum. Laß dein Licht auch in der Nacht über ihnen leuchten, um ihnen zu zeigen, daß du noch da bist und immerdar über ihr Leben wachst.«

Als dann Noah in der nächsten Nacht wieder und wieder den Himmel absuchte, entdeckte er kurz vor Sonnenaufgang etwas, das wie die Hälfte eines silbernen Ringes aussah. Er wischte sich die Tränen aus seinen Augen, um besser zu sehen, schließlich erkannte er, daß der halbe Ring als Kante an einer dunklen Scheibe erglänzte. Ohne es begreifen zu können, wußte er, daß dies geheimnisvolle Bild das runde Licht war. Und er schaute zu, wie es langsam vom Feuer der aufgehenden Sonne verzehrt wurde. In der nächsten Nacht, die er nicht anders erwartete als jene, da er zum erstenmal zu Tali eingegangen war, sah er wieder und fast an derselben Stelle des Himmels das unbegreifliche Licht, das nun an seinem Rande glänzte wie Talis Hüfte. Und es wuchs von Nacht zu Nacht, bis es wieder eine runde Fläche war, eine mildglänzende Scheibe.

Noah jubelte in seinem Herzen und dankte dem Freundlichen. Da bemerkte er, wie das Licht aufs neue mit jeder Nacht abnahm, bis es wieder ganz verschwunden war. Er nahm nun, wenn auch mit besorgtem Zögern an, daß der Freundliche mit diesem Lichtspiel etwas tat, das nicht mit seinem und mit keines Menschen Frevel in Zusammenhang stand. Er fühlte sich von dieser Annahme enttäuscht und beruhigt zugleich. Doch wollte er sein neues Wissen von dem runden Licht und der über allen Menschenfrevel unerreichbaren Erhabenheit des Freundlichen noch niemand mitteilen, auch Sem nicht, der in diesen Tagen begann, dem Vater bei seinem Studium zu helfen. Bald schon fühlte sich Sem vom Eifer des Vaters mitgerissen und saß selbst die Nächte hindurch mitordnend neben ihm. Erst ums Morgenrot ließen sich beide für einige Stunden aufs Lager sinken.

Wenn dann die übrigen zum Futtersuchen und zum Fischen hinauszogen, eilten Noah und Sem wieder zu ihrem vielgipfligen Gebirge aus Täfelchen, das ihrer beider Sitzplätze in einem großen Kreis umzog. Mit den Ihrigen sprachen sie kein Wort, selbst für sein Weib Eewo, das er eigentlich nur bei den Mahlzeiten sah, fand Sem nur ein paar hingebrummte Worte des Grußes, oder er redete sie zerstreut auf Althochurisch an. Sooft Eewo erstaunt und befremdet die Augen aufriß und die andern sogar lachten, bemerkte Sem, der mit selig offenem Gesicht in die Weite blickte, von all dem ebensowenig wie vom Kommen und Gehen des runden Lichtes droben in der Nacht. Sem und Noah hatten das Sprechen über alltägliche Dinge verlernt. Die Worte, die Vater und Sohn knapp und kühl wechselten, konnten die übrigen, wenn sie vorüberkamen und zuhörten, nicht verstehen. Noch weniger ahnten sie etwas von dem Strom der Freude, in welchem die beiden trieben, seit sie endlich Gewißheit hatten, wo auf der Erde sie sich befanden.

Sie hatten den Tag, da sie den andern den Ort der neuen Heimat mitteilen wollten, schon festgesetzt: es sollte der dreißigmal zehnte Tag sein, seit sie an Land gegangen waren. Die Hügel glänzten zum erstenmal in einem starken Grün, überall stach durch den Schlamm der Frühling hervor, angeschwemmte Sträucher und Kräuter blühten. Selbst die düsteren Horste der Geier und Raben auf den Höhen verbargen ihr schwarzes Geäst mit Laub und Licht.

Da nun, genau in der Nacht vor dem Tage, da Noah den Seinen verkünden wollte, wo sie seien, geschah es, daß Sem gegen Morgen aufstand, um sich zu seinem Weibe Eewo zu legen. Das Buch von den zehnmal zehn Frage- und Antwortgesängen der Liebe, das er zusammen mit dem Vater fast vollständig aus dem Scherbenberg herausgefunden hatte, war es, was ihn zu Eewo trieb. Er hatte sein Ziel sogar Noah, für sein Fortgehen Verständnis heischend, gestanden, und der Vater hatte lächelnd gesagt: »Geh, Sem, seid fruchtbar. Das Land am Tara wartet unser.«

Gleich darauf aber war Sem zurückgekehrt, bleich, stumm und mit schrecklich weit aufgerissenen Augen, und Noah wußte, was geschehen war. Mit Mühe stand er auf und lispelte müde: »Mit wem fandest du sie?« Nach einigen Atemzügen fragte er weiter: »Mit Cham?« Sem nickte. Noah sah, wie die Finsternis in den Augen des Sohnes sich gleich den Schwingen schwarzer Vögel jäh bewegte.

Noah weckte selber die Familie. Hano, der schon manches verstand, schickte er zu den Hürden. Die übrigen ließ er im Kreise um sich herum sitzen; endlich befahl er Eewo und Cham in den Kreis. Und Sem stand gegen sie auf und erzählte, wie er sie gefunden hatte – und setzte sich wieder. Noah aber sprach: »Nach dem Gesetz von Tarunga, meiner hochgepriesenen Heimat, muß die Ehebrecherin sterben, der Ehebrecher wird der Knecht des beleidigten Mannes. Nun befinden wir uns aber nicht in Tarunga. Das Recht des Ortes, wo wir uns befinden, schreibt vor, daß die Ehebrecherin die Geschichte ihrer Untreue öffentlich zu erzählen hat. Wird sie als schuldig befunden, muß sie ins öffentliche Freudenhaus; ist der Ehemann schuldig, muß er die Frau an den Fürsten abgeben; ist der Liebhaber schuldig, wird er eine Zeitlang Knecht des beleidigten Mannes. So will es das Recht von Misodach; denn wir befinden uns auf dem Boden dieser Stadt. An diesem heutigen Tage sollte es euch verkündet werden, daß wir in der Stadt des Fürsten Semoth sind. Nun aber weckt die Nachricht, daß wir uns auf dem Boden der Geburtsstadt Sems befinden, nicht die Gefühle neuer Geborgenheit im Alten. Denn das erste, das wir aus der Vergangenheit herauszuholen bemüht sind, ist ein Spruch gegen einen Frevel, den zwei aus unserer Familie gegen unsere Familie begingen. Mich aber dünkt, die Gerechtigkeit vor der Flut kann nicht die Gerechtigkeit nach der Flut sein. Tali, die entrückte Quelle, sprach zu mir: ›Wenn der Himmel nach der Flut anders ist, sind auch wir anders.‹ Hat uns aber die Flut verwandelt, ist auch unsere Gerechtigkeit verwandelt und damit unser Gesetz.«

Darauf befahl er, die Schuldigen für drei Tage und drei Nächte an den Füßen zu fesseln und mit Bastmatten zuzudecken, daß der Freundliche von ihrem Anblick nicht belästigt werde. In diesen drei Tagen sollten alle jede Nacht zu den Augen des Himmels aufblicken und den Freundlichen fragen, was mit den Schuldigen zu geschehen habe. Denn das Gesetz müsse aus den Herzen aller stammen, wie ja auch das Ankertau aus vielen einzelnen Lianen geflochten sei.

Als nun die Familie Noahs in der ersten Nacht schlaflos dalag und in den Himmel starrte, machte Japhet eine Entdeckung, die alle mit Schrecken erfüllte. Bis zu dieser Stunde waren sie allesamt, kaum daß die Sterne aufgegangen waren, von der Arbeit ermüdet zur Ruhe gegangen. Und wenn sie auch zu der funkelnden Nacht nur mit Ergriffenheit emporschauen konnten, so weckte die Heerschar der Himmelsaugen auch Furcht in ihnen, daß sie gerne die eigenen Augen niederschlugen. Die milde, durch den Himmel ziehende Lichtscheibe aber, die von dem einen als kleiner Spiegel des Freundlichen, von den anderen als runder Himmelssee oder als Bad der Himmelsaugen bezeichnet wurde, war für sie bis zur Stunde wie die Sonne und die Sterne noch etwas Unverständliches gewesen. Und wenn sie schon zufällig in später

Nacht in den Himmel geblickt hatten und der kleine Spiegel nicht rund oder überhaupt nicht dagewesen war, so hatten sie diese Veränderung gar nicht wahrgenommen; sie hatten sogar das Nichtrunde rund gesehen und das Nichtvorhandene, ohne es zu wissen, ergänzt.

Japhet allein hatte bemerkt, daß sich das runde Licht der Nacht veränderte, weswegen er auch der Ansicht war, daß es sich um einen Lichtsee handle, dessen glänzende Wasser, ähnlich wie die Flut, größer und kleiner würden. Doch konnte er sich niemand und selbst nicht dem Vater mitteilen, weil er keine Worte für diese Sache fand. Außerdem hatte Japhet längst erfahren, daß sich ein jeder über das, was er am Himmel sah, seine eigene Meinung bildete, von der er nicht abließ. Wagte doch Hihiwanga sogar zu behaupten, daß der Adler zuletzt Tali auf das runde Licht der Nacht entführt habe. Was aber Japhet verwunderte: nicht eine der Frauen stand auch nur einmal nachts auf, um auf diese Mär hin das runde Licht genauer zu betrachten.

Nun aber, als sie schlaflos unter den Sternen dalagen und nichts hörten als Eewos hohe weinende Stimme, die Cham verwünschte und Sem anklagte, weil er sie ohne Grund Nacht um Nacht in den Abgrund der Vergessenheit gestoßen habe, nun entdeckten sie gegen Morgen, daß das runde Licht nicht mehr rund war. Sie gaben es murmelnd einer dem andern weiter, staunend und schließlich erregt, und sie fragten Noah, was mit dem runden Licht der Nacht geschehen sei – mit dem Bad der Himmelsaugen, mit dem Lichtsee – auch jetzt noch, da das Ding sich verändert hatte, hielt sich ein jeder hartnäckig an den Namen, den er einmal als den richtigen empfunden hatte. Das ehemals runde Licht der Nacht hing bleich und schmal und gebogen wie das Blatt des Silberbaumes, aus dem man Kränze flocht, am westlichen Himmel – und so niedrig, als sänke es auf die Erde. Noah aber schwieg. In der folgenden Nacht gegen Morgen war der Silberring dünn geworden wie ein Haar. Sie flüsterten wie in der ersten Nacht angstvoll miteinander, doch mit noch leiserer Stimme, bis die Sonne aufstieg und der Rand des runden Lichtes gänzlich verblich. Als sie in der dritten Nacht bis zum Morgen wartend dalagen und von dem sich wandelnden Licht auch nicht ein noch so schmaler Rand, nicht einmal soviel wie von einem gebogenen Silberhaar zu sehen war, da überfiel sie alle eine große Furcht, die auch durch den Aufgang der Sonne nicht gemildert wurde. Japhet erklärte feierlich, er habe das Schwanken der Lichtflut in dem runden Teich der Nacht seit langem beobachtet, nun sei er ausgelaufen oder ausgetrocknet. Eewos Mutter Zizi legte dar, daß der Teich, von dem Japhet sprach, aus den Tränen der Himmelsaugen bestanden habe; der Himmel habe sich ausgeweint. Das sagte sie jedoch nur, um für den Gerichtstag die Gemüter heller zu stimmen. Hihiwanga und ihre Tochter Nala, die Frau des Cham, welche plötzlich beredt geworden war, behaupteten dagegen, es sei Talis Adler, der mit seinem Gefieder Talis leuchtenden Thron ganz verhülle, nachdem er Nacht um Nacht seine schwarzen Schwingen weiter vorgeschoben habe, um Noah und den Seinen mit dieser Drohung zu bedeuten, daß er ihren Augen den Anblick von Talis Thron für immer entziehe, wenn sie nicht den Frevel in Noahs Haus tilgten – und zwar noch am selben Tage.

Da gebot Noah den Frauen Schweigen und ließ Eewo und Cham in den Kreis bringen. Er sagte zu Eewo: »Du bist meine Tochter!« und zu Cham sagte er: »Du bist der Sohn Talis. Wie kann ich aber meine Tochter dem Tode übergeben? Und das Fleisch Talis treffen in Cham?« Zu Sem gewandt seufzte er: »Und du bist mein und Talis Sohn. Wie kann ich dir die Frau nehmen, die Mutter deines Sohnes? So fällt denn ihr den Spruch, ich werde ihn durch Nojadohu, den Getreuen, an den Schuldigen vollziehen lassen. Damit ihr euch aber nicht vor mir oder voreinander fürchtet: geht hinweg, und ein jeder, der volljährig ist, komme mit einem verdeckten Gefäß wieder hierher. Fordert er den Tod für die beiden, so komme er mit leerem Behälter; fordert er Gnade für sie, so lege er in das Gefäß einen Zweig, der blüht oder auch nur das Blatt eines Baumes. Sind es mehr mit Blüten und Blättern gefüllte als leere Gefäße, seien beide gerettet; sind es mehr leere, seien beide gerichtet. Und damit keiner bemerkt, wer da Blüten sammelt und wer keine sammelt, kommt erst bei der Nacht mit euren verhüllten Gefäßen.«

Als es dunkel geworden, kamen sie, stellten ihre verdeckten Gefäße vor Noah hin, traten zurück und setzten sich schweigend um Eewo und Cham im Kreis nieder. Beim Schein des Lichtkruges zählte Noah die Behälter, es waren ihrer elf. Er deckte sie auf, leuchtete hinein und fand sieben leer. Da seufzte er laut und sprach: »Eewo, meine Tochter, und Cham, der Sohn Talis, sollen nach dem Willen der Familie gebunden in das Wasser der Flut zurückgetan werden. Das ist mein Spruch.« Darauf verbarg er sein Gesicht in den Händen.

Nach einer Weile des Schweigens erhob sich Noah und bedeutete ihnen, daß man allerdings noch erfahren müsse, ob der Freundliche diesem Urteil beistimme. So sollten denn alle Tag und Nacht zum Himmel blicken und seufzen, daß das runde Licht wieder erscheine. Kehre es wieder, so sei es der Wille des Freundlichen, die aus der Flut Geretteten zu schonen. »Denn«, so sagte Noah und blickte über die Seinen hin, »es gilt das wüste Land am Tara mit Leben zu füllen.«

So rettete Noah das Leben Eewos und Chams zum zweitenmal vor dem Wasser der Flut. Denn das runde Licht wuchs aus seiner Verborgenheit heraus und stand am zehnten Tag in seiner ganzen Fülle über ihnen. Noah nannte das Licht nach dem Willen aller: Ara-ten Tali, Talis Thron.

Die dreizehnte Legende

Wie Noahs Familie wuchs. Das Fest unter dem
Lichtbogen und Noahs Opfer. Vom Trank des
Zurücktuns, und wie Noah die Tafel der reinen Lehre
und seine große Familie zerbrach.

Die Familie Noahs hatte erwartet, daß Talis Thron von jenem
Tage an, da er als die verzeihende Huld des Freundlichen über
Eewo und Cham aufgegangen war, sich ihnen in derselben
vollkommenen Gestalt jede Nacht zeigen werde. Doch sie
mußten es erleben, daß das runde Licht immer wieder und
ganz auf dieselbe Weise dahinschwand, auch wenn nichts Böses geschehen war; und daß es wiederkam, auch wenn kein
Gnadenbeweis des Freundlichen erwartet wurde. Und wenn
sich ein Zwist erhob – und das geschah immer häufiger –,
sagten manche von ihnen zu Eewo und Cham, daß sie ihr
Leben nur einem Irrtum Noahs verdankten. Noah lächelte
über solche Äußerungen und segnete heimlich mit seinem
Blick Eewo, die schöne und wilde Tochter, die längst wieder
ganz in Sem ruhte wie Cham in Nala. Und wie Talis Thron in
der Nacht in dreimal zehn Tagen über ihnen rund wurde und
dahinschwand und wiederkam, so wurden die Frauen seiner
Söhne im Laufe von nicht ganz drei Jahren rund und wieder
schmal, und das Leben im Hause und in den Hürden Noahs
mehrte sich und erstarkte. Der Segen des Freundlichen floß in
milden Regenfällen auf die Äcker, und Er-im-Spiegel lag Tag
um Tag brütend wie eine goldene Henne über dem Erdkreis.
Nackt schritten die Männer hinter dem mit Rindern bespann-
ten Pflug und immer tiefer drangen sie in die Einsamkeit des
unbekannten Landes, wühlten den fetten Schlamm auf und
streuten den Samen.

Noahs einziger Sohn, den er von einer Magd hatte, Nuk,

der Sohn Zizis, war bereits seit einiger Zeit mit Sil, der Tochter Olas, vermählt. Als Eewos Bruder war Nuk zugleich der Bruder und der Schwager Sems; und indem er Sil, die Schwester der Tara, zum Weibe hatte, war er ebenfalls mit Japhet, seinem Bruder, verschwähert. Doch ließen Sem und Japhet ihren noch sehr jungen Bruder Nuk immer wieder wissen, daß er weder Noahs vollbürtiger Sohn noch ihr ebenbürtiger Bruder sei, und sie stellten ihn nur ein geringes über Cham und erniedrigten ihn, wo sie konnten. Da ließ Noah eines Tages die Seinen zusammenkommen und sprach zu ihnen: »Ihr seid alle aus derselben Flut errettet und alle auf dieselbe Weise! Oder irre ich mich auch darin? Hat mich der Freundliche nicht aus Tarunga nach Misodach geführt und von hier nach Chamdech und von Chamdech nach Ur? Und habe ich nicht dem Freundlichen geglaubt und mit euch die Arche gebaut? Und hat sie uns nicht alle heimgebracht, Tali ausgenommen, die zum Freundlichen entrückt wurde? Wenn ihr nun auf dieselbe Weise aus derselben Flut errettet wurdet, warum betrachtet ihr euch nicht als Auserwählte und ehret euch untereinander als das, was ihr seid? – Samenkörner in der Hand des Freundlichen, dazu bestimmt, das wüste Land am Tara aufs neue mit Leben zu erfüllen.«

Darauf stellte Noah seinen Knecht Nojadohu vor die Seinen und rief nach seiner Tochter Sina, die er von Hihiwanga hatte, und sprach: »Diese meine Tochter Sina hat noch keinen Mann. Und Nojadohu hat schon seit vielen Jahren keine Frau mehr. So sollen die beiden Mann und Frau werden, mein Knecht, der vielgetreue, und die Tochter meiner Magd, denn das Land am Tara verlangt nach Menschen.«

Alsbald richtete Noah zur Hochzeit seiner Tochter mit Nojadohu ein großes Fest. Es war das erste, das sie auf der neuen Erde feierten. Noah ließ einige Schafe schlachten. Ola backte auf den heißen Steinen Mehlfladen, die sie mit Kräutern würzte. Zizi und Hihiwanga kochten einträchtig süße Knollen und sammelten dazu die lustig schmeckenden und den

Magen wärmenden Blätter einiger Sträucher, die ihnen von den Ziegen gezeigt worden waren. Die jungen Frauen holten weiße und in allen Farben glühende Blumen, auch Zweige vom Silberbaum und flochten Kränze. Noah aber schichtete mit seinen Söhnen Steine zu einem Altar in der Mitte des Festplatzes. Am Morgen des nächsten Tages zogen die Männer hinab zum Tara und wuschen sich. Die Frauen folgten mit ihren Kindern auf den Armen und an der Hand hinterdrein, und alle reinigten sich zum Fest.

Noah aber hatte auf das Holz des Altars einen abgehäuteten Widder gelegt. Als die Frauen nun zurückkamen und das Opferfest beginnen sollte, flog eine Wolke vom Himmelsrand heran, wuchs in die Höhe wie ein weißer Pilz und näherte sich der Opferstätte. Sie blickten alle mit Neugier und auch ein wenig Furcht in den Himmel. Er war in sehr kurzer Zeit dunkel geworden, und es ging doch erst gegen Mittag. In der Wolke sprang es wie Feuer hin und her. Noah und die Seinen hatten auch schon vor der Flut Blitze gesehen, wenn auch undeutlich, nämlich hinter den Wolken verborgen, und sie hielten sie für den feurigen Samen aus dem Donnerbohnenbaum. Auch in der Zeit nach der Flut waren über die Ufer des Tara donnernde und blitzende Wetter und segnende Regenfälle niedergegangen, doch waren sie ohne Lärm und Schrecklichkeit gekommen und verschwunden. Nie hatte sich der Himmel so dunkel verhüllt, nie waren Wolken in solcher Größe und Schnelligkeit aufgestiegen und in derart unheimlichen Farben. Die Gestalt der Wolke vollends, die mittlerweile die Formen eines ungeheuren, bleichschimmernden Steinbeils angenommen hatte, erweckte in aller Herzen Furcht. Und als sie grollend zu reden begann, konnte selbst Noah, wie er die Erregung der Seinen zu beschwichtigen suchte, das Zittern in seiner Stimme nur mühsam bändigen. Stets aufs neue beteuerte er, der Freundliche wolle sie nicht ängstigen; er spiele nur mit seiner Welt, gewaltige Spiele, zu groß für den Menschen, doch – so wiederholte er viele Male, während das Rollen des Donners zunahm und die Blitze immer greller züngelten – »ihr braucht euch nicht zu fürchten!«

Aber sie fürchteten sich trotzdem, und einige, darunter auch Sem und Japhet, deuteten an, daß der Freundliche wohl über irgend etwas, das sie getan, erzürnt sei. Sie sagten zwar nicht: über die Ehe zwischen dem Knecht Nojadohu und der Tochter Noahs, aber für Noah war ihre Rede deutlich genug. So rief er, und da der Donner mitredete, mußte er laut rufen: »Ihr wißt es, daß der Freundliche nicht durch Talis Thron gesprochen hat, weder um uns zu drohen noch um uns zu verzeihen. Warum soll er aus dieser Wolke zu uns sprechen? Darum seid still und opfert mit mir.«

Damit stieß Noah die Fackel, die ihm Sem reichte, in den mit Werg und Reisig durchsteckten Holzstoß. Aber kaum, daß das Feuer aufgezüngelt war und am Holz zu lecken begann, krachte, bebte und flammte die Opferstatt, daß alle geblendet und betäubt zur Erde stürzten und wie tot liegenblieben. Ebenso jäh zerbrach die Wolke über ihnen, und als sie, von dem kühl stürzenden Wasser geweckt, sich aufrichteten, bemerkte Noah, daß das Opferfeuer erloschen war. Er bemerkte überdies, wie alle mit weit aufgerissenen Augen ihn anstarrten. Ihre Gewänder waren so naß und lagen ihren Körpern so dicht an, daß sie dastanden, als wären sie nackt. Keiner von ihnen sagte ein Wort. Da sprach Noah: »Sem, überliefere uns die reine Lehre!« Als Sem die Worte der Überlieferung gesprochen hatte, sagte Noah: »Das Holz ist naß geworden durch die Wolke des Freundlichen. Doch wollte er weder unser Opferfeuer löschen, noch wollte er es nicht löschen; er ließ regnen und sonst nichts. Unser Opfer aber, das weiß ich nun, hat er nicht angesehen, – es ist kein Opfer, das ihm gefallen könnte. So will ich nun dem Freundlichen das opfern, was ich bisher in meinem Herzen zurückhielt und ihm nicht schenken wollte. Räumt den Widder fort!« Als die Söhne das geschlachtete Tier entfernt hatten, griff Noah mit beiden Händen unter sein Gewand nach seinem Herzen. Dann hob er wieder die

Hände, als wären sie mit etwas Unsichtbarem gefüllt, langsam über den Opferstein und sprach: »In diesen Händen liegt Tali, mein Weib, eure Mutter und eure Herrin. Der Freundliche hat sie mir genommen, und ich habe mit ihm gehadert. Ich hadere nicht mehr, sondern opfere ihm Tali, das Herz meines Herzens.«

Und Noah hob seine Hände und neigte das Haupt, und alle taten wie er und vergossen vor dem Freundlichen die Tränen des Opfers. Als sie nach einer langen Weile ermüdet die Arme sinken ließen und das Gesicht hoben, stieg ein vielstimmiger Ruf aus ihrer aller Brust. Vor ihnen – über ihnen stand in dem dunklen Himmel ein vielfarbiger Bogen aus Licht. Er war oben so ebenmäßig gerundet, wie sie noch nichts gesehen hatten, es wäre denn die Rundung des Kreises mitten im Auge. Der Bogen am Himmel glänzte in denselben Farben, die sie, wenn sie den Kopf bewegten, im Tau entdeckt hatten. Und die Frauen begannen, als wären sie von dem funkelnden Taulicht droben trunken, leise zu singen; die Männer aber flüsterten.

Da hörte Noah, wie ihn Sem leise fragte, ob denn auch dieser Lichtbogen keine Botschaft des Freundlichen enthalte. Noah kam aus seinem Entzücken zurück und bat den Sohn, seine Frage zu wiederholen. Wieder fragte Sem, diesmal so laut, daß alle die Frage vernahmen und sie durch seinen Mund nun Noah ebenfalls stellten. Noah antwortete, ohne zu zögern: »Ihr wollt durch den Freundlichen gelobt und getadelt sein wie die Kinder durch uns. Er aber spricht durch seine großen Zeichen, nicht wie wir durch unsere kleinen Zeichen und Worte. Wir meinen immer, wenn wir Zeichen geben und Worte machen, dies und das; wir wollen die andern hierhin lenken und dorthin; wollen sie erfreuen und ängstigen, belohnen und bestrafen. Der Freundliche will mit seinen Zeichen nichts als sich selber zeigen und sich selber mitteilen – und seht: er war vorhin in Blitz und Donner und jetzt ist er dort in dem Lichtbogen. Das eine Mal war er, wie die reine

Lehre überliefert, sehr schrecklich, nun ist er sehr angenehm. Aber immer ist er mit allem in Gesellschaft, und darum spricht zu mir auch der Himmelsbogen, aber nicht von diesem und jenem, sondern allein von dem Freundlichen.«

In diesem Augenblick erscholl ein lautes, klägliches Weinen, und schon sahen sie Hano, wie er herbeieilte und zu Noah lief, seine Knie umschlang und immerfort mit dem Finger in die Ferne deutete. Sie hörten, wie sich der Knabe über den bösen Lichtbogen beklagte. Er war zu dem Fuß des Bogens gelaufen, der hinter dem großen Schuhmacherbaum stand, um die Farben von nahe zu sehen und daran zu rühren. Aber der Fuß des Lichtbogens hatte, kaum daß Hano am Schuhmacherbaum angekommen war, einen großen Schritt getan, bis zum Tara hinunter – und nun war Hano untröstlich und schmollte. Japhet und Nuk überlegten, ob sie nicht auf Kamelen zum Tara hinabreiten sollten, dorthin, wo der von Hano gesuchte Fuß des Bogens stehen mußte. Noah erinnerte an das Fest, das endlich beginnen sollte, indes – er konnte die Söhne, die plötzlich wie Knaben geworden waren, nicht halten. Cham aber schüttelte den Kopf, als Japhet und Nuk auf Kamelen wegritten, und rief ihnen nach: »Bringt mir ein paar Streifen Farbe für Nala mit; sie braucht ein Festgewand. Ich sammle euch dafür morgen früh Farbenfunken im Tau, einen ganzen Topf voll!« Und er lachte kopfschüttelnd hinter den beiden her.

Noah dachte über Chams Worte nach und wagte nicht zu entscheiden, ob seine Söhne mit ihrer Neugierde recht hatten oder aber Cham mit seinem Spott. Er hatte in der letzten Zeit erfahren, wie leicht man sich irrte und auch, wie leicht das Ansehen selbst eines Dreiäugigen durch jeden Irrtum litt, mochte er nun aus dem Verstand oder dem Herzen stammen. Da er aber wußte, daß der Freundliche durch ihn das Leben in der Arche freigegeben und nun durch ihn auf dem alten Platz neu gepflanzt hatte, bedrückte ihn täglich schwerer die Sorge, ob er die Stimme in seinem Innern noch höre und richtig verstehe, und ob sich nicht in den Herzen der Söhne das Bild des

Vaters, der sich so häufig irrte, verdunkelt und den gebieterischen Glanz der Erwähltheit verloren hatte.

So stimmte es Noah sehr zufrieden, als Japhet und Nuk auf ihren Kamelen zurückkehrten und, wenn auch nicht so zornig wie Hano, doch ebenso enttäuscht gestanden, daß der Lichtbogen sich vor ihnen in immer größere Ferne zurückgezogen habe, bis auf das jenseitige Ufer des Tara. Da seufzte Noah auf und sagte, es klang wie im Traum gesprochen: »Alles Schöne ist wie der Freundliche: ganz nah und ganz fern!«

Der Lichtbogen war schließlich, ohne sich um ihre Bitten und Seufzer zu kümmern, langsam in der Luft vergangen; die Sonne hatte den Festplatz getrocknet, und der Himmel war wieder blau und leer, als Noah mit den Seinen zu den Tischen trat. Die Braut bekränzte den Vater und dieser die Braut, und darauf griffen alle zu den von den Frauen gewundenen Kränzen. Noah aber nahm Sinas linke Hand, malte in ihre Mitte mit dem fest haftenden dunklen Saft des Korumgewächses einen Kreis, – das war Talis Thron. In den Kreis schrieb er Talis Namen. Dann legte er Nojadohus Linke auf Sinas Hand und preßte beide Hände zusammen, so daß das Zeichen sich auf Nojadohus Handteller übertrug. In das Innere von Sinas rechter Hand aber schrieb er Nojadohus Namen, und in das Innere der Rechten seines getreuen Knechtes schrieb er Sinas Namen. Das sollte künftig, so befahl er, die Weise sein, den Bund vor den andern zu schließen. Die Zeichen aber sollten jedesmal, wenn Talis Thron in der Nacht verging, erneuert werden. »Denn«, so sprach Noah, »es kommt die Zeit, da unser Samen wieder zahlreich geworden ist und unsere Nachkommen einander nicht mehr kennen, da sie reisen und an fremden Orten wohnen werden. Dann sollen überall die Zeichen im Innern eurer Hände kundtun, daß die zwei, die beieinanderliegen, den Bund geschlossen haben vor Talis Thron: schön wie dieser, wandelbar, doch ohne Ende. Damit aber das Leben bald das Land am Tara erfülle, darf der Mann neben seinem Weibe, welches die Herrin ist, mit drei Mägden den Bund eingehen, so wie ich es getan habe; doch auch der Bund mit den Mägden sei ohne Ende.«

Nach diesen Worten erhob er die Schale. Sie war gefüllt mit dem Trank des fröhlichen Vergessens und der Vereinigung, von dem außer Noah niemand aus seiner Familie getrunken hatte, da alle, sogar Cham, seit jener Nacht, als Noah trunken mit dem Freundlichen gehadert hatte, vor dem Getränk Furcht empfanden.

Und Noah sprach: »Nicht Palmwein trinken wir wie vor der Flut; dies ist der Trank, der uns vom Freundlichen geschenkt wurde als Gegengabe für Tali, die er zu sich entführte. Jener Kaufmann, von dem wir die Kunde über diesen Wein erhielten, nannte ihn Trank des fröhlichen Vergessens und der Vereinigung. Das ist er auch, doch schmeckte ich in seiner Tiefe noch einen andern Namen; nun weiß ich ihn, er heißt: Trank des Zurücktuns. Tut er uns doch zurück in das, was wir, da wir ihn trinken, wirklich sind, so wie der Tod, welcher von uns alles abtut, was wir nicht sind, und unsere schöne Ründe zerbricht und unsern Glanz der Einzelheit zertritt und uns mit seinem Anhauch verwandelt, daß der Rausch des Grenzenlosen uns ganz erfüllt. Wenn darum der von diesem Trank des Zurücktuns in der rechten Ordnung Berauschte ›Ich‹ sagt, spricht der Freundliche es mit ihm zusammen. Denn wer im Rausch über sich selbst emporfährt, sucht nicht mehr das, was von ihm zurückblieb. Darum auch sei wie in jenem freundlichen Land, aus dem der wunderbare Baum stammt, der Trank des Zurücktuns unser Opfertrank.«

Damit hob Noah die Schale an seine Lippen, reichte sie Sina und Nojadohu und darauf Sem und seinem Weib Eewo und Japhet und seinem Weib Tara und allen übrigen. Auch die Kinder legten ihre Lippen an die Schale und tranken und wurden fröhlich. Dann aßen sie – und als die Kinder zur Ruhe gebracht waren, begann Noah, aus seinem Vorrat die Schalen zu füllen. Er ließ sie trinken, soviel sie wollten, doch trank er selber, sooft er auch die Schale an die Lippen hob, nur wenig.

Er wollte an diesem Abend nicht berauscht sein, sondern heimlich schauen und lauschen, wie der Sturm des wundersamen Tranks in sie fuhr, als wären sie Bäume; er wollte wissen, wie ihre Seelen unter dem Laubwerk ihrer vielfältigen Verhüllungen eigentlich gewachsen waren und wohin sie mit den nackten Ästen strebten.

Cham war als erster betrunken. Er sprang tanzend um Nala herum, die unaufhörlich lächelnd, stumm und bewegungslos dasaß, lachte laut und strotzend und rief immerfort nach den drei Mägden, die ihm doch Noah soeben versprochen habe. Laut rief er Noah zu: »He, warum hast du statt der Löwen und Tiger nicht dreimal zehn Weiber aus Ur mitgenommen?« Dabei ahmte er Noahs Lispeln nach, sein würdiges Schreiten und schweigengebietendes Handaufheben, bis Sem auf ihn zutrat und ihm drohte, daß sie ihn züchtigen würden, wenn er so weiter fortführe. Doch da trat Noah näher, blickte Cham freundlich an, daß dieser ruhig wurde, mit einem Lächeln zusammenbrach, sich zuckend auf dem Boden umherwälzte und Noah für seine Errettung aus der Flut dankte – so laut und so viele Male, daß ihm schließlich der Schaum vor dem Munde stand. Noah befahl Nojadohu, den Trunkenen auf sein Lager zu bringen.

Nuk war der nächste, den der Wein davontrug. Er streckte den Hals vor, stakste mit langen Schritten im Kreise und rief: »Seht, ich bin das Kamel meiner Brüder. Aber wehe, im Höcker meiner Geduld mästet sich ein Tiger, ein noch kleiner, kleiner Tiger!« Damit fiel er auf seine Hände und verließ auf allen vieren den Festplatz.

Japhet sprang hinter ihm her, als wollte er ihn zum Reittier nehmen. Er hatte viele Schalen geleert, und Noah erinnerte sich daran, wie Japhet die Brust Talis und dazu die Olas leergetrunken, dann aber noch nach mehr geschrien hatte. Und er hörte die Stimme des Knaben Sem, der seinem kleinen Bruder die Würde absprach und ihn einen Säufer nannte. Doch da er nun Japhet, den sie wegen seiner silbrigen Haare einst das

Greisenkind nannten, in seiner wilden, fröhlichen Kraft dastehen und das Feuer in seinen Saphiraugen sprühen sah,
spürte er plötzlich Tali an seiner Seite, so heiß und nahe wie
noch nie, seit sie ihn verlassen hatte. Als hielte ihn ein Fittich
umschlungen, der Fittich ihres Adlers, so fühlte er sich gebor-
gen bei ihr, in einer Stille voll gesättigter und doch verlangen-
der Wonne, die ihn sprachlos machte und seine Gedanken
versiegen ließ. Er sah nur noch, was geschah, sah und hörte,
wie Japhet das Steinbeil in die Luft warf, wie er es wieder fing
und brüllte. Dabei war es Noah, als wäre er selber dieser tan-
zende Japhet, aber auch zugleich dieser ruhig und ernst drein-
blickende Sem, an dessen Schläfen nun Japhets Steinbeil dicht
vorüberflog, ohne daß Sem sein Lächeln veränderte. Noah
war auch Tara, die Japhet das Steinbeil zurückwarf gegen die
Brust, und wiederum war er Japhet, der zur Seite sprang und
den Stiel des Wurfbeils aus der Luft fing und es nun um sich
wirbelte, als gälte es, zehn Feinde abzuwehren. Und Noah
schaute durch die Augen der Frauen den tanzenden Sohn an.
Er fühlte sich weit werden und hatte alle, die er vor sich sah,
zugleich in sich. Er war mit Tali unter dem Fittich des Adlers
und flüsterte: »Ich erinnere mich, Tali, du Schöne auf dem
Thron deines Leibes! – mein Acker in der Nacht! – Schoß des
Schicksals! – Unerschöpfliche Quelle! – Strom von den Bergen des Anfangs! – Unergründlicher See Lichtomir! – Ort der
Begegnung mit dem Freundlichen! – Wildbahn all meiner
Sinne! – Herrin der Tiere! – Nacht voll der Augen! – Nest der
Nähe und Geborgenheit! – Herd der Einsamen! – Hürde deiner Herde! – Dach des Friedens! – Würde deiner Nachkom-
men! – Starker Fittich über den Schwachen! – Schwalbe im
Ohr des ruhelosen, auf dem Weg geborenen Japhet! – Salböl
der Demut auf dem Haupt des stolzen Sem!«

Noah war eins mit der leise herabsinkenden Nacht. Er
hatte geglaubt, seine Worte in Talis Ohr zu flüstern, doch
waren sie singend hingerufen, daß alle und schließlich auch
Japhet zu ihm hinhörten und die Anrufungen Talis, kaum

daß sie in Noahs Mund verklungen waren, mit einem jubelnden Ejohu empfingen.

Als der Gesang an sein Ende kam, war es Noah wie sonst, wenn sich das dritte Auge schloß. Der Fittich von Talis Adler umfing ihn nicht mehr, er fröstelte wie ein Erwachender, der, von der Kühle der Nacht angestoßen, auf seinem Lager in die Höhe fährt und sieht: das Fell, mit dem er sich zudeckte, hat eine unbekannte Hand fortgenommen. Japhet aber rief, sich mit wirren Augen im Kreise umblickend: »Sing weiter, sing weiter, ich werde noch in dieser Nacht mit meiner Familie aufbrechen – gen Norden – in das grüne Gebirge, wo Tali, meine Mutter, als Königin über Menschen und Tiere herrscht.« Darauf befahl er Tara, sich und die Kinder für die Reise fertig zu machen. Als Sem und Nojadohu ihn zurückhalten wollten, packte er Nojadohu, der ohnehin schon vom Wein gestoßen wurde, warf ihn gegen Sem und rief: »Du, der du ungeduldig den Tod Noahs erwartest, um dich zu unserm König zu machen, laß dich nicht im Reiche meiner Mutter erblicken!« Damit stürzte er in den Abend davon und riß Tara mit sich fort. Sem aber wandte sich seinem Vater zu und schaute ihn ruhig an, wirklich, so empfand Noah, wie ein König! Jedoch, er wußte es aus jener Stunde, da sie auf der Flucht vor Semoths Taubengesetz auf dem Wagen saßen und sein drittes Auge sich aufgetan hatte: Sem würde selber kein König, aber ein Vater vieler Könige.

Noah reichte ihm die Schale und sagte: »Trink, Sem, auch dein Wesen will ich erkennen.« Sem schüttelte den Kopf: »Ich bedarf dieses Trankes nicht, Vater. Ich will wirklich der sein, den du jetzt in mir erblickst. Dein Glaube an mich ist mein Trank des Zurücktuns.«

Da hob Noah die Schale und rief: »So laß mich trinken, Sem, damit ich noch weiter werde und daß, wenn ich sage: Ich glaube an dich, mein Sohn!, der Freundliche dieses Wort mit mir zusammen spricht.« Und Noah trank. Als er aber Sem aufforderte, einen einzigen Schluck aus derselben Schale mit Nojadohu zu tun, der ja nun sein Schwäher geworden sei, da erbleichte Sem, und seine Hand zitterte, als er die Schale zu den Lippen führte. Abgewandt trank er und abgewandt reichte er Nojadohu die Schale zurück.

Darauf erhob sich Noah mit einer Gebärde des Schmerzes und verkündete das Ende des Festes. Am andern Morgen rief er die ganze Familie zusammen. Japhet war am Vorabend auf seinem Zug gegen Norden bis hinter die Hürden gekommen und hatte sich dann mit den Seinen niedergelegt und bis zum Aufgang der Sonne geschlafen. Mit grimmig verstörter Miene trat er in den Kreis. Da man im Hause Noahs vor der Flut nur selten und wenig Palmwein getrunken hatte, war ihnen allen, außer Cham, der sich stets in Urs Schenken herumgetrieben hatte, die zauberische Kraft des Weines unbekannt. Denn zu sehen, wie der Saft auf andere wirkte, war sehr verschieden von der Erfahrung, die man mit dem Trank des Zurücktuns nun selber gemacht hatte. Wie der Wind, der Bäume entwurzelt, und wie das Feuer, das ganze Wälder niederbrennt, und wie das Wasser, das Schiffe emporhebt, sie trägt und hin und her schaukelt, so wirkte auf den Menschen dieser Trank in den Schalen. So kam sich zumal Japhet gedemütigt vor, als hätte ihn ein Gegner beim Schlingenwerfen mit einer besonderen Tücke gefesselt und auf die Erde geworfen. Als aber Sem dem gleichfalls niedergeschlagenen Nuk mitteilte, daß er auf allen vieren gelaufen und sich als das Kamel seiner Brüder bekannt habe, erhob Noah seine Stimme und gebot Sem Schweigen. Und er sprach: »Als wir auf dem Wasser des Todes schwammen, lebten wir alle in großer Einigkeit. Der Zwist diente nur dazu, unser Herz von dem Schrecken, der uns von allen Seiten umgab, abzulenken. Seit wir die alte Erde wieder sicher unter uns haben, ist der Zwist, so gut wir ihn auch verhüllten, mächtig geworden. Jeder will der Stärkste sein, der Größte, der Vornehmste, Nojadohu ausgenommen. Darum auch habe ich ihn in unsere Familie aufgenommen und meine Tochter ihm zum Weibe gegeben. Nun wißt ihr es selbst, daß nichts geholfen hat, den Zwist zu beschwichtigen: nicht, was uns genommen und nicht, was uns geschenkt wurde. Wir leben auf einer verwüsteten Erde in einer Einöde ohne Grenzen, wir leben ohne Tali, ohne die Menschen, die wir kannten, und ohne die Güter der Vergangenheit. Wir sind arm wie die wilden Ukas vor der Flut; selbst der Vorrat, der unsere Lichtkrüge speist, ist demnächst zu Ende. Ihr seid alle noch zu jung und zu stark, um zu begreifen, was in der Flut nicht nur an Überlebtem und Bösem, sondern auch an Dingen und Gedanken untergegangen ist, die das Menschenleben angenehm, würdig und schön machen. Wenn nun aber die Flut uns nicht inniger verbinden konnte, warum haben die neuen Geschenke des Freundlichen, welche ja wie die Errettung aus der Flut allen auf dieselbe Weise und in demselben Maße bereitet sind, es nicht vermocht, unsere Seelen wie die Blätter einer Blüte um dieselbe Mitte anzuordnen? Er hat euch den offenen Himmel geschenkt, sein Bild im Spiegel bei Tag und den Thron Talis bei der Nacht; die Augen des Himmels und den großen Lichtbogen und den Trank des Zurücktuns, unter den Bäumen des Todes aber noch die vergrabenen Krüge mit Öl und Mehl. Selbst der Schlamm, der alles Leben zudeckte, ist uns zum üppig spendenden Schoß geworden. Wir haben sogar in den Wänden unseres ersten Hauses die Worte der Menschen wiedergefunden und durch sie die Hand der Vergangenheit. Aber nichts – weder Verlust noch Zuwachs, weder Angst noch Seligkeit haben unsere Herzen wahrhaft zu ändern vermocht. So frage ich euch – und der Freundliche möge meine Frage verzeihen: Wozu kam denn die Flut, wenn sie keinen neuen Anfang brachte? Aber ich bins gewohnt, keine Antwort aus der Höhe zu erhalten. Ich habe es euch ja überdies gesagt, daß die Zeichen des Freundlichen nichts bedeuten, oder doch nur so viel, als wir begreifen wollen. Ihr aber wollt nur begreifen nach der Art der Kinder, die schreien, wenn sie die Rute sehen, und lächeln, wenn man sie liebkost. So hört mich denn an – was der Trank des Zurücktuns mir von euch offenbarte, ist dies: Jeder von euch mißtraut dem andern, strebt von der großen Familie fort und sucht sich selbst auf seinen eigenen Wegen. Da aber die Trennung in dem Maße, wie ihr sie verdient, noch nicht möglich ist, und die äußere Einigkeit um unser aller Leben willen noch eine Zeitlang gewahrt sein muß, gehe jeder hin und baue für sich und seine kleine Familie ein Haus und errichte seine eigene Hürde und pflüge seinen eigenen Acker. Eure Häuser aber sollen so weit voneinander stehn, daß keine Stimme von einem zum andern dringen und kein Vieh sich in die Hürde des andern verirren kann, und ihr sollt allein lachen und allein weinen.

Sooft aber Talis Thron ganz sichtbar ist, kommen alle zusammen an der Stelle, die ich noch bezeichnen werde. Sem wird die Lehre überliefern und Japhet das Maß der Zeit vornehmen und allen zeigen. Ich aber will wohnen im Hause meines Knechtes Nojadohu, des Vielgetreuen, und ich werde für jeden da sein, der meiner bedarf.«

Damit stand Noah auf, hob eine Tontafel, größer als die sonst üblichen, in die Höhe und rief mit lauter Stimme: »Freundlicher, höre mich! Ich zerbreche meine große Familie wie diese Tafel, auf der die reine Lehre überliefert ist. Und ich werfe die Teile meiner Familie und deiner Überlieferung in die fünf Windrichtungen. Freundlicher, gib uns, wenn es dir gefällt, daß sich keiner der zerbrochenen Teile deiner Überlieferung verliert, sondern daß sie von meinen Nachkommen, soweit sie sich auch ausstreuen, immer wieder zur ganzen Tafel zusammengetragen werden.«

Damit zerbrach Noah die Tafel, warf ihre Teile über die Köpfe der Familie und ging, ohne noch ein Wort zu sagen, aus ihrem Kreise hinweg. Die Seinen aber standen lange, ohne sich zu bewegen, als wären sie erschrocken, an derselben Stelle.

Und sie teilten das Land auf und die Herden und gingen auseinander und wohnten einsam in ihren Hütten und sahen einander nur, wenn Talis Thron rund war und leuchtete.

Die vierzehnte Legende

Wie Noah die Herden unter seine Söhne teilte, das
Gesetz aufstellte. Abschied am Ufer des Tara. Der
Schlamm der Flut. Wie Noah von der blutbedeckten
Taube erzählte. Und die zweite Arche.

Indem die fünf Familien tiefer in das unendliche Land hinein
auseinanderrückten, war der Boden aufgeteilt, nicht so die
Herden. Der Viehbestand hatte sich zwar vermehrt, doch waren die Familien der großen Tiere nicht zahlreich genug, um
wie die der Menschen in fünf Teile zerbrochen zu werden.
Überdies gab es, das wußte Noah von Tali, zwischen den großen Tieren und den Menschen unsichtbare Brücken, die der
Freundliche selber gebaut hatte. Wo diese Brücken nicht bestanden, befand sich das Tier, welches seinem Herrn ausgelie-
fert ist wie der Mensch dem Freundlichen Vater, in schlimmer
Sklaverei. So versenkte sich Noah in das Wesen Sems, und als
er aus der Betrachtung aufstand, ordnete er seinem ältesten
Sohn die Herde der Kamele zu, und Sem war zufrieden.
Ebenso versenkte sich Noah in das Wesen Japhets und ordnete ihm die Herde der Zebras zu, und Japhet war sehr zufrieden. Cham wurden die Rinder zugeordnet, und er lachte vor
Freude und rief: »Noah sieht ins Herz!« Als aber Nuk, der
klein und zart von Gestalt war, zum Herrn über die Elefanten
erhoben wurde, tanzte er vor Freude. Noah sagte: »Nuk ist
sanft und einfühlsam, und ich habe gesehen, daß die Elefanten mit ihm behutsam verfahren wie die Mägde mit den kleinen Söhnen ihrer Herren.« Seinem Knecht aber ordnete
Noah die Herde der Esel zu. »Es sind die klügsten und selbst-
losesten Tiere«, sagte er. Nojadohu verbeugte sich vor Noah
und sagte: »Mein Herr, deine Gnade hat mein Leben weitge-
macht, darum will ich meine Seele mit der Milch der Eselin-

nen nähren, und nie darf das Schlachtmesser Leben aus ihrem Schoß töten. Und solange Talis Thron über der Erde steht, soll es nicht geschehen, daß ein Herr freundlicher zu seinen Tieren wäre als dein Knecht Nojadohu zu seinen Eseln.«

Noah verteilte darauf zu gerechten Teilen die stark gewordenen Herden der kleinen Tiere: der Schafe, Ziegen und Schweine. Und er wies ihnen, ehe sie auseinandergingen, den Ort an, wo alle, wenn Talis Thron rund würde, zusammenkommen sollten. Zu einer andern Zeit durfte dieser Boden von niemandem außer Noah betreten werden. Sie zogen einen kreisförmigen Zaun aus Dornen und Lianen um die Stätte und richteten einen Stein in ihrer Mitte auf. Noah salbte ihn und nannte den Ort: Kreis der Begegnung.

Nachdem die Hürden für die Herden errichtet waren, begannen Noah und Nojadohu mit dem Bau ihrer Hütten: eine große für die Familie Nojadohus und eine kleine für Noah. Eine dritte aber bauten sie abseits für Sina; denn in Noahs Familie hatte sich der alte Brauch von Tarunga überliefert, daß sich das Weib während seiner Reinigung in einer kleinen Hütte absonderte und die Tage mit Kränzeflechten, Saitenspiel und reichlichem Schlaf zubrachte.

Nachdem nun die Hütten fertiggestellt waren, fiel es Noah auf, daß Sina die ersten Male, wenn er und Nojadohu aufbrachen, um sich im Kreis der Begegnung mit den anderen Familien zu treffen, die Hütte der Absonderung bezog und nicht mit ihnen hinüberreiten konnte. Als Sina zum vierten Mal, wiederum genau am Vorabend, da Talis Thron rund wurde, von Herzen traurig, daß sie nicht mit zur Versammlung hinüberreiten konnte, ihre Hütte bezog, fiel in Noahs Gedanken, die sich mit diesem seltsamen Zusammentreffen von Sinas Reinigung und dem Rundwerden von Talis Thron unaufhörlich beschäftigt hatten, ein jähes Licht. Er besprach sich mit Zizi, Ola und Hihiwanga, und schließlich trat er, als sich die große Familie zum fünften Male traf, vor die Seinen und sprach: »Ich habe euch ein großes Geheimnis zu verkünden, und diesmal irre ich mich nicht. Dies Geheimnis wird, wenn ihr es wißt, euch mit derselben Freude erfüllen wie die andern großen Geschenke des Freundlichen nach der Flut. Denn seht: so wie der Schoß der Erde antwortet auf das Licht und die Wärme, die Er-im-Spiegel schenkt, so antwortet der Schoß des Weibes auf Talis Thron. Merkt euch, wann eure Weiber sich absondern, und zählt die Tage und vergleicht sie mit der Gestalt von Talis Thron, und ihr werdet sehen: am Himmel droben und im Schoß des Weibes waltet dasselbe Maß der Zeit. Das bedeutet: der Schoß des Weibes ist von Talis Thron herab regiert.«

Da blickten alle in die Höhe zu dem milden, runden Licht, und während noch die Frauen regungslos vor Staunen verharrten, wandten die Männer die Gesichter ihren Frauen zu und blickten sie an, als wären sie gerade von dem runden Licht zu ihnen herabgestiegen: fremde und glänzende Wesen, und Cham sank vor Nala nieder und küßte ihren Leib. – In Noah aber war die alte Unruhe über das zu kleine Jahr der zehnmal zehn Tage wieder erwacht. Wie damals in Ur sann er über das größere Jahr nach, wie es nämlich möglich sei, den großen und den kleinen Zisar in dasselbe Zeitmaß hineinzubringen, so daß man in einem Jahr von den Früchten unter und über der Erde ernten könnte, und der Mensch, der fast drei Jahre im Schoß der Mutter getragen wurde, könnte innerhalb eines Jahres geboren werden.

Seit einiger Zeit hatte er nun an Schnüren, in die er für jeden Tag einen Knoten knüpfte, festgestellt, daß die Zeit, die zwischen dem Entschwinden von Talis Thron lag, immer dieselbe blieb. Um aber keiner Täuschung zu verfallen, flehte er den Freundlichen um Erleuchtung an und wartete noch drei kleine Jahre. Dann trat er im Kreis der Begegnung vor die Seinen und verkündete ihnen das große Jahr. Jeder Hausvater hatte künftig an einer Lianenschnur die Tage mit Knoten zu vermerken. Diese Schnur sollte zum Fest, da sich die große Familie vor Talis rundem Thron traf, mitgebracht und mit den Schnüren der anderen verglichen werden. Sodann sollte Japhet als Kalendermann seine Schnur, die von allen geprüft worden war, aufhängen an dem Baum des Jahres, den Noah im Kreis der Begegnung neben den gesalbten Stein gepflanzt hatte. Der Baum des Jahres, von Noah so genannt, war das Gewächs, das am Tara zuerst blühte. Das neue Jahr aber sollte für sie in jener Nacht beginnen, wenn dieser Baum blühte und zugleich Talis Thron rund wurde. Und sie sollten, nachdem sie sich gereinigt und bekränzt hatten, seinen Anfang feiern mit Dank- und Freudengesängen zum Freundlichen hinauf, mit dem Opfer des Herzens in den erhobenen Händen, mit dem Trank des Zurücktuns und sodann mit Tanz und Schmaus. Und niemand durfte, bei hoher Strafe, so befahl Noah, den Kreis der Begegnung eher verlassen, bis nicht jeder Streit, falls ein solcher beim Wiedersehen ausbreche, beigelegt sei.

Nachdem Noah das Maß der Zeit festgelegt hatte, begann er damit, auszurechnen, wie alt er selber und ein jeder der Seinen, am größeren Jahr gemessen, sei. Und er fand, daß er nun statt über zweihundert ungefähr siebzig sei, die genaue Zahl zu ermitteln gelang ihm nicht, da die Umrechnung ihm schwer fiel und die großen Ereignisse und die vielen Verwandlungen in seinem Leben die Schnur der Jahre oftmals abgerissen hatten. Sem aber war ungefähr fünfunddreißig. Cham achtundzwanzig, Japhet fünfundzwanzig, Nuk kaum älter als zwanzig, weshalb auch sein Bart noch zart und kurz war. Nojadohu aber zählte gewiß schon sechzig, doch war er noch wie sein Herr voller Kraft und Lebensmut, und das Kind, das Sina, bald nach dem ersten Neujahrsfest, gebar, war ein Knabe und so starkgliedrig, schön und wachäugig, daß Noah seiner Tochter riet, das Kind nie in den Kreis der Begegnung zu tragen, damit Sem und Japhet es nicht sähen. Er nannte den Knaben Manhohu, das heißt: beliebt bei den Himmlischen. So hatten einst die Urer ihn selber genannt, und er übertrug diesen großen Namen wie einen Segen auf den Knaben. Und wenn er nicht über seinen Tontäfelchen hockte oder inmitten seiner wilden, halbwilden und vom Menschen bereits seit alter Zeit in Zucht und Pflege genommenen Bäume im Garten weilte, saß er mit dem kleinen Manhohu vor seiner Hütte und pflanzte in seine Seele, kaum daß sie sich der Sprache aufgetan hatte, das Wort der Überlieferung.

Sina und Nojadohu bemerkten, wie Noah den Kleinen manchmal von den Knien hob, ein Tontäfelchen ergriff und mit dem Feuersteinstift Zeichen in den Ton ritzte. Denn oft kam es Noah vor, als könnten die Worte, die er dem Kleinen mitteilte, zu allen gesagt sein. Solche für die ganze Familie, ja, für alle Menschen gültigen Sätze wollte er in der Erinnerung behalten und sie sammeln und eines Tages den Seinen überlassen, daß sie einen Weg in die Zukunft hätten, einen Weg des gerechten Handels und Wandels. So saß er also da und ermahnte Manhohu, mit der Schleuder nicht nach den Vögeln zu zielen, und fragte ihn der Kleine erstaunt nach dem Grunde dieses Verbotes, dann hörte Noah sich selber sagen: »Der Vogel gehört dem Freundlichen. Und wenn dir der Vogel kein Leid und keinen Schaden zufügt, darfst auch du ihm kein Leid und keinen Schaden zufügen.« Zugleich fühlte er, daß dieser Satz eine Wahrheit enthielt, die für alle gültig war und darum auf der unzerstörbaren Tontafel des Herzens eingegraben werden müßte.

So entstand die neue Gesetzestafel, die zwischen Mensch und Mensch, Familie und Familie und ebenso zwischen dem Eigentum des einen und dem des andern tiefe Gräben der Trennung aufwarf, zugleich aber über die trennenden Verbote hinweg die Gebote der Ehrfurcht vor dem andern Leben als Brücken schlug. So leicht es nun Noah gefallen war, den Weg der Gesetze zu finden, so schwer schien es ihm, für das Abweichen von diesem Wege die richtige Strafe festzusetzen. Denn er war der Meinung, seine Gesetze seien so beschaffen, daß ihre Übertretung nicht nur dem betroffenen Mitmenschen Schaden zufügen, sondern ebenso und mehr noch dem Übeltäter zum Nachteil gereichen müsse, – setzte dieser doch vor den Menschen seinen untadeligen Namen aufs Spiel, vor dem Freundlichen aber seinen Anteil an Frieden und Segen, welcher unsichtbar wie der Tau hernieberträufelt. Da er aber, während seine Augen aus der Ferne auf den Seinen ruhten, mit den Jahren immer klarer einsah, daß die Übertretung des Gesetzes auch von den Menschen durch unabänderliche Satzung geahndet werden müßte, seufzte er, so oft er sich der Tafel der Strafen zuwandte; es war ihm, als er sie nieder-schrieb, als ritze er sie mit dem Feuerstein in die eigene Brust.

Den Tod als Strafe verbannte er auch jetzt, – der Schrecken der Flut war noch zu nahe, und er vermochte sich auch nicht vorzustellen, daß in näherer oder fernerer Zeit Glieder dersel-ben Familie mörderisch gegeneinander aufstehen könnten, nun da sie voneinander weit getrennt wohnten, die Herden zu aller Zufriedenheit geteilt waren, kein Vieh zum andern sich verirren konnte und kein Steinbeil in den Kreis der Begeg-nung mitgebracht werden durfte. So ließ er als schlimmste Strafe das seit alters übliche Aufgehängtwerden im Affen-brotbaum, und zwar an den Armen, nicht aber an dem Haar oder den Fingern, bestehen. Doch sollte dem Übeltäter weder durch diese noch ähnliche Strafen ein dauernder Schaden zu-gefügt werden. Auch die Strafe des Hungerns und Dürstens ließ er bestehen, desgleichen die Strafe der Absonderung un-ter der Matte und des langen Schweigens. Die Züchtigung aber durch den Stock wurde auf Nojadohus Bitten, der diese Strafe auf Noahs Befehl hin einige Male hatte vollziehen müs-sen, verworfen; denn, so sagte der getreue Knecht, selbst ein Esel werde durch den Stock schlechter, und die Strafe dürfe den Übeltäter nicht erniedrigen, sondern müsse aus ihm einen Büßenden machen. Noah aber setzte seinen Knecht wegen dieser Worte zum Vollzieher der Strafe ein und gab ihm den Namen eines ›Vaters der Büßenden‹. Zum Richter ernannte er Sem und gab ihm den Namen einer ›Säule des Gesetzes‹, wie ihn einst der oberste Richter in Ur getragen hatte. Es sollten aber vor die Säule des Gesetzes nur solche Verbrechen gebracht werden, die, wenn sie nicht gesühnt würden, das Bild des Freundlichen in den Herzen verdüstern, das Gefüge der Ordnung bedrohen und den Frieden zwischen den Familien zerstören konnten. Alle übrigen Verbrechen hatte der Vater als Herr seiner Familie zu richten und zu schlichten. Damit aber keine Familie sich über die andere erhebe, sollte das Richteramt alle drei Jahre von einer Familie in die andere übergehen, und zwar in der Reihenfolge des Alters der Söhne Noahs. Wer aber ein Verbrechen vor die Säule des Gesetzes brachte, sollte das, damit kein Hader innerhalb der Familie oder zwischen den Familien entstehe, in der Form tun, daß er eine Tontafel beschrieb und sie nachts auf die Schwelle des Kreises der Begegnung niederlegte – so oft, bis sie von der Säule des Gesetzes gefunden wurde. Und der Ankläger sollte nicht als Zeuge auftreten. Wenn aber das Verbrechen nur durch Zeugenschaft zu ermitteln war, doch niemand als Zeuge auftrat, sollte die Tontafel der Anklage zerbrochen und das Verbrechen in dem großen Affenbrotbaum droben im Himmel aufgehängt werden. Das Urteil war dann dem Freundlichen überlassen.

Als Noah diese Gesetze aufgeschrieben und verkündet hatte, um, so sprach er, das aus der Flut errettete Leben vor den ebenso tiefen Abgründen der selbstzerstörerischen Kräfte zu bewahren, da fühlte er sich erschöpft, und es kam ihm vor, als hätte er zum zweiten Mal und diesmal nur mit der Hilfe Manhohus eine Arche gebaut. Darauf zog sich Noah von den Seinen zurück, und zusammen mit Manhohu und Nojadohu baute er am Ufer des Tara ein Floß, – er wollte mit dem Knaben den Strom hinab in das alte Land fahren. Aus dem Innern seiner Hütte entnahm er Bretter, die noch aus der Arche stammten, und errichtete auf die Floßbalken eine Wohnhütte und für die Esel und die andern kleinen Tiere, die er mitnehmen wollte, ein Schutzdach.

Eines Tages befahl er die Familie an das Ufer des Tara, bestieg mit Manhohu das Floß und eröffnete den Seinen, daß er nun zusammen mit Manhohu und einigen Tieren in die Vergangenheit fahre und sie allein lasse, – der Freundliche habe es ihm also befohlen. »Ihr sollt von mir befreit sein und nicht mir, sondern allein dem Gesetz, das ich euch gab, gehorchen.«

Noah wies gegen den nachmittäglichen Himmel, wo Talis Thron wie ein helles Wölkchen hing. Und er rief: »Blickt immerzu auf zu der Wahrheit. Sie ist wie Talis Thron immer eine und dieselbe, doch wie dieser im Aussehen für die Augen des Menschen wandelbar. Habt keine Meinung über die Wahrheit, sondern laßt euch von ihr bewegen, so wie der Schoß des Weibes von Talis Thron. Seht dies Fahrzeug! Nicht sein Aussehen, seine Größe und Schönheit machen seinen Kern aus, sondern sein Vermögen, uns zum Ziel zu tragen. Also ist es mit der reinen Lehre: nicht die Worte sind heilig, sondern der Sinn, der euch mit den Wurzeln des Anfangs verbindet und hinüberträgt zum Freundlichen. Zerlegt nicht die Lehre, sondern laßt euch von ihr tragen; betet nicht die Buchstaben an, sondern spürt in ihnen die Strömung.«

Und er zeigte auf das Ankertau und rief: »Welcher Schiffer wollte dies Tau, das seinem Schiff in der Gewalt des Wassers Sicherheit gibt, aufdröseln und die Lianen zählen und auch sie wiederum zerfasern, nur um zu erfahren, aus wieviel Stricken es geflochten ist und wie die Fäden ineinander verlaufen? Also beschwöre ich euch: Wollt nicht neugierig die reine Lehre und das Gesetz, das aus ihren Fäden geflochten ist, aufdröseln, um den Geist im Einzelnen zu suchen. Wir, ich und Manhohu, wollen kluge Schiffer sein und das Ankertau täglich richtig aufwinden und mit Fischfett bestreichen und uns im übrigen seiner Kraft überlassen. Denn nachdem es geflochten ist, fordern wir nichts von ihm, als dies: daß es nicht reiße.«

Darauf nahm Noah Abschied von allen und sagte jedem

seiner Söhne ein Wort ins Ohr, es war immer dasselbe: »Vielgeliebter, verharre im Frieden des Freundlichen.« Auch zu Cham sprach er dieselben Worte. Als nun Manhohu am Ufer von seinen Eltern Abschied genommen hatte und gegen die übrigen die Arme ausstreckte, blieben alle wie angewurzelt stehen. Nuk, der zu Manhohu hineilen wollte, verhielt plötzlich, als er bemerkte, daß keiner ihm folgte, seinen Schritt. Da rief Cham: »Manhohu, ich gebe dir, wenn du willst, meine älteste Tochter mit auf die Reise, nein, zwei geb ich dir mit. Und dann halte dich so lange von den Verwandten fern, bis du ein ganzes Kriegsheer gezeugt hast.« Manhohu schlug die Hände vor sein Gesicht und ging weinend zu Noah auf das Floß. Noah sagte: »Winde die Ankersteine herauf, Manhohu!« Als das Floß langsam von der Strömung erfaßt wurde und hinaustrieb, winkte vom Ufer niemand als Nojadohu und Sina. Da sprach Noah: »Es regnet nicht, und doch ist mir, als hätte ich diesen Abschied vom festen Ufer des Alten schon einmal erlebt. Die Urer freilich waren laut, diese sind still. Und ich habe sie doch errettet in meiner Arche! Ich weiß es nun: sie sind erleichtert, beinahe alle sind erleichtert, daß ich gehe – und dich mit mir nehme, Manhohu, mein wahrer und einziger Sohn!«

Und sie überließen ihr Fahrzeug der Strömung, saßen steuernd unter dem Schattendach und hielten sich nahe am westlichen Ufer, um auf den Hügeln die Spuren des toten Misodach zu gewahren. Sie waren noch keinen halben Tag dahingetrieben, als Noah die Hand ausstreckte und zu Manhohu sagte: »Die Feste Semoths! Gehn wir ein wenig an Land!« Und er versicherte Manhohu, daß er, auch wenn es ihm die Tontäfelchen nicht bereits verraten hätten, nun mit Sicherheit wüßte, in welcher Gegend des Tara die Arche gelandet sei. »Diese stolzen Steinstufen rings um die sanften Hügel rufen Semoths Namen über Land und Strom, so lange sie stehen – und siehe, selbst die Flut konnte sie nicht umstoßen oder zudecken.« Da fragte Manhohu: »Großer Vater, Licht meiner Augen, hören es auch die Geier, wenn diese Mauern Semoths Namen rufen?« Noah blickte den Knaben fragend an, schließlich schüttelte er den Kopf und sagte: »Die Geier wissen nichts von Semoth.« Manhohu fragte weiter: »Was lebt denn noch in diesem Lande, das etwas von Semoth wüßte?« »Nichts«, antwortete Noah. »Aber, Licht meiner Augen, können die Mauern Semoths Namen rufen, auch wenn niemand da ist, der hören und verstehen kann?« Noah antwortete nicht, sondern schritt neben dem Knaben schweigend durch das Wirrsal klobiger von allen Farben wild überwucherter Quadersteine dahin, bis sie auf einen von hohen, halb niedergestürzten Mauern umgebenen Platz kamen, der wie ein wilder Garten aussah. Da sprach Noah: »Manhohu, ich weiß es nun, du stellst Fragen wie einer, dem der Freundliche das dritte Auge verleihen will. Du hast recht: ohne den Menschen, der zuhört, können all diese Steine, so schön sie auch behauen sind und von welcher Herrlichkeit sie auch Zeugnis ablegen, kein Wort hervorbringen. Ich war hier und kenne diese Steine und weiß, was um sie herum geschah; darum kann ich ihnen die Zunge lösen. Sie reden zu mir und durch mich zu dir.« Noah bedeckte darauf sein Gesicht mit dem Mantel und er sprach: »Dies ist der Marktplatz von Misodach. Hier stand der Ochsenwagen, auf ihm saß Tali, die Schöne und Schweigsame, und dein Vater Nojadohu, der Getreue.« Wieder bedeckte er sein Gesicht und schwieg. Dann setzte er sich auf den schlammbedeckten Boden und begann mit einem scharfen Stein zu graben, zeigte auf die lösige Erde und sagte: »Ein geiler Stoff, dieser Schlamm der Flut, diese alles zudeckende Zeit!« Und er zog Manhohu neben sich nieder und erzählte ihm von Semoth, der ihm am Abend seiner Ankunft seinen Traum von den Sperbern und Tauben erzählt und ihn zu seinem Marktaufseher gemacht habe. Er erzählte von Sems Geburt und von Semoths Gunst und Freundschaft bis zu dem Tage, da der gerechte Fürst aus Angst vor seinem Traum ungerecht wurde und das Taubengesetz erließ, das für das Blut einer getöteten Taube das Blut dessen forderte, der sie getötet hatte. Er erzählte von Sem, wie er im Spiel mit den Söhnen Semoths um den Thron Semoths spielte, eine Taube tötete, wie sie fliehen mußten und nach Chamdech gelangten, wo Tolül herrschte, der göttliche Ölmüller; wie Tolül heimlich Tauben töten und nach Misodach hineinschmuggeln ließ, Unfrieden und Aufruhr stiftete gegen den Fürsten, die Stadt durch Verrat eroberte und Semoth zu seinem Reittier machte, Semoths Frau und Söhne aber in der Ölmühle zerquetschen ließ.

Als Noah seine Erzählung beendet hatte, stand er auf und sagte: »Manhohu, nicht die Flut war es, die Semoths Reich zerstörte, sondern der Traum von der Flut. Siehe, Semoth war traurig, weil die Sperber die Tauben zerrissen. Aus seiner Klage stieg die blutbedeckte Taube. Im Fliegen legte sie ein Ei; das fiel, zerbrach und bedeckte die Erde mit Wasser, und selbst die Sperber ertranken darin.« Darauf legte Noah Manhohu die Hand auf das Herz und beschwor ihn, auf seine Sehnsüchte und Ängste zu achten und keinem Traum zu trauen, der nicht in ihm selber wie das Weizenkorn in der Erde zuerst gestorben sei. »Denn die Träume, Manhohu, erkennst du erst an ihren Früchten, die sie zuvor in deiner Seele hervorbringen.«

Und Noah stand auf, küßte Manhohu und verlieh ihm den Namen Semoths ›Helle Mittagsstunde‹. Sie tranken Wasser aus dem zerbrochenen Brunnen Misodachs, pflückten Früchte von den verwilderten Bäumen und gingen durch die ungeheure Stille wieder zum Strom hinab, bestiegen das Floß und ließen es gegen Chamdech weiter stromabwärts treiben. Doch wie aufmerksam Noah das nahe Ufer absuchte und wie oft er auch die mögliche Entfernung zwischen Misodach und Chamdech schätzte, sie erblickten keine Spur von Tolüls Stadt. In Chamdech hatte es nur wenige Steinhäuser gegeben, und so waren die Lehmbauten unter dem Strömen der Flut hinweggeschwemmt worden; Wind und Vögel aber hatten den Samen der Pflanzen ausgestreut, und mit einem Schleier aus Laub und Lianen hatte die Zeit die finstere Stadt des göttlichen Ölmüllers für immer verhüllt.

So fuhren sie an dem Ort, wo einst Chamdech lag, vorüber und wußten nicht einmal, wann es geschah. Noah aber erzählte Manhohu, wie ihm Tolül die Zähne habe ausbrechen lassen, weil er das Lob des göttlichen Ölmüllers nicht singen wollte; und wie Tolül, um ihn zu verhöhnen, Tali beigewohnt und Cham gezeugt habe. »Nun weißt du, warum ich lispele«, sagte Noah, »sie wußten es auch, ich hatte es ihnen gesagt, aber sie lachten dennoch über mich, und so ertranken sie in der Wahrheit. Manhohu, mein einziger und wahrer Sohn, ob sie lispelt oder stottert, ob sie flüstert oder brüllt, höre auf die Stimme der Wahrheit!« Manhohu hob seine glänzenden Augen gegen Noah empor: »Großer Vater, Licht meiner Augen, woran konnten die Menschen erkennen, daß du die Wahrheit sagtest?« Als Noah nur den Kopf senkte und über das Floß hinweg ins Wasser starrte, fragte Manhohu: »Und, großer Vater, hast du die Wahrheit des Freundlichen allen verkündigt? Wie sollten sich jene vor der Flut retten, die nie deine Stimme vernommen hatten?« »Manhohu, du fragst dasselbe, was ich mein Herz in hundert mal hundert Nächten gefragt habe. Ich weiß nur: was ich verkündigt habe, ist eingetroffen. Warum der Freundliche mich lispeln ließ und warum er nicht stärkere Verkünder der Flut erwählte und warum er nicht viele in derselben Zeit zugleich erweckte, – er weiß es allein. Doch weiß ich noch dies: auch andere hatten Träume von der Flut, der Fürst Semoth und der Kalendermann Tolüls und viele, die ich nicht kenne. Jedoch gaben sie ihren Träumen keinen Raum in sich und ließen sie nicht reif werden. So wurden sie zurückgetan. Aber, Manhohu, das ist meine andere Frage, und die steigt tiefer als die deine in die Flut der Wahrheit hinab: Wissen wir eigentlich, ob es für uns besser ist, zurückgetan zu werden oder zu leben? Denn es ist schwer, aus einem Ende zu stammen und doch Anfang zu sein.«

Am Abend dieses Tages erblickte Noah die Türme von Ur. Sie waren durch den Schlamm der Flut, der die breiten Straßen Urs höher gelegt hatte, niedriger geworden, und viele waren eingestürzt. Nachdem sie gelandet waren, wählte Noah ein festes Gewölbe nahe am Ufer zur Wohnung. Der Fußboden war durch den Flutschlamm von einem feinen Estrich bedeckt worden, in dem noch die Wellenbewegung des Wassers zu erkennen war. Die Tiere brachten sie in einer halbeingestürzten Halle, die neben dem Gewölbe lag, unter. Am andern Tag gingen sie durch die schattenlosen Straßen Urs. Die Stille türmte sich vor ihnen auf wie etwas, das durchsichtig ist und doch Körper hat, so daß sie nach kurzer Zeit wieder an das Ufer zurückkehrten, wo der Fluß rauschte und sie mit dem Leben der Erde verband.

Manhohu ging täglich fischen. Noah legte sich nahe am Ufer einen Garten an und säte den Samen aus seinem ersten Garten nach der Flut in diesen zweiten und pflanzte Bäume und entließ einige der Tiere, die er mitgebracht hatte, in die schweigende Wildnis: Hasen, Schweine und Schakale; die Ziegen hielt er, um ihre Milch zu haben, in der Halle, wo die Esel wohnten. Und sie richteten sich ein, sie sagten nicht, für wie lange. Sie zählten auch nicht die Tage und Wochen, denn, so beteuerte Noah jedesmal, wenn Manhohu das Maß ihrer Tage an den Sternen messen wollte: »Ich habe keine Zeit mehr, die Zeit zu messen! Das mögen jene tun, die Verabredungen haben. Ich habe mich mit niemand mehr im Kreis der Begegnung zu treffen als mit dem Freundlichen. Und der ist immer jetzt da, jetzt – im Augenblick! Wisse, Manhohu, dieser ewige Augenblick ist meine Arche, die mich aus der Flut der Zeit errettet.«

Sie hatten an Urs Ufern so lange gelebt, als die entlassenen Hasen, Schweine, Schakale, die Ziegen und Esel in den Ställen gebraucht hatten, durch ihre Nachkommenschaft die undurchdringliche Stille und Erstarrtheit in den Straßen Urs mit Laut und Bewegung zu durchbrechen. Da sprach Noah eines Tages: »Manhohu, wähle ein paar Esel aus und gib den übrigen zusammen mit den Ziegen die Freiheit. Rüste sodann die Reittiere für eine lange Reise aus; ich will Tarunga wiedersehen, Talis Heimat und meine.«

Sie nährten sich von getrockneten Fischen, und Manhohu buk unterwegs Mehlfladen. In Ziegenhäuten führten sie Wasser mit sich und den Trank des Zurücktuns, dessen Sprößlinge Noah auch in Ur als erste Pflanze der Erde anvertraut hatte. Einige Tagereisen lang ließen sie sich vom Tara führen, dann bogen sie gegen Westen ab in die sanften Hügel. In der offenen Weglosigkeit blickte Noah stets aufs neue sinnend in das Land. Der Knüppelpfad, der einst von Tarunga an den Tara führte, lag zwar tief unter der Schlammflut, doch hatte die Wut des Wassers die Bewegung der Hügel nicht verändert. So lag also der Weg dort, wo er liegen mußte, »wo wir beide«, so sagte Noah immer wieder, »ihn heute hinlegen würden«. War er doch überzeugt, daß kein Werk des Menschen so vernünftig und natürlich zugleich sei wie die Wege, welche von seinen Füßen getreten und dann erst von seinen Händen gebaut werden.

Und sie fanden den Weg nach Tarunga, nicht aber die Stadt selber. Vor den Hügeln, auf deren Kuppen er so oft mit Tali gestanden und auf die Dächer herabgeschaut hatte, lag wie ein glänzendes zum Himmel hinaufflächelndes Auge ein runder See, den die Flut in diesem Tal zurückgelassen hatte. Noah brach bei diesem Anblick in die Knie. Als er aufstand, sagte er zu Manhohu: »Mein Herz war töricht, als es nach Tarunga wollte. Ich wußte doch, daß alles wie der Tara in der Verwandlung des Freundlichen dahinfließt. Mein Tarunga liegt nicht am Anfang, sondern am Ende.« Und er wandte sich ohne eine Träne ab, stieg sogleich auf sein Tier und ritt davon.

Sie kehrten zurück nach Ur. An der Verwilderung des Gartens ermaßen sie die Dauer ihrer Reise und fanden, daß sie zu lange gedauert hatte.

Die fünfzehnte Legende

Wie Noah seine Söhne richtete. Auf der Strömung der
Wahrheit. Wie sich sein drittes Auge öffnete. Wie
Manhohu zum König erklärt ward und sterben mußte.
Und die Dritte Arche.

Sie standen mitten in einer Ernte, die reicher war denn alle
vorherigen, als sie eines Morgens ein Floß auf dem Tara erblickten, nahe dem Ufer. Sie winkten und schrien, und da
näherte sich das Floß. Und Nojadohu bemerkte unter dem
Schattendach einen alten Mann und einen jüngeren, beide
bärtig und wie Noah und Manhohu von ausnehmend hoher
Gestalt.

Kaum hatten die Fremden angelegt, sprangen sie ans Ufer,
kamen auf sie zugelaufen und warfen sich schreiend vor
Noah nieder. Da rief Noah wie trunken vor Freude: »Nojadohu!« Aber gleich, als der getreue Knecht seine Knie umschlang und immer wieder seinen Namen rief, seufzte Noah:
»Weh mir, daß ihr mich gefunden habt!« Und er fragte, wer
Nojadohus Begleiter sei. Da weinte der getreue Knecht und
rief: »Das ist mein Sohn, dein Enkel Taru, den mir Sina gebar,
als du von uns hinweggezogen warst. Und Taru hat selber
schon einen Sohn. So lange bist du von uns fort, mein Herr!
Und wenn du nicht mit uns zurückkehrst, wird das Leben,
das du in der Arche errettet hast, nun in seinem eigenen Blut
ertrinken.«

Noah ließ alle nahe am Ufer in dem warmen Sand niedersitzen, und Manhohu bewirtete Vater und Bruder. Derweil
erzählte Nojadohu, wie es damit begonnen habe, daß Sem,
als er vor einem Jahr zum dritten Mal Richter geworden war,
das Amt nicht wieder abgab. Die Reinheit der überlieferten
Lehre sei in Gefahr, hatte Sem verkündet und sich darauf be-

rufen, daß er als der Älteste dem Geiste des abwesenden und vielleicht schon verstorbenen Vaters am nächsten stehe.

Noah wandte seine Augen zu den aufgehenden Sternen und seufzte: »Das Erste, was ich euch überliefert habe, das ist der Friede des Freundlichen, der Friede mit ihm und durch ihn, welcher allein das Leben erhält.« Darauf fragte er, in welchem Punkt denn die überlieferte Lehre verlassen worden sei.

Nojadohu antwortete: »Im Punkt der Goldenen Fledermaus, mein Herr, indem nämlich Japhet, als er Richter war, Sem öffentlich belehrte, daß die Goldene Fledermaus, von der alle Menschen abstammten, nur ein Gleichnis sei, ähnlich wie das Wort Er-im-Spiegel und Talis Thron. Als nun Sem sich den Hüter der Überlieferung nannte und widersprach und erklärte: die reine Lehre sei in Stein gehauen und nicht auf das Wasser geschrieben, und da stehe es nun einmal, daß Aa, der erste Mensch, vom Freundlichen als Goldene Fledermaus gemacht worden sei und nicht als irgend etwas sonst, habe Japhet auf dem Richterstuhl sitzend gerufen, daß die Kinder Sems sich künftig ungehindert Fledermauskinder nennen düften. Die Familie Japhets habe laut gelacht und auch viele aus der Familie Nuks. »Nur wir, mein Herr«, Nojadohu verneigte sich, »die Familie deines Knechts verharrte schweigend und dachte an dich und an die Worte, die du bei deinem Abschied gesprochen, daß wir über die Wahrheit keine Meinung haben, sondern sie als Strömung spüren sollten. Auf der Strömung der Wahrheit kamen wir, ich und mein Sohn Taru, zu dir, und wir bitten dich: Kehre eilends zu den Deinen zurück und hilf ihnen, ihre Seelen aus dem Wahn der Meinungen zu befreien. Denn, mein Herr, ich muß dein Herz mit dieser Kunde verletzen: Sem und Japhet rüsten heimlich gegeneinander, und beide werben um Nuks und meine Krieger.«

Noah hatte sein Gesicht auf die Brust gesenkt: »Wie stark ist Sem?« fragte er.

»Die Knaben, die Bogen und Schleuder führen können,

eingerechnet, sind es fast zehnmal zehn Krieger. Japhet ist ebenso stark, denn beide haben viele Kinder und Enkel von den Mägden. Auch Nuk ist zahlreich, nicht so ich, denn ich habe neben deiner Tochter Sina kein Weib.«

Noah fragte nach Cham. Nojadohu verneigte sich und sagte leise: »Gegen Cham waren alle deine Söhne einig. Sie stellten ihm nach, nahmen ihm seine Herden ab, und Cham zog mit den Seinen gegen Westen, um sich neue Verwandte zu suchen; so lautete die letzte Botschaft, die er mir schickte.«

Noah hob den Kopf, als lauschte er: »Gesegnet seist du, Sohn meiner Schande«, flüsterte er, »der Freundliche führe dich in eine neue Verwandtschaft!« Zu Nojadohu und seinen Enkeln gewandt fuhr er mit dumpfer Stimme fort: »Es gibt noch andere Menschen auf dieser Erde, das ist Chams Hoffnung und auch die meine. Aber wenn Cham in diesem fremden Volke, das vielleicht nichts von der Flut weiß, erzählt, wie der Freundliche uns errettet hat, den offenen Himmel schenkte und das unbegrenzte Land, und wie dann meine Söhne den Frieden mit dem Freundlichen brachen und brudermörderisch einander umlauerten, dann wird Cham in keinem Volke Glauben finden.«

Und Noah weinte die ganze Nacht und ließ sich nicht trösten und weigerte sich, mit ihnen zu den Seinen hinaufzureisen. Am andern Morgen schwärzte er sich das Gesicht mit Ruß, bedeckte sich mit dem Lehm, der noch von der Flut in den Straßen lag, Schultern und Haupt und setzte sich mitten auf den Marktplatz von Ur, dorthin, wo einst die Stundenuhr die Zeit angezeigt hatte. Und er aß nicht und trank nicht. Durch die große Stille aber erscholl von Zeit zu Zeit sein Ruf: »O ihr Bürger von Ur, steht auf und zeugt gegen meine Söhne!«

Manhohu aber saß vor ihm und netzte seine Lippen mit dem Trank des Zurücktuns. Am fünften Tag spürte Noah, wie sich sein drittes Auge öffnete. Er fiel um und zitterte am ganzen Leib. Sein Auge auf dem Scheitel aber spürte eine flüsternde Stimme, die ihm befahl: »Blick in das runde Licht!«

Noah seufzte: »Es macht mich blind!« Doch er gehorchte, riß beide Augen weit auf und Er-im-Spiegel stand über ihm. Da sah Noah den Freundlichen, doch wußte er, daß dies nicht sein eigentliches Gesicht und sein wahrer Name sei. Er sah aus wie ein Kind, und Noah bemerkte, die Hände und Füße des Kindes waren gebunden. Die zarte Stimme aber sprach: »Ich habe mich selber gebunden, Noah, mich in diesen Kreis eingeschlossen und meine Freiheit dir überlassen. Steh auf und geh hin, wo ich nicht bin, und brich meine Fesseln, wo du sie am Menschen erblickst.«

Als Noah die Eingebung begriffen hatte, erhob er sich sofort. Um ihn war dichte Nacht. Da wußte er, daß er vom Blick in den Spiegel des Freundlichen erblindet war. Als Manhohu, der ihn für eine kurze Weile verlassen hatte, wiederkam, gab er ihm die Hand und sagte: »Führe mich zu meinen Söhnen!«

Sie reisten auf Eseln den Tara hinauf, Taru und Manhohu ritten zu Noahs Seiten, Nojadohu folgte mit der Herde der Lasttiere.

Als sie nach vielen Monaten sich den Hügeln nahten, hinter denen Nojadohus Sippe saß, verhielt Noah den Schritt seines Tieres und witterte in die Abendluft. »Der Rauch von den Herdfeuern derer, die in Frieden wohnen wollen«, rief Nojadohu. Noah schüttelte den Kopf und sagte: »Es riecht nicht nach Frieden.«

Und kaum daß sie auf den Hügeln anlangten, sahen sie die Hütte Nojadohus und andere in Flammen stehen. Im Näherkommen hörten sie Geschrei und Weinen. Frauen berichteten, daß vor einer Stunde ein Haufen junger Männer den Brand gelegt hatte. Und Noah erfuhr, daß Sem und Japhet sich nach Chams Abzug gegen Nojadohus Sippe geeinigt hatten, weil er sich keinem von ihnen anschließen wollte, sondern heimlich abgereist war, um Noah als Richter und Schlichter herbeizuholen.

Noah schickte noch an diesem Abend Boten aus, die er, indem er ihnen die Hände auflegte, unter den Schutz seines

Namens stellte. Er hieß sie, seine Söhne und seine Enkel in seinem Namen für den übernächsten Tag in den Kreis der Begegnung zu laden. Eine Stunde vor Tag sollten sie erscheinen, ohne Waffen und ohne ein Wort miteinander zu reden, schweigend wie Schuldige vor ihrem Richter, so hatten die Boten zu verkünden.

Und Noah trat in den Kreis seiner Söhne und Enkel. Alle waren, als sie ihn herankommen sahen, zu Boden gestürzt, nur Manhohu nicht, der ihn führte. Sem und Japhet hielten ihre linke Hand neben das Gesicht, daß sie Manhohu nicht erblickten, und Sem fragte: »Wonne meines Antlitzes, darf Manhohu, der Sohn eines Knechtes, neben dir stehen, während alle auf den Knien liegen, auch ich und Japhet?«

Noah aber faßte von hinten Manhohu an den Schultern, stellte ihn vor sich hin und sprach: »Seht ihn an, dieser ist mein einziger Sohn. Bei der Wahrheit des Freundlichen! – nicht eher werdet ihr wieder meine Söhne sein, als bis ihr Manhohu als meinen ersten und wahren Sohn anerkennt und zu ihm sprecht: ›Klare Mittagsstunde und Langer Tag, sei König und Richter.‹ Das ist die Buße, die ich euch auferlege.«

Als Noah schwieg, vernahm er keine Antwort, nur ein Keuchen und Stöhnen kam von dort, wo er Sem und Japhet knien wußte.

Und Noah sprach weiter: »Er-im-Spiegel hat mit mir gesprochen. Er schickte mich, eure Fesseln zu lösen. Ihr habt euch unfrei gemacht durch eure bösen Gedanken und Taten. Im Namen des Namenlosen, der einen Kreis um sich zog und euch die Freiheit gab, euch unfrei zu machen: zerreißt eure Fesseln, sprecht zu Manhohu: ›Sei unser Herr‹, und er wird euch helfen, aufzustehen und zu ihm Bruder zu sagen.«

Noah schwieg und hob wartend das Gesicht, aber auch jetzt vernahm er keine Antwort.

Und wieder begann er: »Besagt euer Schweigen, daß ihr vor Manhohu wie vor mir knien wollt? Ihr hättet recht, wenn ihr nicht aufzustehen wagtet: ich kenne Manhohus Seele von

Jugend auf. Der Namenlose wohnt in seiner Seele, er hat dem Namenlosen jede Fessel abgenommen, so daß er frei in Manhohu herrscht. Seht doch: Manhohus Seele ist ein großes weißes Segel. Setzt es auf euer Schiff, und ihr seid regiert vom Namenlosen!«

Als auch jetzt keine Antwort kam, merkte Noah, wie Manhohus Schultern bebten. Und er tastete nach den Augen seines Enkels und spürte die Nässe der Tränen. Da rief Noah: »Komm hinweg! Ich will sterben und ich werde sie nicht segnen!«

Und Noah ging, von Manhohu geführt, starr aufgerichtet durch ihr Schweigen hin, als schritte er durch einen nächtlichen Wald, und es war doch die Zeit des Morgens, und das Feld leuchtete. Und er sagte zu Manhohu: »Nun weiß ich es: sie werden dich töten. Aber du kannst nicht fliehen, denn du bist ihr König!«

Am Morgen des folgenden Tages war der Platz Manhohus, der neben Noah im Freien geschlafen hatte, leer. Gegen Abend fanden seine Eltern seine Leiche an einem Baum angebunden. Sein Mund war mit Erde zugestopft, sein Herz von einem Messer durchbohrt.

Da schickte Noah noch einmal Boten aus. Er hatte das Gewand Manhohus mit dem Blut des Ermordeten tränken und in viele Stücke zerreißen lassen. Die Boten sollten die blutigen Gewandfetzen überall hintragen, wo es Leben gab, das aus der Arche stammte, in die Hürden ebenso wie in die Hütten. Und sie sollten keinen Unterschied machen zwischen denen, die Manhohu feindlich oder freundlich gesinnt waren. Und die Boten sollten sprechen: »Das ist der Segen Noahs: im Blute Manhohus ist er enthalten. Nach der Weise, wie ihr sein Blut aufnehmet, gereiche es euch zum Heil oder zum Fluch! Und wie Manhohus Gewand sollt ihr auseinandergerissen sein und ziehen bis an die Grenzen der Erde!«

Als Sem, Japhet und Nuk mit ihren Familien und Herden, dem letzten Willen Noahs gehorsam, aufgebrochen waren, ließ Noah ein Floß bauen, die Dritte Arche, so nannte er es. Und Manhohus Leiche ließ er in den hohlen Stamm eines Jahresbaumes betten und die Fugen mit Harz schließen. Dann nahm er von Nojadohu und Sina und ihren Kindern und Enkeln Abschied, setzte sich auf das Floß, zur Rechten ein Fladenbrot und zur Linken einen Krug mit dem Trank des Zurücktuns. Als Nojadohu laut weinend das Ankertau mit dem Steinbeil zerhieb, winkte Noah ihnen noch einmal zu, lächelte und sagte ein Wort, das sie wegen seines Lispelns nicht verstanden.

Stefan Andres

El Greco malt den Großinquisitor
und andere Erzählungen.
240 Seiten. SP 1675

Das Verhältnis von Geist und Macht bildet sich in der Szenerie zwischen dem großen Maler und dem gefürchteten Henker der Heiligen Kirche in faszinierender Dichte ab.

Der Knabe im Brunnen
Roman. 326 Seiten. SP 459

Kasimir Edschmid sagte über dieses Buch, es sei geschrieben »mit Wärme, mit hinreißendem Einfallsreichtum und mit jenem Humor, den nur die Weisen besitzen, die den Kindern gleich sind«.

Positano
Geschichten aus einer Stadt am Meer. 187 Seiten. SP 315

»Es ist die kraftvolle und herbe Sprache, die hier vor allem besticht. Sie ist von den lieblichen Farben, der Sonne, dem Geruch des Meeres erfüllt. Und welche Figuren und Ereignisse sie auch zeichnet, man ist gefesselt von ihrer Eigenart und blühenden Lebendigkeit.«

Stuttgarter Zeitung

Der Taubenturm
Roman. 254 Seiten. SP 1502

»Stefan Andres' spannungs- und nuancenreiches Erzählertum, das ohne jede Anstrengung zu sein scheint, ohne alle Manieriertheit, erfaßt vor allem menschliche Wesensunterschiede gut.«

Süddeutsche Zeitung

Die Versuchung des Synesios
Roman. 509 Seiten. SP 1047

»Die Geschichte und Tragödie eines Menschen, der, zu Zurückgezogenheit und friedlicher Betrachtung geboren, zu politischem Handeln gezwungen, die an ihn gestellten Forderungen nach bestem Wissen und Gewissen erfüllt und, wissend um sein Verhängnis, groß in seinem Verzicht, von den Fluten der aufgewühlten Zeit weggeschwemmt wird.«

Neue Zürcher Zeitung

Wir sind Utopia
Novelle. 95 Seiten. SP 95

Mit dieser Meisternovelle begründete Stefan Andres seinen Ruhm als großer deutscher Erzähler.